Alice Romanus-Ludewig

Chiara

Ärztin mit Grenzen

Roman

2024

Bibliografische Information der Deutschen Nationalbibliothek

Die Deutsche Nationalbibliothek verzeichnet diese Publikation
in der Deutschen Nationalbibliografie; detaillierte bibliografische
Daten sind im Internet über http://dnb.d-nb.de abrufbar.

© 2024 Alice Romanus-Ludewig
Herstellung und Verlag: BoD – Books on Demand, Norderstedt
Satz und Umschlaggestaltung: Christian Huppert, Werne
Printed in Germany
ISBN: 978-3-759-76047-0

1. Kapitel

„Nein, natürlich kannst du nichts dafür, das kann jederzeit passieren." Chiara legte ihren Arm um die schluchzende junge Assistenzärztin. Es war an ihr wohl vorbeigegangen, dass der gerichtliche Beschluss für die geschlossene Unterbringung des suizidgefährdeten Patienten verlängert worden war. Die unerfahrene Kollegin hatte ihm die Tür der geschlossenen Station geöffnet. Nun war er natürlich über alle Berge und die Gefahr war sehr groß, dass er sich etwas antat.

Chiara wusste, dass so ein Fehler tödlich sein konnte und es eigentlich nichts zu beschönigen gab. Trotzdem konnte sie nicht anders als diese junge Frau zu trösten, die von Anfang an mit der Arbeit auf der geschlossenen Station hoffnungslos überfordert war. Vielleicht war Chiara auch ein wenig neidisch auf ihre Naivität und die Nachsicht, die sie als neue Mitarbeiterin genoss.

„Wir müssen jetzt sofort bei der Polizei eine Fahndung herausgeben, kannst du bitte diese Nummer anrufen und den Patienten so genau wie möglich beschreiben?" Chiara zeigte auf die am Stationstresen in Leuchtziffern angebrachte Telefonnummer der örtlichen Polizei. Um weitere Nachfragen zu vermeiden drehte sie sich sofort um und fügte im Weggehen hinzu: Ich muss jetzt in Zimmer 12, Frau Seidel braucht Notfallmedikamente."

Ein lauter Schrei tönte durch den Stationsflur, wie eine Bestätigung von Chiaras Aussage.

Das Wetter war eindeutig gegen sie. Es schien, als ob der Regen immer dann einsetzte, wenn sie auf ihr Fahrrad stieg. Mit einem „verdammt!" musste sie mal wieder feststellen, dass sie dringend eine neue Regenhose brauchte, sie spürte nach wenigen Minuten die Nässe auf ihren Oberschenkeln. Doch allein der Gedanke, heute nochmal in die Innenstadt zu fahren um eine neue zu kaufen, stresste sie. Also würde sie wohl noch einige male mehr fluchen müssen.

Zuhause angekommen, brachte sie ihr Fahrrad in den Keller. Nachdem sie sich in ihrer Wohnung endlich umziehen konnte, hängte sie die triefenden Klamotten über den Badewannenrand.

Sie widerstand der Versuchung einen weiteren Kaffee zu trinken, der ihr um diese Zeit nicht mehr guttun und ihren Nachtschlaf stören würde. Stattdessen entschied sie sich für eine Tasse Tee, mit der sie es sich auf dem Chaise-longe-Teil ihrer Couch bequem machte.

In einer Stunde würde Luis kommen. Da war wieder dieses zerrissene Gefühl in ihr, das sie kannte. Einerseits freute sie sich, denn mit Luis einen Abend zu verbringen war alles andere als langweilig. Er war intelligent, witzig und charmant. Sie hatten vor gemeinsam italienisch zu kochen, sie musste also nichts vorbereiten. Trotzdem spürte sie auch den Impuls, einfach kurzfristig abzusagen. Einfach so, um sich freier zu fühlen. Zumindest für eine kleine Weile. Danach würde sie sich wieder selbst Vorwürfe machen und sich einsam und verlassen fühlen.

Ihr Kopf wusste, dass das keine Lösung war und deshalb unterdrückte sie den Fluchtimpuls. Sie ging in den Flur und warf einen Blick in den Spiegel: „Gut siehst du aus!" sprach sie sich zu. Zumindest war sie mit ihren Haaren zufrieden seit dem Friseurbesuch am Samstag. Auf die Frage hin, wie kurz denn ihre ohnehin recht kurzen hellblonden Haare geschnitten werden sollten hatte sie „raspelkurz" geantwortet. Und ausnahmsweise hatte sich die Friseurin daran gehalten.

Für diesen extrem kurzen Schnitt hatte sie sich vor längerer Zeit entschieden, nachdem sie gelesen hatte, dass dadurch Gesichtszüge eher härter wirkten, Falten eher betont würden und man deshalb ab einem bestimmtem Alter als Frau darauf verzichten sollte. Doch Chiara wollte älter wirken. Immer wieder zu hören, wie jung sie wirkte, störte sie enorm, vor allem im beruflichen Kontext.

Ihr Handy brummte, sie ging zurück ins Wohnzimmer, suchte kurz und fand es halb unter einem Kissen der Chaise-Longue.

„Kann leider doch nicht. Lukas Mutter ist krank, ich muss ihn abholen. Tut mir leid. Melde mich morgen. Schönen Abend für dich. Kuss, Luis."

Chiara fühlte eine Welle von Wut und Enttäuschung in sich aufsteigen. Vor allem ärgerte sie sich über sich selbst. Wie konnte sie so naiv sein, einfach davon auszugehen, dass er auf jeden Fall kommen würde? Schließlich war es nicht das erste Mal, dass er kurzfristig absagte. Vielleicht war es auch völlig blauäugig gewesen zu meinen, dass eine Beziehung mit zwei Alleinerziehenden funktionieren könnte. Natürlich hatte man so Verständnis für die Situation des anderen, aber was half das, wenn es kaum ungestörte Zeit zu zweit gab? Sie ließ sich auf das Sofa fallen und las die Nachricht erneut. Warum hatte er sie eigentlich nicht einfach angerufen? Echtes Bedauern und echte Sehnsucht in seiner Stimme zu hören, hätte sie bestimmt ein wenig beruhigt. Und warum ist er nicht auf die Idee gekommen, sie zu sich einzuladen? Lukas hätte irgendwann geschlafen und sie hätten so wenigstens ein wenig Zeit miteinander verbringen können. Wollte er sie vielleicht gar nicht sehen und das Ganze war der Anfang vom Ende?

Chiara wusste, dass sie jetzt wieder katastrophisierte und ihre Erfahrung war, dass sie in solchen Situationen etwas mit ihren Händen machen musste. Sie warf das Handy auf das Sofa und ging in die Küche. Dort lagen schon die Zutaten für das geplante Essen.

Sie hatte etwas unkompliziertes Vegetarisches ausgesucht. Parmesankartoffeln mit Rote Beete Carpaccio. Plötzlich merkte sie, wie ausgehungert sie war. Seit dem Frühstück hatte sie nur den Müsliriegel zwischendurch gegessen, oder besser gesagt nebenbei heruntergedrückt, denn es hatte an der Arbeit mal wieder keine Pause gegeben.

Sie machte Chillout-Musik an und begann die Kartoffeln in kleine Würfel zu schneiden. Mit dem großen extrem scharfen japanischen Messer. Damit hantierte sie bewusst schnell und mit einer kleinen aggressiven Note, so dass die Geräusche des Messers auf dem Holzbrett regelrecht durch die Küche hallten. Ihre Wohnung war zwar kein Altbau, aber die Räume waren sehr hoch. Bevor sie den Parmesan rieb, naschte sie ein Stück und stellte befriedigt fest, dass es sich gelohnt hatte, den etwas teureren länger gereiften auszuwählen. Sie mischte die Kartoffelwürfel mit dem Parmesan und ein wenig Olivenöl und stellte sie zum Durchziehen zur Seite. Das Rote Beete Carpaccio war im Handumdrehen angerichtet: Die gekochten roten Kugeln in Scheiben schneiden, Rucola darauf verteilen, eine Mischung aus Zitronensaft und Olivenöl darüber träufeln und zu guter Letzt ein paar mit der Hand zerbröselte Walnüsse obendrauf – fertig. Dann verteilte sie die Parmesankartoffeln auf ein Backblech und schob es in den bereits vorgeheizten Backofen. Während diese garten bereitete sie noch einen Dip aus kleingeschnittenem Fetakäse, selbstgemachtem Joghurt und Dill zu. Anschließend deckte sie den kleinen Esstisch im Wohnzimmer so festlich wie es nur ging mit Serviette, Kerze und dem gerade aufgehenden Tulpenstrauß, den sie sich regelmäßig vom Discounter holte. Bei all diesen Vorbereitungen spürte sie zwar weiterhin Wut, Enttäuschung und Verlassenheitsgefühle, aber sie waren besser aushaltbar. Als das Essen dann fertig auf dem Esstisch stand, betrachtete sie zufrieden ihr Werk und spürte, wie ihr das Wasser im Mund zusammenlief.

Es schmeckte alles sehr köstlich und sie musste daran denken, dass sie auch als Kind schon früh gerne sich Essen schön auf dem Teller anrichtete, um es dann genüsslich alleine in ihrem Kinderzimmer zu verspeisen. Solange sie dies zwischen den Familienmahlzeiten machte, wurde es von ihrer Mutter positiv konnotiert, als sie dann aber in der Pubertät sich immer mehr weigerte an den gemeinsamen Mahlzeiten teilzunehmen, weil sie lieber alleine in ihrem Zimmer essen wollte, gab es regelmäßig Ärger.

Wie durch eine Gedankenübertragung klingelte ihr Handy und sie sah, dass es ihre Mutter war. „Ari, mein Schatz, wie geht es dir? Wie war es an der Nordsee?"

Chiara mochte den Spitznamen Ari nicht besonders gerne. Sie war der Meinung, man sollte einfach akzeptieren, dass es keine Koseform von Chiara gab. Da Chiari sich nicht gut aussprechen ließ, war man in der Familie irgendwann zu Ari übergegangen.

„Mama, ich fahre erst nächstes Wochenende." Typisch, sie konnte sich nie merken, wann ihre Tochter wo hinfuhr, das hatte Chiara längst akzeptiert. Oder besser gesagt, akzeptieren müssen, nach wie vor war sie immer etwas genervt von dieser „Vergesslichkeit", die sie eher als Desinteresse interpretierte.

„Mama, ich kann jetzt nicht lange, vor mir steht mein fertiges Essen, kannst du mich in einer Stunde nochmal anrufen?"

„Ja klar, lass es dir schmecken, was gibt's denn?"

„Parmesankartoffeln und Rote Beete Carpaccio."

„Hört sich gut an, wir haben gestern Ratatouille und Pasteten gegessen, das war super lecker, dein Vater hat sich so den Bauch vollgeschlagen, dass er nicht einschlafen konnte."

Es war wie immer. Ja, ihre Mutter stellte anscheinend interessierte Fragen. Aber die Antworten, die Chiara gab, nutzte sie eigentlich nur als Sprungbrett dafür von sich zu erzählen. Chiara hatte sich daran gewöhnt.

„Ich habe Hunger, wir sprechen später. Mach's gut."

Das Gute war, dass sie es nicht übel nahm, wenn man sie kurz hielt. Und dass sie in einer Stunde nicht noch einmal anrufen würde, war so sicher wie das Amen in der Kirche. Es schien, als ob die Anrufe bei ihrer Tochter einfach spontane Impulse waren, die so schnell verflogen waren, wie sie auftauchten.

Ihre Mutter war Französin, so sagte sie es zumindest. Eigentlich war sie nur eine halbe Französin, weil nur Chiaras Großvater Franzose war, die deutsche Großmutter war lediglich in einem kleinen Ort im Elsass aufgewachsen, wenige Autominuten von der deutsch-französischen Grenze entfernt.

Trotzdem bestand ihre Mutter darauf, Französin zu sein. Sie flocht so oft wie möglich französische Wörter in ihre ausufernden Erzählungen ein, bestand zum Leidwesen von Chiaras Vater darauf nahezu jeden Urlaub in Südfrankreich zu verbringen und zelebrierte die französische *art de vivre* wo und wie sie nur konnte.

Dazu gehörte auch die französische Küche. Chiaras Mutter war eine ausgezeichnete Köchin, so dass Chiara früh eine Vorliebe für die mediterrane Küche entwickelt hatte. Genauso betonte Chiara es: die *mediterrane* Küche. Um sich noch deutlicher von der Mutter zu unterscheiden, hatte sie sich irgendwann der italienischen Küche verschrieben. Noch dazu überwiegend der vegetarischen italienischen Küche, weil ihre Mutter sehr viel Wert auf regelmäßigen Fleischkonsum legte.

Chiara war zwar noch nie in Italien gewesen, aber hatte zahlreiche italienische Kochbücher in ihrem Küchenregal stehen und mehrere entsprechende Kochkurse belegt. Manchmal diskutierte sie mit ihrer Mutter über die Frage, ob denn nun die französische oder die italienische Küche besser sei, so als könne man in Geschmacksfragen zu einem „richtigen" Urteil kommen.

Chiara betonte vor allem das Argument, die italienischen Gerichte seien tendenziell naturbelassener, woraufhin ihre Mutter immer entgegnete, dafür seien die französischen aber „raffinierter", damit endete meistens die Debatte.

In gewisser Weise genoss Chiara diese sinnlosen Diskussionen, denn die französische Küche abzuwerten war die einzige Möglichkeit indirekt etwas Kritisches über ihre Kindheit zu äußern. Ihre Mutter ertrug keine Kritik. Chiara hatte es ein paar Mal versucht, damals nach der Trennung von Tim, als es ihr so schlecht ging und so viele Erinnerungen aus der Kindheit hochkamen. Aber diese Versuche waren kläglich gescheitert. Ihre Mutter verstand es, im Handumdrehen die Opferhaltung einzunehmen. Sie vergoss dann viele Tränen und Chiara fühlte sich elend und schuldig, bereit alles wieder zu relativieren.

Der Geruch der dampfenden Parmesankartoffeln riss sie aus ihren Gedanken und als sie anfing zu essen, spürte sie erst wie ausgehungert sie war.

Sie dehnte die Mahlzeit aus, indem sie sich noch einen koffeinfreien Espresso mit ihrer neuen Siebträgermaschine zubereitete und von den selbstgemachten Pralinen naschte, die ihre Freundin Liz ihr „einfach mal so zwischendurch" geschenkt hatte.

Schon beim Wegräumen des Geschirrs spürte Chiara, wie sich ein tiefes Einsamkeitsgefühl anschlich. Es fühlte sich an wie ein bedrohliches schwarzes Loch. Ob sie jetzt nochmal Luis anrufen sollte? Nein, schließlich hatte *er* abgesagt und sie wollte sich nicht aufdrängen.

Wie schön wäre es jetzt mit Leonie, ihrer achtjährigen Tochter zu telefonieren, ihre Stimme zu hören. Aber Tim hatte ihr erst letzte Woche vorgeworfen, dass sie zu häufig mit Leonie Kontakt aufnehme, wenn sie bei ihm war. Angeblich könne sie sich dann gar nicht so richtig auf die Vaterzeit einlassen.

Sie sah auf die Uhr, es war schon halb elf. Sie könnte auch einfach mal vernünftig sein und ins Bett gehen, dann wäre sie zur Abwechslung mal ausgeschlafen. Sich bei unguten Gefühlen in den Schlaf flüchten, das funktionierte erstaunlicherweise ziemlich gut. Es konnte zwar sein, dass sie dann in der Nacht nochmal wach wurde und das Gefühl noch da war, aber spätestens am nächsten Morgen war meistens alles anders. Welch ein Segen.

2. Kapitel

Am nächsten Morgen fühlte sie sich deutlich energiegeladener als sonst und erschien überpünktlich auf der Station. Sie spürte sofort, dass etwas nicht stimmte. Um diese Zeit, wenige Minuten vor der täglichen Stationsbesprechung saß meistens schon ein Teil des Personals mit Kaffeetasse in der Hand im Besprechungsraum oder war auf dem Weg dorthin.

Heute hetzten alle noch über die Flure ohne den Blick zu heben. Als dann der Oberarzt mit ernster Miene um die Ecke kam, war ihr schlagartig klar, was passiert war. Jetzt eilten auch alle Richtung Besprechungsraum, ein kleiner, stickiger, fensterloser Raum mit einer kleinen Dachluke in der Decke.

Der Oberarzt eröffnete die Runde mit „ich gehe mal davon aus, alle wissen inzwischen, was passiert ist. So etwas darf nicht passieren, es wird eine Untersuchung geben, warum unsere Sicherheitsstandards nicht funktionierten."

Sibylle, die Stationsleitung des Pflegedienstes, schien sehr aufgebracht und mit der ihr eigenen direkten Art ließ sie Dampf ab. „Vielleicht sollte die Ärzteschaft mal genauer hinschauen, wer hier auf der Geschlossenen eingesetzt wird. Solche jungen unerfahrenen Dinger schaffen das einfach nicht."

„Dinger" hätte sie natürlich nicht sagen sollen. Jetzt sah sich der Oberarzt genötigt, mit seiner belehrenden Art einen Vortrag darüber zu halten warum jeder Assistenzarzt auch eine bestimmte Zeit auf der geschlossenen Station arbeiten müsse. Eigentlich war Jannik Ebert ein netter Oberarzt, nur wenige Jahre älter als Chiara. Doch seine belehrende Art konnte nervtötend sein und in dieser Sache war Chiara ganz auf Sibylles Seite.

Aus Chiaras Sicht war die Assistenzärztin Lea-Sophie einfach zu jung und zu zart besaitet für diesen Job. Und sie war kein Einzelfall. Das traf auf einige der jungen Kolleginnen zu, die wegen des Turboabis teilweise schon mit 17 das Studium angefangen hatten. Sie schienen als „Lernmaschinen" das Studium zu durchlaufen, waren dann nach Studienabschluss nicht mal Mitte zwanzig und brachten kaum Lebenserfahrung mit. Mit der Dramatik und Härte, die sich in der Psychiatrie und insbesondere auf den geschlossenen Stationen abspielte, waren sie häufig überfordert. In diesem Fall hatte es ein Menschenleben gekostet.

Der junge Mann hatte gestern die Chance der geöffneten Tür genutzt um sich vor die Bahn zu werfen.

Chiara wusste, das würde jetzt hier in der Klinik ganz hohe Wellen schlagen, aber es würde sich gar nichts ändern. Lea-Sophie tat ihr leid, gleichzeitig war Chiara aber auch wütend. Die Kollegin war natürlich jetzt erst einmal krankgeschrieben. Wenn sie wiederkäme, würden sie alle schonen und trösten.

Vielleicht war sie auch ein wenig neidisch. Als erfahrene Assistenzärztin kurz vor der Facharztprüfung wurde man überhaupt nicht geschont. Kritik von allen Seiten war allgegenwärtig, täglich spürte man die Last der Verantwortung.

Chiara hatte trotzdem von Anfang an ganz gut in diesem System funktioniert, weil sie eine gewisse Robustheit mitgebracht hatte. Zumindest eine Robustheit nach außen. Mit der Nebenwirkung, dass Kollegen oft versuchten, Aufgaben auf sie abzuwälzen.

Auch jetzt würde sie in den nächsten Wochen erst einmal wieder die Station alleine bewältigen müssen.

Es folgte in der Runde eine ausführliche Situations- und Verantwortlichkeitsanalyse, die natürlich überflüssig war. Die Sache war doch eigentlich glasklar. Die Tür auf einer geschlossenen Station für einen hochgradig suizidgefährdeten Patienten zu öffnen war natürlich zu hundert Prozent Fehler dessen, der die Tür aufgeschlossen hatte. Es sei denn, die Kollegin war nicht ausreichend informiert worden.

Chiara wurde noch einmal ausführlich gefragt, ob sie denn die junge Kollegin ausreichend geschult hätte. „Klar" war ihre knappe Antwort, doch diese Frage machte sie so wütend, dass sie sich mit einem „muss einiges regeln" erhob und den Besprechungsraum verließ.

Eigentlich wollte sie sich kurz in ihrem Arztzimmer beruhigen, da klingelte das Telefon und sie sah die Durchwahl der Chefärztin. „Hallo

Frau Deichgraf, ich hab wieder was für sie." Das klang verheißungs-voll für Chiara, sofort waren die Geschehnisse auf Station vergessen. Es gab eine große Sympathie zwischen den beiden Frauen. Sie teilten ein gemeinsames Interesse für gerichtsmedizinische Gutachten. Das war noch nichts Ungewöhnliches, alle Ärzte des Klinikums er-stellten gelegentlich Gutachten. Was die beiden besonders interessierte waren genau die Fälle, die andere nur mit spitzen Fingern anfassten, weil sie ihnen zu gruselig waren. Mysteriöse Fälle und Verbrechen waren ihre Spezialität.

„Worum geht es?"

„Hier ist wieder eine Anfrage des Gerichtes, über eine Tatverdäch-tige ein Gutachten zu erstellen. Wir können das allerdings im Detail erst morgen Mittag besprechen, Sie wissen ja, womit ich mich heute befassen muss. Können Sie morgen um 12 Uhr zu mir kommen?"

„Ja, das kann ich schaffen. Danke. Bis morgen."

Chiara wusste zwar noch nicht wie sie das schaffen sollte, denn ohne die ausgefallene junge Kollegin war sie alleine auf Station. Aber Nora von der Nachbarstation würde sie bestimmt für ein Stündchen vertreten können.

Der Rest des Arbeitstages ließ sich mit dem Wissen um einen „neuen Fall" und der Spannung und Neugier, die damit verbunden war, besser ertragen.

Sie hatte fest vor, heute pünktlich die Station zu verlassen und musste der Versuchung widerstehen noch mit dem Abarbeiten des Stapels auf ihrem Schreibtisch anzufangen. Sollten die Arztbriefe doch warten, außer ein paar ungeduldigen Nachfragen von Arztpraxen konnte eigentlich nichts passieren.

Chiara sah aus dem Fenster ihres kleinen Arztzimmers, ein win-ziges Stückchen Privatsphäre im fordernden Stationsbetrieb, in dem man sich als Person geradezu verlieren konnte.

Draußen war alles grün. Es war Ende Mai und seit einer Woche war es warm geworden, zwischendurch gab es auch immer wieder Schauer. Diese Mischung aus Wärme und Feuchtigkeit hatte die Natur geradezu zum Explodieren gebracht. Sattes Grün und Blütenpracht, wohin man auch blickte.

Die Klinik befand sich am Stadtrand von Hannover, inmitten eines großzügigen Parks voller Kastanienbäume. Mit den weißen und rosa-farbigen kerzenförmigen Blüten sahen die Bäume wie geschmückt aus. Sie sah sich selbst mit Luis Arm in Arm durch den Park schlendern. Die Parkanlage war so riesig, dass man sich in Bereichen aufhalten konnte, in denen man die Klinik nicht sah, so dass Chiara auch in ihrer Freizeit gerne dort spazieren ging.

Luis … Sie widerstand dem Impuls gleich auf ihrem Handy nach-zuschauen, ob er sich nochmal gemeldet hatte. Sie wollte nicht schon wieder dieses Gefühl von Abhängigkeit spüren, wenn man unbedingt möchte, dass jemand sich meldet und sich wie in einer Art Dauer-warteschleife fühlt.

Ob die Sache mit Luis überhaupt eine Zukunft hatte? Nach der Trennung von Tim hatte sie zwei On-Off-Beziehungen gehabt und davon die Nase gestrichen voll.

Morgen würde Leonie wiederkommen, da würde sie als Mutter wieder voll gefordert sein. Somit wäre heute Abend die letzte Chance, Luis zu sehen und die schroffe Absage gestern zum Thema zu machen.

Sie gab sich einen Ruck, schnappte ihren Rucksack, schickte im Vorbeigehen noch ein kurzes „bis morgen" in Richtung Stationszimmer und schloss die Stationstür auf. Das alles musste möglichst schnell passieren, am besten ohne Blickkontakt und ohne Stehenbleiben, sonst könnte ein „Chiara, könntest du bitte noch …" den pünktlichen Feierabend torpedieren.

Der Weg zwischen der Klinik und ihrer Wohnung war in 20 Minuten mit dem Fahrrad zu bewältigen. Das hatte sie beim letz-ten Umzug auch bewusst so gewählt. Sie hatte es satt, täglich zur Rushhour mit dem Auto im Stau zu stecken. Sie hatte ihre kleine Wohnung aufgeben müssen, weil der Vermieter wegen Eigenbedarfs gekündigt hatte. Der „Eigenbedarf" war sein Sohn gewesen, ein stark übergewichtiger ungepflegter Nerd, der bei allen Absprachen in puncto Abstandszahlungen arrogant durchblicken ließ, dass er der Sohn des Vermieters war.

Schweren Herzens hatte Chiara ihm ihre geliebte Wohnung überlassen. Es war die erste Wohnung nach der Trennung von Tim gewesen, und sie war wirklich sehr klein. Wenn Leonie bei ihr war, musste Chiara zum Schlafen auf die Schlafcouch im Wohnzimmer ausweichen. Sie hatte auch diesen Stadtteil ihrer alten Wohnung geliebt, in dem viele Studenten wohnten. Ihr Freundeskreis hatte allerdings immer mal wieder Verwunderung darüber zum Ausdruck gebracht, dass sie sich dort wohlfühlte. Beatrice, eine Freundin seit Studientagen hatte geäußert „Wenn *dir* das so reicht, *ich* könnte so nicht wohnen". Auch wegen solcher Bemerkungen hatte Chiara sich nun eine größere Wohnung in einem besseren Stadtviertel ausgesucht. Der Haken daran: Sie war eigentlich zu teuer. Das ahnte natürlich niemand, denn ihre Umgebung hatte die Erwartung, dass das für sie als Ärztin kein Problem sein dürfe. Bis auf ihre besten Freundinnen Liz und Mette wusste niemand, dass sie durch die Trennung von Tim und dem daraus folgenden übereilten Verkauf der gemeinsamen Eigentumswohnung verschuldet war. Merkwürdig auch, dass man in den Augen anderer als Ärztin immer „Besserverdienerin" war, selbst wenn man in Teilzeit arbeitete.

Chiara hatte kräftig in die Pedalen getreten und spürte jetzt einen Riesenhunger. Sie schloss das Fahrrad am Zaun an statt es in den Keller zu bringen, so als könnte sie damit die Wahrscheinlichkeit erhöhen, dass sich noch eine schöne Unternehmung am Abend ergibt.

Auf dem Weg zur Haustür des Mehrfamilienhauses sah sie den blühenden Fliederbusch und brach sich einen der lilafarbenen Blüten ab.

In ihrer Wohnung angekommen öffnete sie als erstes die Fenster. Das geräumige Wohnzimmer war Südseite und hatte sich im Tagesverlauf enorm aufgeheizt. Vom Wohnzimmer aus öffnete sie die Tür zum Balkon und machte es sich dort auf ihrem neuen Balkonstuhl bequem. Vom Balkon aus konnte man auf ein Gartenstück sehen, welches allen Mietern zur Gemeinschaftsnutzung zur Verfügung stand. Der Rasen war ungepflegt und vermoost, niemand im Haus fühlte sich so richtig zuständig für die Pflege des Grundstücks. Der Balkon hatte sich zu Chiaras Lieblingsplatz in der Wohnung entwickelt, hier konnte sie nach der Arbeit am besten entspannen. Verschiedene Kräuter in Terracotta-Töpfen hatte sie aufgestellt, dazu Lavendel und ein paar Tomatenpflanzen, an denen bereits kleine grüne Früchte hingen.

Ihr Blick fiel auf die Majoranpflanze und erinnerte sie an die Idee, die ihr auf der Heimfahrt gekommen war. Sie wollte Frittate zubereiten, eine Art italienischer Eierkuchen, mit Kartoffelstückchen und kleingeschnittenen in Öl eingelegten getrockneten Tomaten, dazu Majoranbutter.

Jetzt fiel ihr Luis wieder ein und sie empfand ein wenige Stolz darauf, dass sie es geschafft hatte, einige Stunden nicht auf ihr Handy zu schauen. Er hatte tatsächlich geschrieben. „Hey, warum hast du gestern gar nicht auf meine Nachricht reagiert? Bin heute ohne Kind und würde dich WIRKLICH gerne sehen. LG, Luis." Chiaras Herz machte einen Sprung und sie antwortete sofort „Komm doch einfach, bin schon zuhause."

Es dauerte keine halbe Stunde bis es an der Tür klingelte. Vom Fahhradfahren und die Treppe Heraufsprinten noch außer Atem, begrüßte er sie mit einer stürmischen Umarmung und einem langen Kuss. Dann ging er einen Schritt zurück und sah ihr tief in die Augen.

„Was war los, warum hast du nicht reagiert?" Chiara drehte sich sofort um und ging Richtung Küche, dabei sagte sie „Wollen wir Frittate machen? Ich habe Kartoffelreste."

Er ging ihr nach, drehte sie sanft um und fragte, diesmal leiser aber eindringlicher „Warum hast du mich hängen lassen?"

„Wer hat hier denn wen hängenlassen? Warum hast du nur eine Nachricht geschrieben, statt mich anzurufen?" zischte Chiara.

„Genau deshalb, weil ich weiß, wie aggressiv du wirst, wenn du enttäuscht bist. Ich wollte dir Gelegenheit geben, die Enttäuschung erstmal wegzustecken."

„Komische Ausrede" sagte sie nur und ging wieder Richtung Küche und ohne sich umzudrehen, jetzt in leiserem Ton „Wie wär's wenn wir einfach den Abend genießen?".

Luis ging ihr nach „Bleib doch einfach mal stehen und sieh mich an, wenn du mit mir redest."

Sie wusste, dass er das hasste, aber manchmal konnte sie einfach nicht anders, wenn sie ihre Wut kontrollieren wollte. Sie blieb stehen und er drehte sie noch einmal vorsichtig um.

„Ja, Chiara, genau deswegen bin ich gekommen, um mit dir den Abend zu genießen. Aber ich habe mir fest vorgenommen, dir das nochmal zu sagen, dass du bitte nicht einfach abtauchst und gar nicht mehr reagierst. Das kann und will ich nicht aushalten! Aber jetzt habe ich auch alles gesagt und will auch unseren Abend genießen."

Chiara bewunderte Luis Fähigkeit, emotionale Dinge einfach und klar zu benennen und dabei einigermaßen ruhig zu bleiben. Manchmal machte sie das noch wütender, doch diesmal hatte es eine beruhigende Wirkung. Luis hatte Wirtschaftspsychologie studiert und arbeitete in einer Werbeagentur. Aber Chiara fand, dass er auch ein guter Therapeut geworden wäre. Zumindest ein besserer als sie, die oft impulsiv reagierte, wenn es um Gefühle ging.

Dann fingen sie an, gemeinsam zu kochen, die anfangs noch frostige Stimmung lockerte sich immer mehr auf. Luis neckte sie, indem er immer wieder von Omeletts statt Frittate sprach, und Chiara konnte es diesmal tatsächlich mit Humor nehmen. Luis hatte in Chiaras Augen einen kleinen Schönheitsfehler, er besaß nämlich zusätzlich zur Deutschen auch die Französische Staatsbürgerschaft, weil er in Frankreich geboren war. Chiara betrachtete es als merkwürdigen Zufall, dass sie nicht nur eine französische Mutter, sondern jetzt auch einen Freund mit französischen Wurzeln hatte. Aber im Gegensatz zu dieser machte es Luis nie zum Thema, außer beim Kochen und dann auch nur mit viel Humor.

Als die Frittate in der Pfanne war, ließ sie die Butter in einem Topf schmelzen, Luis hatte ein paar Majoranblätter vom Balkon geholt, gewaschen und kleingezupft. Nachdem er sie in die Butter gestreut hatte, wurde die Küche von einem Butter-Majoranduft erfüllt. „Was machst du dann mit der Majoranbutter?" wollte Luis wissen. „Sie wird über die Frittate geträufelt, wenn sie dann zusammengeklappt auf dem Teller liegt." Ohne zu fragen, nahm sich Luis noch zwei große Tomaten aus der Gemüseschale und schnitt sie in Scheiben, würzte sie und stellte sie mit einem „Für die Vitamine" auf den Esstisch. Sie genossen die Harmonie, die sich meistens beim gemeinsamen Kochen und Essen einstellte.

Chiara war eine Meisterin darin, den Tisch so zu decken, dass sich selbst einfache Gerichte wie ein Festmahl anfühlten. Sie hatte eine ganze Sammlung von unterschiedlichen schönen Sets und Tischdecken, dazu ein sehr schönes etwas verspielt verziertes Besteck. Von ihrer

Freundin Mette hatte sie sich ein original italienisches Geschirrservice aus deren Toscanaurlaub mitbringen lassen. Es war eine Art „running gag", dass ihr Freundeskreis sie immer mal wieder fragte „Die hast du bestimmt aus dem Italienurlaub." Das war dann liebevoll-ironisch gemeint, denn alle wussten, dass Chiara merkwürdigerweise als Fan der italienischen Küche noch nie in Italien gewesen war.

Auch heute hatte sie das graue, an den Rändern mit Punkten verzierte Geschirr auf einer fliederfarbenen Tischdecke gedeckt. Dazu passend die Fliederblüte in einer weißen bauchigen Vase.

Inzwischen war das Ei mit den Kartoffelstücken in der Pfanne leicht gestockt, für weitere zehn Minuten stellte sie nun die Frittata in den vorgeheizten Ofen. Luis hatte eine Rotweinflasche geöffnet, einen leichten Merlot. Bei Wein war Chiara nicht wählerisch. Sie mochte bei Rotwein die Farbe, bei Weißwein die Kühle und bei Alkohol grundsätzlich die entspannende Wirkung, alles andere interessierte sie nicht.

Nach dem Essen saßen sie noch lange auf dem Balkon, und genossen mit zunehmender Intensität den verklingenden Abend.

3. Kapitel

„D**u mal unpünktlich?"** spöttelte Ralf, der älteste Pfleger auf Station. Er schien von Jahr zu Jahr zuzunehmen, entsprechend wurde er immer behäbiger. Nur seine Zunge nicht, die war eine nicht enden wollende Quelle von provokativen Sprüchen. Chiara hatte gelernt, sie zu ignorieren.

Es wartete bereits vor der Morgenbesprechung eine ganze Reihe von dringenden Aufgaben auf Chiara. Blutabnahmen, Spritzen, Medikamtentenverordnungen für Patienten, die den Nachtdienst überstrapaziert hatten und dringend etwas Beruhigendes oder Angstlösendes benötigten. Sie bekam mit, dass auch schon drei Neuaufnahmen in Richtung Klinik unterwegs waren, einer davon ein von allen gefürchteter Patient, dessen aggressive Ausbrüche nicht einmal mit starken Medikamenten handelbar waren. Er gehörte zu den sogenannten „Drehtürpatienten", so nannte man diejenigen, die – kaum entlassen – schon wieder Probleme bekamen und kurz darauf erneut als Notfall angekündigt wurden.

An solchen Tagen zweifelte Chiara daran, ob sie hier richtig war. Was sie aber immer wieder davon abhielt, die Stelle zu wechseln war das nette Kollegium und die Aussicht darauf, dass sie in wenigen Monaten auf die private Psychotherapiestation wechseln würde. In ihrer Fantasie malte sie sich aus, wie viel angenehmer es wohl dort sein würde im Vergleich zur geschlossenen Akutstation.

Ein weiterer Grund für ihr Bleiben in der Klinik war die Chefärztin Annette Schömburger und ihr gemeinsames Interesse an den Gerichtsgutachten, das würde ihr bei einem Klinikwechsel sehr fehlen.

Heute Mittag sollte das Gespräch mit der Chefin sein, Chiara freute sich auf den Termin. Die Erwartung, bald schon wieder an einem spannenden Fall dran zu sein, hielt sie nach der kurzen Nacht wach und ließ sie den täglichen Wahnsinn auf Station besser aushalten.

Chiara war eine Meisterin darin, sich bei äußerem Druck in ihre inneren Welten zurückzuziehen. Gerade bei gewohnten Abläufen konnte sie wunderbar auf Autopilot schalten und sich innerlich mit

Dingen wie dem Zubereiten des nächsten italienischen Menüs oder Details des gerade laufenden Gutachtenfalles beschäftigen. Und sie hatte noch eine Vorliebe, von der aber nur wenige wussten. Sie liebte Gedichte, vor allem alte.

Ihr Lieblingsdichter war kein geringerer als Dante Alighieri, der als „Vater der italienischen Sprache" bezeichnete italienische Dichter. Sie kannte zahlreiche Gedichte und Aphorismen von ihm auswendig und konnte gleichzeitig arbeiten und sich innerlich ein Gedicht von ihm vorsagen.

In ihrem Freundeskreis sprach sie kaum darüber, denn sie hatte schon mehrmals die Erfahrung gemacht, dass sie belächelt wurde. Selbst Liz, von der sie sich am besten verstanden fühlte, hatte nur geschmunzelt und gesagt „Du und alte Gedichte – das passt doch gar nicht!" Chiara hasste die vorgefertigten Meinungen darüber, was zu jemandem passte. Überhaupt hasste sie Schubladen. Manchmal machte sie sich einen Spaß daraus, in Diskussionen etwas zu äußern, das eigentlich gar nicht ihrer Überzeugung entsprach, einfach nur um andere zu irritieren.

Auf den Kommentar von Liz hin hatte sie nur entgegnet „Ach Liz, wegen solcher Sprüche hatte Dante recht mit „Niemand ist uns ein näherer Freund, als wir uns selber sind." Dann wechselte sie das Thema und sprach nie wieder darüber.

Pünktlich um 12 Uhr saß Chiara wie vereinbart vor dem Zimmer der Chefärztin, wissend dass diese zwar pünktliches Erscheinen erwartete, aber auch gerne die pünktlich Erschienenen warten ließ. Diesmal dauerte es nur etwa zwanzig Minuten bis die Chefsekretärin Judith Talmann erschien. Frau Talmann war eine große, sehr schlanke Frau mit hochgestecktem pechschwarz gefärbtem Haar, dass sie noch größer wirken ließ. So knapp und bissig sie allen gegenüber sein konnte, die etwas von ihr wollten, so unterwürfig verhielt sie sich ihrer Chefin gegenüber. „Frau Schömburg erwartet sie jetzt", ließ sie Chiara wissen, wobei sie den Namen „Schömburg" etwas sanfter und leiser aussprach als den Rest des Satzes.

Chiara betrat das Zimmer ihrer Chefin. In dem eher kleinen Zimmer stand mittig ein überdimensionierter Schreibtisch aus dunklem

Holz. Die vier Kanten des rechteckigen Klotzes waren abgeflacht und mit Schnitzereien verziert, alles afrikanische Motive. Das ganze Zimmer zeugte von der Afrikaliebe der Chefin, holzgeschnitzte Tiere, Wandteppiche. Nicht von der Sorte, der man ansah, dass sie -massenhaft industriell gefertigt – als angebliche Handarbeit verkauft wurde. Diese hier waren edler, feiner geschnitzt, die Teppiche sehr fein gewebt.

Ein Gegenstand fiel ins Auge und bot immer wieder Gesprächsstoff im Kollegium. Es handelte sich um einen echten ausgestopften Antilopenfuß, der in einen Aschenbecher integriert war. Echt skurril, aber Chiara mochte ihn, vielleicht als Symbol ihrer beider Neigung zu Makabrem.

Die Chefärztin, klein und drahtig mit grauem, zu einem Bob geschnittenen Haar, begrüßte sie mit einem Lächeln. Dieses Lächeln sah Chiara bei ihr nur, wenn sie mit ihr alleine war. In den großen Runden war sie sehr ernst und geschäftsmäßig. Sie war eine faire Chefin, mit ihrer etwas unterkühlten Art konnte allerdings nicht jeder umgehen.

„Kommen wir gleich zur Sache Frau Deichgraf" jetzt wich das Lächeln dem üblichen ernsten Gesichtsausdruck, „ich habe hier etwas für sie."

Sie nahm die obere Akte eines Aktenstapels auf ihrem Schreibtisch und schlug sie auf.

„Es handelt sich um den Fall einer Frau, die ihren Liebhaber getötet haben soll. Mit einer Mistgabel." Chiara erkannte, dass die aufgeschlagene Seite auch Fotos enthielt, sah jedoch bewusst nicht genauer hin.

„Es läuft ein aufwendiger Indizienprozess am Landgericht Hamburg, Vieles spricht für die Frau als Täterin. Wie sie vielleicht wissen, gestehen die meisten Täter nach einer Beziehungstat, wenn die Beweise erdrückend werden. Diese Frau bleibt jedoch ganz klar dabei, die Tat zu leugnen. Es soll ein Gutachten zur aktuellen psychischen Verfassung der Tatverdächtigen erstellt werden mit Fokus auf ihrer Persönlichkeit."

Die Chefin hatte bisher nur auf die Akte geschaut, in der sie beiläufig geblättert hatte, jetzt blickte sie Chiara an.

„Ich dachte natürlich an sie, als die in forensischen Gutachten am meisten Erfahrene im Kollegium. Könnten sie das übernehmen?"
Wieder huschte ein kurzes Lächeln über ihr Gesicht.

Jetzt lächelte auch Chiara, die Anerkennung tat ihr gut. Ohne eine Antwort abzuwarten fuhr Frau Schömburg fort, den Blick wieder auf die Akte gesenkt.

„Wir wissen bereits, dass sie wegen psychischer Probleme mehrmals in Behandlung war, aber die Therapeuten berufen sich aktuell noch auf ihre Schweigepflicht."

„Ich dachte, wenn es um Verbrechen geht, endet die ärztliche und therapeutische Schweigepflicht" entgegnete Chiara.

„Das ist eine durchaus umstrittene Frage, Frau Deichgraf. Ganz sicher muss die Schweigepflicht gebrochen werden, wenn es darum geht, ein Verbrechen zu *verhindern*. Bei der *Aufklärung* von bereits verübten Verbrechen streiten sich die Geister."

Chiara war jetzt voll drin im Thema, sie liebte es, mit ihrer Chefin solche Dinge zu diskutieren, sie hätte noch Stunden über den Fall weiterreden können.

Nach einer kurzen Schweigepause sah die Chefin wieder auf „Und?"

Chiara sah sie irritiert an, weil sie nicht wusste, was sie jetzt von ihr wollte.

„Ich meine, übernehmen sie das Gutachten?"

„Ja, gerne", Chiara hatte ganz vergessen, dass sie die Frage vorhin noch gar nicht beantwortet hatte. Eigentlich war es auch eine rhetorische Frage, denn Frau Schömburg wusste genauso gut wie sie selbst, dass Chiara gerne solche spannenden Gutachten übernahm.

Chiara hatte die Zeit aus den Augen verloren. „Oh, ich muss leider jetzt los, meine Tochter abholen." Frau Schömburg, die keine Kinder hatte, sah sie irritiert an und überwand sich mit abgewandtem Blick zu einem Verständnis signalisierenden „na dann fahren sie mal, das Wichtigste haben wir ja besprochen. Frau Talmann wird die Akten in ihr Fach legen."

So gut sich die beiden Frauen in Bezug auf das Fachliche verstanden, wenn es um Chiaras familiäre Verpflichtungen ging, war sofort Eiszeit. Frau Schömburg hatte Chiara kürzlich eine volle Stelle angeboten. Als Chiara dann signalisiert hatte, dass das wegen ihrer

Tochter leider nicht machbar war, hatte die Chefin sie angesehen, als spräche sie eine andere Sprache.

Chiara fühlte sich gestresst, als sie – eigentlich schon zu spät– auf ihr Fahrrad stieg. Sie trat in die Pedalen und schimpfte vor sich hin. Dieser ewige Spagat zwischen Arbeit und Kind kostete irrsinnig Energie und Nerven. An der Arbeit kamen immer wieder ironische Sprüche, wenn sie die Station einigermaßen pünktlich verließ. Auf den letzten Drücker im Hort angekommen erntete man dort ebenfalls kritische Bemerkungen. Verdammt nochmal, wenn Leonie bis halb drei angemeldet war konnte man sie doch auch um halb drei abholen, und wenn es dann verdammt nochmal drei Minuten nach halb drei war, wo war das Problem? Die Erzieherinnen schienen doch – bis auf Frau Schaller, die älteste Kraft – sowieso überwiegend mit Kaffeetasse in der Hand zu plaudern.

Das schnelle Radeln und Schimpfen nutzte Chiara häufig als Ventil, wenn ihr alles mal wieder über den Kopf zu wachsen schien.

Diesmal war es leider fünf nach halb drei, Chiara hatte den Kampf gegen die Zeit mal wieder verloren. Wie immer erntete sie vorwurfsvolle Blicke. Sofort stellten sich bei ihr Fantasien ein, was die Erzieherinnen wohl dachten. „Da muss das arme Scheidungskind schon wieder auf seine Mutter warten, die einfach nichts auf die Reihe kriegt."

Doch das arme Scheidungskind war noch mitten im Spiel statt sehnsüchtig auf ihre Mutter zu warten. Chiara begrüßte sie liebevoll, doch Leonie wehrte ab. „Ich wollte das noch mit Lotta fertigspielen." Es dauerte eine Weile bis sie Lotta davon überzeugt hatte, dass sie beide auch morgen noch das Puzzle vollenden könnten. „Vergessen Sie die Tasche nicht Frau Deichgraf."

Oh nein, auch das noch, jetzt war das Bild der zerstreuten und überforderten alleinerziehenden Mutter perfekt. Fast hätte sie die Tasche vergessen, die bei Leonies Wechsel von Mama zu Papa und zurück ausgetauscht wurde.

Die „Wandertasche", wie Leonie sie nannte, war so voll gestopft, dass sie kaum in Chiaras Fahrradkorb passte. „Mama nicht schon wieder fluchen" schimpfte Leonie. Chiara hatte es gar nicht bemerkt, dass sie schon wieder vor sich hin gezischt hatte.

Die beiden fuhren mit dem Fahrrad nachhause, Leonie vorweg. Ihre Tochter so vor sich zu sehen, machte Chiara glücklich. Erst jetzt konnte sie auch wahrnehmen, wie blau heute der Himmel war und wie angenehm die Maisonne. Als sie dann vom Rad stiegen, hatte sich der Stress des bisherigen Tages verflüchtigt.

In der Wohnung angekommen frage Leonie „Mama, wann kaufst du eigentlich endlich Möbel?" Sie rief es so laut, dass ihre Frage durch den leichten Widerhall in der wenig möblierten Wohnung unterstrichen wurde. „Wir haben doch Möbel" entgegnete Chiara. „Die Wohnung ist aber trotzdem leer!" konterte Leonie. Chiara wusste, dass sie Recht hatte. Sie hatte die Möbel aus der kleineren Wohnung beim Umzug mitgenommen aber nichts Neues gekauft.

Fast hätte sie noch gesagt „Das machen wir, wenn wir wieder mehr Geld haben", besann sich dann aber eines Besseren. Sie wollte auf keinen Fall, dass Chiara sich Sorgen um Geld machte.

Wie belastend das sein konnte, wusste Chiara nur zu gut. Geld war bei ihren Eltern ständig Thema gewesen. Ihre Mutter konnte überhaupt nicht mit Geld umgehen. Für sie diente Geld vor allem dazu, etwas darzustellen. Neue Klamotten, teure Handtaschen, Urlaube an exklusiven – natürlich französischen – Orten.

Dabei hatten beide Elternteile recht gut verdient, die Mutter war Grundschullehrerin, der Vater Beamter im Finanzamt. Aber die Ausgabegewohnheiten der Mutter passten nicht zu einem normalen guten Einkommen. Die Streits der Eltern zum Thema Finanzen wurden selten vor den Kindern ausgetragen. Aber man konnte sie durch die Türen hindurch hören.

Danach versuchte die Mutter sich ein wenig am Riemen zu reißen, was aber nie länger als ein, zwei Wochen gutging. Diese Zeit war skurril, die Mutter versuchte dann durch eine lächerlich übertrieben wirkende Sparsamkeit guten Willen zu zeigen. Das ging so weit, dass sie moralisch getönte Standpauken hielt, wenn Chiara oder ihr Bruder sich über das spartanische Essen beschwerten oder maulten wenn es am Wochenende Aufbackbrötchen statt der Frischen vom Bäcker gab. Wie bei einem Süchtigen, der keinen Stoff zur Verfügung hat, wurde ihre Laune dann immer schlechter, ihre Belehrungen in Richtung Sparsamkeit immer aggressiver. Irgendwann brach sie dann ein, warf alles über den Haufen mit der Begründung, diesen Lebensstil könne man den Kindern nicht zumuten, die würden sonst Schaden nehmen.

Bis auf die nur mit kurzfristigem Erfolg gekrönten Versuche des Vaters gegenzusteuern hatte er die Misere geradezu stoisch ertragen. Chiara war es immer ein Rätsel gewesen, wie er das aushalten konnte. Seine kleine Rache war, sich oft in seine eigene Welt zurückzuziehen. Er spielte Tennis, kannte dort genug Leute um immer jemanden zu finden, mit dem man abends „ein Bierchen trinken" konnte. Dass er seine Frau in diese Kreise nicht integriert hatte nahm sie ihm sehr übel. Aber selbst bei gutem Willen wäre das aufgrund ihrer herausragenden Unsportlichkeit schwierig gewesen.

Nein, Leonie sollte aufwachsen mit dem Gefühl, das alles Notwenige selbstverständlich da war.

Das war manchmal nicht einfach, denn die monatliche Rate für den Kredit, den sie nach der Scheidung aufnehmen musste, war noch hoch. Noch fünf lange Jahre würde sie ihn abzahlen müssen. Fünf Jahre, wenn sie daran dachte, spürte sie, wie ihr Nacken sich verspannte und ihre Gedanken trüb wurden. Mehr arbeiten war für sie keine Option, sie wollte für Leonie da sein. Ihre Tochter sollte sich nicht so alleingelassen fühlen wie sie selbst in ihrer Kindheit und Jugend.

Chiara setzte sich mit einer Tasse Tee auf den Balkon und blickte in den blauen Himmel. Dieser war von einem so kräftigen Blau, wie es nur an wolkenlosen Tagen möglich ist.

Sie schloss die Augen und genoss es, wie die Sonnenstrahlen ihre Augenlieder wärmten. Wenn Leonie von ihrem Vater kam, verschwand sie immer erstmal eine Weile in ihrem Zimmer, so als müsste sie es wieder in Besitz nehmen. Sie tobte dann immer in ihrem großzügigen Reich und wollte nicht gestört werden. Für Chiara eine willkommene Auszeit. „Mama, machst du heute Nudeln?" rief Leonie so laut aus dem Kinderzimmer, dass Chiara auf dem Balkon jäh aus ihrem Nickerchen aufschreckte.

„Ja, mein Liebes, aber heute keine Selbstgemachten."

„Schade, aber dann wenigstens mit Speck! Bitte mach Amitana!"

Leonie liebte Spaghetti amatriciana, nur mit dem italienischen Namen stand sie auf Kriegsfuß. Nachdem Chiara eine weitere Runde genüsslich gedöst hatte, machte sie sich ans Kochen.

Sie öffnete das obere Fach des Hängeschrankes, das komplett mit unterschiedlichen Nudelsorten ausgefüllt war. Sie entschied sich für die Linguine mit Trüffelaroma. Am Wochenende machte sie die Nudeln meist selbst, heute wollte sie es einfach halten. Sie nahm fünf reife Tomaten aus ihrer Glasschüssel, die stets mit einer großen Menge Tomaten gefüllt war. „Grundnahrungsmittel, wenn man's italienisch mag" sagte sie, wenn sie auf ihren Tomatenvorrat angesprochen wurde. In der verzierten Glasschüssel sahen die Tomaten, an denen Chiara bewusst ein wenig Grün ließ, auch sehr dekorativ aus.

Die Tomatensauce war schnell zubereitet, die Zwiebeln und den Speck briet sie in zwei unterschiedlichen Pfannen, weil ihre Tochter keine Zwiebeln mochte. Als die Linguine in dem Topf kochten, wollte sie eigentlich Leonie zum Tischdecken rufen, aber da sie immer noch so ausgelassen in ihrem Zimmer spielte, entschied sie sich dagegen.

Sie bereitete noch einen leichten Rucolasalat mit Parmesanhobeln zu und gab ihn in die mit Zitronenmotiv bemalte Salatschüssel, ein original italienisches Exemplar, das Luis ihr zum Geburtstag geschenkt hatte. Dazu passend die weißen Essteller mit gelbem Rand.

Nachdem sie das Essen genossen und dabei viel herumgealbert hatten, fragte Chiara bewusst beiläufig, ob Leonie ihre Hausaufgaben im Hort erledigt hatte.

„Nein, ich war so müde von der Schule, dass ich mich nicht konzentrieren konnte." Chiaras Laune kippte schlagartig, sie spürte, wie ihr Hitze ins Gesicht stieg und zwang sich, erst einmal nichts zu sagen. Mit diesem Satz hatte Leonie exakt die Auszubildende im Hort zitiert. Die machte es sich besonders einfach. Anstatt die Kinder bei den Hausaufgaben zu ermutigen und zu unterstützen, saß sie kaffeetrinkend mit ihrem Smartphone in der Ecke und hatte für alles Verständnis. Wenn dann Eltern fragten, ob die Hausaufgaben erledigt seien, kam diese banale Erklärung „war zu müde von der Schule" und „konnte sich nicht konzentrieren." Als ob dann zu Hause nach einem langen Tag die Müdigkeit und Konzentration wie durch ein Wunder plötzlich gebessert wären. Dabei hatte der Hort bei der Infoveranstaltung damit geprahlt, dass die Kinder intensive Hausaufgabenbetreuung bekommen würden. Pustekuchen!

Chiara zwang sich, ruhig zu bleiben, wissend, dass es ungerecht wäre, jetzt Leonie dafür anzugreifen, nur ein ironisches „na wunderbar, dann musst du wohl nochmal ran" rutschte ihr heraus. „Fang schonmal an, ich mache die Küche alleine" sagte sie in genervtem Ton und fing an, den Tisch abzuräumen.

Als Chiara dann eine Viertelstunde später in Leonies Zimmer kam , hatte diese zwar intensiv über ihrer Biologiehausaufgabe gebrütet, jedoch ohne Ergebnis.

„Leonie, Liebes, wieso hast du nicht schonmal angefangen? Die Aufgabe ist doch ganz klar, du sollst das Auge beschriften, *hier* stehen die Begriffe und sie sollen *da* zugeordnet werden." Beim „Da" tippte sie energisch auf die Zeichnung des Auges.

„Was heißt ‚zugeordnet'"? Leonie blickte sie mit großen Augen an.

„Sie sollen einfach dahin geschrieben werden, wo sie hingehören."

Der Satz war Chiara etwas zu laut geraten.

„Mama, warum bist du so laut?" Die Tatsache, dass Leonie diese Frage eher leise stellte, machte Chiara sofort ein schlechtes Gewissen.

„Weil ich eigentlich zu müde bin um mich noch um Hausaufgaben zu kümmern und das eigentlich der Job der Horterzieherinnen ist. Tut mir leid." Nun war es doch wieder passiert. Sie hatte sich schon so oft vorgenommen, ihre kritische bis ablehnende Haltung Pädagogen gegenüber für sich zu behalten, aber das Fass lief immer wieder über.

Chiara zwang sich zur Geduld und zeigte ihrer Tochter am Beispiel der „Iris", wie das mit der Beschriftung gemeint war. Es kam ihr sehr recht, dass ihr Handy im Wohnzimmer klingelte. „Den Rest schaffst du alleine" rief sie ihr beim Verlassen des Zimmers zu.

Wie sie schon am Klingelton erkannt hatte, war es Luis.

„Hallo Chiara. Wie geht es euch beiden? Ist Leonie gut angekommen?"

„Ja, aber sie sitzt noch an den Hausaufgaben. Das hat der Hort mal wieder nicht hinbekommen. Von daher bin ich ziemlich genervt und müde. Schön, dich zu hören."

„Ich habe heute oft an dich gedacht, war eine wunderbare Nacht mir dir."

Chiara antwortete nicht, weil sie plötzlich die Ahnung hatte, dass jetzt etwas weniger Wunderbares kommen würde.

„Leider klappt das nicht mit unserem Wochenende auf Spiekeroog. Lukas Mutter muss einen Dienst übernehmen und kann ihn nicht betreuen. Ich habe versucht, meine Mutter zu aktivieren, aber die ist auf Dienstreise. Ich bin total frustriert, ich hatte mich sehr darauf gefreut. Nur gut, dass wir noch stornieren können. Oder du fährst alleine."

Chiara war am Boden zerstört und verlor ihre Fassung. „Nur gut? Gar nichts ist mehr gut. Lukas Mutter, Lukas Mutter, ich kann es nicht mehr hören. Deine dämliche Sabine macht uns alles kaputt. Und du lässt das einfach zu. Warum setzt du dich nicht einfach mal durch! Lass *sie* doch das Problem mit der Betreuung lösen. Schließlich hatte sie zugesagt, wie kann sie da einen Dienst übernehmen?"

„So einfach ist das alles nicht. Dieses Wochenende gehört nicht zu ihren regulären, sondern sie hatte zugesagt, obwohl sie es nicht hätte übernehmen müssen. Ich werde das auch nicht mehr machen, man kann sich da anscheinend nicht auf sie verlassen. Ich kann ja deinen Ärger verstehen, ich selbst bin auch enttäuscht."

Chiara war nicht ärgerlich und enttäuscht. Sie war voll rasender Wut. Dass Luis wieder so ruhig und „verständnisvoll" war fachte ihre Wut eher noch an.

„Komischerweise spüre ich bei dir aber keine Enttäuschung. Vielleicht bist du ja auch erleichtert? So ein langes Wochenende mit mir ist vielleicht nicht so reizvoll wie eine kurze heiße Nacht." Sie hasste sich für das was sie sagte, konnte sich aber nicht stoppen.

„Chiara, jetzt drehst du völlig ab. Vielleicht solltest du dich erst einmal beruhigen und wir sprechen später nochmal." Jetzt war auch in seiner Stimme Aufregung herauszuhören.

„Willst du das Gespräch etwa jetzt beenden? Nur weil ich emotional bin? Weil ich nicht in pastoralem Ton rede wie du? Weil ich nicht so scheiß-kontrolliert bin wie du?"

Klick. Das Gespräch war abgebrochen. Chiara schaute auf ihr Handy, ob es möglicherweise keinen Saft mehr hatte, aber es war noch fast voll aufgeladen.

Wenn es an Luis Handy lag, würde er es merken und sie sofort vom Festnetz aus anrufen.

Als nach fünf Minuten noch kein Rückruf kam, war Chiara klar, dass Luis aufgelegt hatte. Das hatte er noch nie getan, das passte gar nicht zu ihm.

Vielleicht hatte ihn das mit dem „pastoralen Ton" getroffen, sein Vater war Pastor gewesen und einiges von dieser Prägung war bei ihm zu spüren. Oder das „scheiß-kontrolliert", er fand das „Sch..-Wort" abstoßend und prollig.

Aber auflegen? Chiara spürte ihr Herz rasen und ein Gefühl, als hätte ihr jemand in den Magen geschlagen.

„Mama, ich bin fertig!" tönte es aus dem Kinderzimmer.

Tief durchatmen. Auf Autopilot schalten. Du kannst das.

Chiara straffte sich, ging zu ihr ins Zimmer und lobte sie für das sorgsam beschriftete Auge.

„Mama, mit wem hast du telefoniert? Warum warst du so laut?"

„Mit Luis. Wir haben uns ein bisschen gestritten." Was sie auch sagte, war verkehrt. Log sie, hatte sie ein schlechtes Gewissen und Leonie spürte das wahrscheinlich. War sie ehrlich, belastete sie die Tochter mit ihren Beziehungsproblemen. Nicht gut für ein Scheidungskind.

„Wann kommt Luis mal wieder? Bitte sag ihm, dass er mal wieder mit Lukas kommen soll."

Die Tatsache, dass Leonie Luis mochte setzte Chiara noch mehr unter Druck, dass es doch diesmal mit der Beziehung klappen müsse. Bei den beiden Beziehungen, oder besser gesagt Beziehungsversuchen davor, war Leonie sehr ablehnend gewesen. Aber nach dem abgebrochenen Telefonat war sich Chiara plötzlich nicht mehr sicher, ob sie überhaupt noch eine Beziehung hatte.

„Ja, ja, wird schon mal wieder klappen. Zieh dich bitte jetzt um, es ist spät geworden."

Das mit dem Autopilot funktionierte wirklich gut, es fühlte sich so an, als ob es dann in Chiara zwei Welten gäbe. In der einen herrschte Chaos und Angst, dort fühlte sie sich wie an einem Abgrund. In der anderen war alles in Ordnung und sie konnte gut funktionieren. Trotzdem fragte sie sich, ob Leonie das nicht spürte, dass etwas nicht in Ordnung war. Vielleicht daran, dass sie dann nicht so emotional zugänglich war, weniger fröhlich, weniger empathisch.

Die Nebenwirkung dieses Lebens in zwei inneren Welten war, dass es wahnsinnig anstrengend war. Chiara war froh, als Leonie endlich im Bett war und sie die Tür zum Kinderzimmer schließen konnte.

Jetzt wurde sie von der „anderen Welt" wieder eingeholt. Was, wenn das jetzt das Ende der Beziehung war? Kämpfen? Warum hatte sie bloß so viel riskiert mit ihrem Ausrasten? Warum hatte sie sich nicht unter Kontrolle? Warum konnte Luis nicht sehen, dass sie eigentlich doch nur so heftig reagiert hatte, weil sie sich so sehr auf die gemeinsame Zeit gefreut hatte?

Die Tatsache, dass er bis jetzt nicht versucht hatte, sie nochmal anzurufen, sprach dafür, dass für ihn wohl eine Grenze überschritten worden war. Vielleicht hatte er jetzt endgültig die Nase voll von dieser anstrengenden Frau.

Chiara merkte, dass ihre Gedanken und Gefühle in einen Abwärtsstrudel gerieten und sie gegensteuern musste. Am besten funktionierte Ablenkung, komplettes Umschalten auf ein anderes Thema.

Die Akten von dem neuen Fall hatte sie am Nachmittag aus ihrem Fach geholt, sie waren noch in ihrer Arbeitstasche.

Sie nahm die Akten aus der Tasche und legte sie auf ihren Schreibtisch, der im Wohnzimmer vor dem großen Fenster zum Balkon stand.

Sie fing an darin zu blättern, sah sich die Fotos an. Das erste Foto zeigte das Opfer. Ein Mann lag im Stroh, das schwarze Haar zerzaust, im oberen Bereich der Stirn war eine blutige Platzwunde zu erkennen, eine Blutspur lief über das Gesicht, teilte es optisch in zwei Hälften.

Doch dies war das weniger schockierende Detail. Sein Oberkörper war blutverschmiert, er schien dort aus mehreren Quellen geblutet zu haben. Besonders gruselig waren die halb offenen ins Leere starrenden Augen.

Chiara hatte sich eine eigene Technik zugelegt, solche Bilder auszuhalten. Zuerst atmete sie tief durch und schloss kurz die Augen. Dann sagte sie zu sich selbst, dass das eigentlich gar nicht so schlimm sei, da jeden Tag überall auf der Welt viele noch schlimmere Dinge geschahen ohne dass es Bilder davon gab.

Außerdem verfügte sie über eine enorme Vorstellungskraft. Wenn ein Teil des Bildes besonders verstörend war, konnte sie es für sich einfach „verpixeln." Sie sah dann nicht direkt hin, sondern knapp daneben und nahm es somit nur schemenhaft wahr.

Dem Text entnahm sie, dass die Tatverdächtige das Opfer wohl erst mit einem Schlag auf den Kopf zu Fall gebracht haben soll, um dann mit voller Wucht die Mistgabel in seinen Oberkörper zu rammen. Sie las weiter, dass die Frau verheiratet war und eine längerfristige Affäre mit dem Opfer hatte. Beide waren Pferdebesitzer gewesen und hatten sich in einem Reitverein kennengelernt, ein eher elitärer Verein südlich von Hamburg.

Die in der Box seines Pferdes liegende Leiche war erst Stunden später entdeckt worden. Das Opfer hatte sein Pferd auf die neben der Reithalle liegende Koppel gebracht, danach hatte er den Stall ausmisten wollen. Es war ein Wochentag und Mittagszeit gewesen, keine weitere Person befand sich im Stall, so dass es keine Zeugen gab. Außerdem war die Brüstung der Boxen so hoch, dass man beim Vorbeigehen nicht den Boden sehen konnte. Erst als abends sein Pferd unruhig auf der Koppel umherlief, wunderte sich ein anderer Reiter, warum Ted (eigentlich Theo, aber er wurde von allen Ted genannt) sein Pferd nicht wie sonst in den Stall zurückgebracht hatte, um ihm Futter zu geben.

Er hatte in der Pferdebox nachgesehen, die Leiche entdeckt und die Polizei alarmiert. Aufgrund der Verletzungen im Brustbereich war schnell klar gewesen, dass das Tatwerkzeug eine Mistgabel war, die sich nicht mehr am Tatort befand.

Der Verdacht war schnell auf Silvia gefallen. Die beiden hatten ihre Liaison zwar versucht geheim zu halten und unterhielten zu den anderen im Reitverein nur sehr oberflächlichen Kontakt, doch zwei Personen hatten schon länger wahrgenommen, dass die beiden sich sehr nahestanden.

Natürlich geriet auch Silvias Mann Josef unter Verdacht, vor allem als sich herausstellte, dass er kürzlich von der Affäre seiner Frau erfahren hatte. Er hatte jedoch im Gegensatz zu Silvia ein wasserdichtes Alibi, da er nachweislich auf Geschäftsreise gewesen war.

Silvia, Lehrerin an einer IGS, hatte zwar angegeben, zur Tatzeit in der Stadt in mehreren Geschäften gewesen zu sein, aber niemand konnte sich genau an sie erinnern.

Die Tatwaffe war zwei Tage später in einem Waldstück eine halbe Autostunde vom Tatort entfernt gefunden worden. Es konnten keine Fingerabdrücke oder andere Spuren außer dem Blut des Opfers daran nachgewiesen werden.

Zwischenzeitlich geriet auch Lorenz in Verdacht, ein Vereinsmitglied, mit dem Ted immer wieder in Streit geraten und der als impulsiv bekannt war. Bei Mitgliederversammlungen lieferten die beiden sich oft heftige Wortgefechte. Die Themen, um die es ging, wie Entscheidungen über die Qualitätsstandards des gemeinschaftlich eingekauften Futters oder Verträge mit Hufschmieden, schienen dem Gericht jedoch zu banal für einen Tötungsdelikt.

Die Ermittlungen kamen über Wochen zum Erliegen. Auch die Presse schien allmählich das Interesse zu verlieren, Artikel über den „Mistgabel-Mord" verebbten und schienen nur noch bereits Bekanntes aufzuwärmen.

Dann kam plötzlich wieder Bewegung in die Sache. Die neu aufgetretenen Zeugen waren nur wenige Millimeter groß aber bedeutungsschwer. An einem Paar Reitstiefel, welche in Silvias Haus beschlagnahmt wurden, fand man Erdreste, in denen nach mikroskopischer Aufbereitung drei plattgetretene Ameisen identifiziert werden konnten. Das schien erst einmal nichts Besonderes. Die Zusammensetzung der Erde stimmte jedoch mit der des Waldstückes überein. Doch noch bedeutungsvoller war die Tatsache, dass es sich bei den beiden toten Ameisen um eine besonders seltene Art handelte, die nur im Bereich des Waldstückes, in dem die Mistgabel gefunden wurde, vorkam.

Jetzt wurde es sehr eng für Silvia. Zusätzlich meldete sich ein Mann, der sich „fast sicher" war, Silvia ungefähr zur angenommenen Tatzeit in ihrem Auto, einem weißen Mini-Cabrio, aus Richtung des Stalles kommend im Gegenverkehr gesehen zu haben. Die tägliche Joggingrunde dieses Mannes befand sich im Waldgebiet hinter dem Reitstall. Es waren jedoch noch viele Fragen offen. Zum einen, konnte er nicht recht erklären, warum er sich nicht früher gemeldet hatte. Zum anderen standen noch Tests aus, ob er tatsächlich Silvias Gesicht unter anderen ähnlichen Gesichtern heraus erkennen konnte.

Parallel liefen erste Bemühungen, die Persönlichkeit von Silvia besser einzuschätzen. Befragungen von Psychotherapeuten ergaben nur wenig. Die einzigen sicheren Erkenntnisse waren, dass Silvia eine Neigung zu depressiven Phasen hatte. Davon wussten nur die ganz engen Freunde, sie versuchte es vor ihrem großen Bekanntenkreis zu verbergen. Neigungen zu Impulsivität oder Aggressivität waren nicht aufgefallen. Im Gegenteil, sie galt als sehr harmonieliebender Mensch und engagierte sich als Lehrerin stark bei der Initiative „gewaltfreie Schule." Sie schulte andere Lehrkräfte im Umgang mit Gewalt an Schulen und hielt auch öffentliche Vorträge zum Thema. Das war auch ein Grund, warum sie in ihrem Stadtteil keine Unbekannte war.

In der Akte befand sich ebenfalls ein Interview mit der Professorin Luise Gantner, Spezialistin für Tötungsdelikte unter Intimpartnern. Sie beschrieb, dass der Fall Silvia Oldendorf zu den besonders herausfordernden Fällen ihrer Karriere gehörte, da es kein Geständnis, wie sonst üblich bei diesen Delikten gab. Und weil der Fall so schnell das öffentliche Interesse geweckt hatte, so dass es nicht möglich war, ihn leise zu führen. Gantner äußerte die Meinung, dass bisher zu wenig Augenmerk auf die Persönlichkeit der Tatverdächtigen gelegt worden sei.

Das Gericht reagierte sofort und ordnete das erneute Einholen eines Gutachtens über die Persönlichkeit und Glaubwürdigkeit von Silvia an. Dieser Auftrag ging dann an die für ihre forensische Kompetenz bekannte Chefärztin Annette Schömburg.

Der Name ihrer Chefärztin riss Chiara plötzlich aus ihren Gedanken. Sie war tatsächlich total in den Fall abgetaucht und musste sich jetzt wieder sortieren. Es war draußen dunkel geworden, im gegenüberliegenden Mehrfamilienhaus brannte nur noch in drei Wohnungen Licht, es sah aus wie ein dreiäugiges Monster.

Dann traf es sie wie ein Dolchstoß. Luis. Er hatte sich tatsächlich gar nicht mehr gemeldet. Oder hatte sie vielleicht versehentlich ihr Handy stummgeschaltet? Es lag auf dem Tisch vor dem Sofa. Sie nahm es und warf sich auf die Couch. Ein leichtes Übelkeitsgefühl beschlich sie. Sie holte tief Luft, checkte das Handy. Nein, es war auf laut gestellt. Das vernichtende Gefühl war wieder da, dem sie gerade eine Weile entflohen war.

Sie lag auf dem Sofa und starrte an die Decke. Was, wenn es jetzt wirklich aus war? Wie sollte sie das Leonie erklären? Den Kontakt der beiden letzten Partner mit Leonie hatte sie bewusst knapp gehalten. Bei Luis hatte sie es zunehmend zugelassen. Wie leichtsinnig! War es nicht auch merkwürdig, dass sie jetzt – das mögliche Ende der Beziehung vor Augen – vor allem an ihre Tochter dachte? Sie spürte einen tiefen Schmerz und Einsamkeit. Noch eine Trennung durchleben? Und dann irgendwann wieder ein Neuanfang? Sie hatte die Nase so gestrichen voll von „Neuanfängen". Am Anfang schien immer alles so neu und anders und ruck zuck war man in den alten Mustern drin. Chiara versuchte, nicht weiterzudenken, ihren Kopf auszuschalten, aber die Gedanken drehten sich immer weiter im Kreis. Wenn die Ablenkung durch Berufliches missglückte, konnte vielleicht noch Dante helfen.

So wie sie in einen spannenden Fall abtauchen konnte, halfen ihr auch Gedichte. Es war wie ein Abtauchen in die geistige Welt eines anderen Menschen. Chiara liebte vor allem die alten Gedichte. Die mit der alten Sprache, alten Begriffen, den Metaphern und Andeutungen. Moderne Gedichte waren ihr oft zu direkt, zu konkret.

Sie vollzog dasselbe Ritual, wie immer, wenn sie Trost in Gedichten suchte. Zuerst machte sie sich bettfertig, las dann im Bett liegend auf der Seite aufgestützt. So dass zwischen dem Aufnehmen der Worte und dem Schlaf so wenig Zeit wie möglich – am besten nur der Moment des Lichtausknipsens – lag.

„Der Menschengeist vermag die Kraft zu binden,
Er kann die Triebe zähmen, ihre Lust
Kann ernster Wille siegreich überwinden.
Wenn die Begierden keimen in der Brust,
Kann er verschließen seines Busens Pforte.
Die Tat wirkt frei und ihrer selbst bewusst."

4. Kapitel

Am nächsten Morgen schien alles wie verwandelt. Chiara war zehn Minuten vor dem Wecker wach und fühlte sich ausgeschlafen. Sie nutzte die Gelegenheit schon vor dem Wecken von Leonie einen Cafe crema zu machen. Natürlich mit der neuen Siebträgermaschine. Sie öffnete eine neue Packung Kaffeepulver, der Duft erfüllte die Küche. Mit dem fertigen Kaffee setzte sie sich auf den Balkon. Fast schon etwas amüsiert musste sie an ihre Weltuntergangsstimmung am Vorabend denken. Wie konnte sie immer wieder in solche Tiefs geraten, wo ihr Leben doch eigentlich in Ordnung war? Warum war sie eigentlich nicht auf die Idee gekommen, von sich aus Kontakt zu Luis aufzunehmen? Anscheinend aus Angst. In schlechter Stimmung verzerrte sich das Bild, das sie von anderen Menschen in sich trug. Gestern Abend hatte sie das Bild, sie sei Luis egal und er wolle sie loswerden. Vielleicht war das aber totaler Unsinn. Heute Abend nach der Arbeit würde sie ihn einfach anrufen.

Die Luft war noch recht kalt, doch der blaue Himmel verhieß einen sonnigen Tag. Sie wollte gerade Leonie wecken gehen, da kam diese aus ihrem Zimmer. Ihre blonden lockigen Haare zerzaust und mit verschlafenem Blick. Sie schlurfte durch das Wohnzimmer auf den Balkon und setzte sich auf Chiaras Schoß. „Mir ist kalt" sagte sie und rollte sich zusammen wie ein Murmeltier. Chiara vergrub ihr Gesicht in Leonies Nacken und atmete tief ein.

Nachdem sie eine Weile so verharrt hatten richtete sich Leonie auf, sah Chiara an und verkündete: „Jetzt habe ich einen Riiiiiesenhunger!"

Chiara legte einige Brioches in den vorgeheizten Backofen. Das war das einzige, das sie morgens hinunterbekam. Im Gegensatz zu dem Riesenhunger ihrer Tochter war ihr morgens der Magen wie zugeschnürt. Aber sie wusste, dass Leonie ihr Frühstück brauchte. Für sie selbst blieb in der Klinik oft gar keine Zeit zwischendurch etwas zu essen, also nahm sie doch eine Brioche. Kein besonders gesundes Frühstück, aber sie hatte als Fan der italienischen Küche das Argument, dass man das in Italien eben so mache. Und Leonie liebte die süßen mit Schokocreme oder Marmelade gefüllten Brioches ganz besonders.

„Bei Papa gibt es morgens immer Käsebrot und Gemüse. Und ich muss mindestens drei Teile vom Gemüse essen" beschwerte sie sich.

„Das ist aber echt zu streng" bemerkte Chiara kauend und fügte dann nach dem nächsten Schluck Kaffee noch ein „Na ja, wahrscheinlich meint er es gut" hinzu.

Sie versuchte Kritik an Leonies Vater zu vermeiden, aber schon immer war ihr die übertriebene Strenge von Tim auf die Nerven gegangen. Gerade beim Thema Ernährung wollte er immer alles perfekt machen. Das hatte den Effekt, dass Leonie eine regelrechte Abneigung allem „besonders Gesunden" gegenüber entwickelt hatte.

„Ih, Mama, das ist eklig!" beschwerte sich Leonie, als Chiara mal wieder eine Brioche in ihre große Kaffeetasse tunkte, wieder hervorholte und das vollgesogene, sich neigende Stück gerade noch schnell abbiss. Leonie schimpfte zwar, musste aber gleichzeitig lachen und wartete eigentlich nur darauf, dass mal wieder ein Stück in den Kaffee plumpste um dann zu triumphieren mit „hab ich dir doch gesagt!"

Auf der Station war es heute ruhig. Auf einer geschlossenen Station konnte dies jedoch immer nur die Ruhe vor dem Sturm sein. Chiara nutzte die Atempause trotzdem, um mit Nora von der Nachbarstation kurz einen Kaffee zu trinken. Wenn man das Gebräu Kaffee nennen konnte, das in der Stationsküche in einer riesigen Filter-Kaffeemaschine zubereitet und stundenlang warmgehalten wurde. Die Stationsküche befand sich zwischen den beiden geschlossenen Stationen 21 A und 21 B und wurde von beiden Seiten genutzt. Hier konnten Chiara und Nora gelegentlich mal eine kurze Pause machen. Die fand immer im Stehen statt, an einem kleinen Stehtisch neben der Kaffeemaschine.

„Vielen Dank nochmal, Nora, dass du gestern die halbe Stunde auf der A übernommen hast. Ich hoffe, es war ruhig."

„Ja, zum Glück, denn auf meiner Station war genau um diese Zeit eine Notaufnahme. Und, was wollte die Schömburg von dir?" Nora nahm einen Schluck Kaffee, verzog das Gesicht und stellte die Tasse wieder auf den Tisch.

Nora war fast einen Kopf kleiner als Chiara. Ihre schwarzen gelockten Haare trug sie schulterlang. Ihre spitze Nase verlieh dem Gesicht etwas Spitzbübisches.

„Sie hatte mal wieder einen Gutachtenauftrag für mich. Total makabre Sache. Eine Frau soll ihren Geliebten mit einer Mistgabel erstochen haben. Es soll im Gutachten um Persönlichkeitsauffälligkeiten und Glaubwürdigkeit gehen."

„Ach ne, der ‚Mistgabelmord'? Das ging doch durch die Presse, und *du* bist da dran. Cool!"

Nora sah sie mit großen Augen bewundernd an.

Jetzt nahm auch Chiara einen großen Schluck, verzog ebenfalls das Gesicht, trank dann den Rest des lauwarmen Kaffees schnell hinterher.

„Hey, das Zeug kriegst du so schnell runter?" Das Lästern über den Stationskaffee war bei den beiden Ritual.

„Ja, das nennt man auf der Suchtstation bei den Alkoholikern ‚Wirkungstrinken', muss nicht schmecken, man braucht einfach die Wirkung. In meinem Fall vom Koffein."

Nora lachte ihr spitzbübisches Lachen.

„Ach da fällt mir ein, ich muss nochmal ins Sekretariat. Frau Schömburg hat mir vorhin im Vorbeigehen gesagt, da liegt was zum Gutachten." Chiara stellte ihre Tasse mit einem Lächeln *auf* die Spülmaschine mit der Bemerkung „Die ist für Renate."

Renate war Krankenpflegehelferin, der „Drachen" der Station. Ihr Hauptthema war die angebliche Arroganz der Ärztinnen, die immer alles überall stehen ließen. Dies taten sie natürlich nur, um Renate zu ärgern und zu demütigen. Chiara reagierte auf diese Unterstellung mit regelmäßigen Provokationen, damit Renate wenigstens Recht behielt.

„Ich muss auch weitermachen, habe noch einen Stapel Arztbriefe zu schreiben. Wir können demnächst mal wieder einen *richtigen* Kaffee zusammen trinken, zum Beispiel im Eiskaffee Soravia", schlug Nora vor.

„Super Idee, aber an diesem Wochenende bin ich an der Nordsee, vielleicht nächstes, bis dann." Chiara hatte sich schon in Bewegung gesetzt, sah sich an der Türschwelle nochmal um und warf Nora mit Kusshand ein „Ciao" zu.

Das war mal wieder typisch. Einfach die Realität verleugnen. Einfach so tun als wäre nichts. Das kannst du echt gut. Nordsee, schön wär's. Kannst ja alleine fahren und dann deine Einsamkeit zelebrieren. Aber vor anderen so tun als ob, typisch Ari.

Manchmal nannte sie sich in ihren kritischen Selbstgesprächen so wie ihre Mutter es tat, Ari, obwohl sie diesen Namen nicht mochte. Vielleicht aber auch gerade deshalb.

Im Sekretariat angekommen fand sie ein Schreiben des Gerichts in ihrem Fach. Aufgrund der Dringlichkeit der Begutachtung war bereits ein Termin für Anfang nächster Woche festgelegt worden. Montag 11 Uhr bei der zurzeit in Untersuchungshaft befindlichen Silvia Oldendorf in Hamburg. Chiara spürte eine Welle der Aufregung. Es war nicht ihre erste Begutachtung in einem Gefängnis, aber dieser Fall war doch eine ganz andere Nummer. Ein Tötungsdelikt durch eine Frau, das hatte sie bisher noch nicht. Ob sie der Sache gewachsen war? Auf keinen Fall wollte sie Frau Schömburg enttäuschen.

Passend zu diesem Gedanken kam Frau Talmann in dem für sie typischen Stechschritt heran und bemerkte „Ach, das ist prima, dass sie das Schreiben jetzt lesen. Frau Schömburg hatte sich schon sehr gewundert, dass Sie es noch nicht abgeholt hatten. Die Sache ist schließlich dringend." Warum konnte sie nicht einfach diesen grundsätzlichen leicht vorwurfsvollen Unterton weglassen? Chiara biss sich auf die Lippen, um nicht etwas Schnippisches von sich zu geben.

Wie am Vortag holte sie Leonie vom Hort ab. Die Auszubildende begrüßte sie freudestrahlend. Leonie habe alle Hausaufgaben erledigt, wenn auch mit intensiver Unterstützung. Die Art und Weise, wie sie es betonte, mit ihrer Kaffeetasse in der Hand ließ Chiara sofort an der „intensiven Unterstützung" zweifeln. Warum nur konnte sie ihren Argwohn den Pädagogen gegenüber nicht überwinden?

Wieder radelten die beiden gemeinsam nachhause, Leonie vorweg. Dunkle Gewitterwolken waren aufgezogen und verdichteten sich zu einem bedrohlichen Schwarz. Am liebsten hätte Chiara zur Eile angetrieben. Doch weil sie sonst immer „fahr langsam" predigte, nahm sie in Kauf, dass es schon grollte und sie auf die letzten Minuten doch noch nass wurden.

Nachdem sich beide umgezogen hatten, verzog sich Leonie wie immer erst einmal in ihr Zimmer. Chiara fiel ein, dass sie sich vorgenommen hatte, nach der Arbeit Luis anzurufen. Oder lieber doch nicht? Lieber abwarten? Ihm nicht zuvorkommen? Ihn zappeln lassen? Was für ein Quatsch, wie konnte sie ihn zappeln lassen, wo *er* doch aufgelegt hatte. Nein, er ließ *sie* gerade zappeln und sie wollte das nun beenden. Ganz in Ruhe und ganz erwachsen wollte sie mit ihm reden und erst einmal ohne Vorwürfe hören, warum er gestern das Gespräch beendet hatte.

Sie spürte ihren Puls rasen als sie Luis' Nummer wählte.

„Luis Angermann."

„Hi Luis, hier ist Chiara. Ich wollte fragen, warum du gestern einfach aufgelegt hast."

Es gelang ihr nicht ganz, den Vorwurf in ihrem Tonfall herauszufiltern.

„Es wäre schön, wenn du vielleicht erstmal fragst, wie es mir geht, bevor du mir Vorwürfe machst." Das klang allerdings nicht weniger vorwurfsvoll.

„Wie geht es dir denn?" Eigentlich wollte Chiara lieber loswerden wie es ihr selbst ging.

„Mir geht es hundeelend. Ich kann nicht mehr. Es ist so anstrengend mich immer rechtfertigen zu müssen, wenn es mal Planänderungen gibt, die ich nicht freiwillig entschieden habe." Seine Stimme klang ruhig und abgeklärt, Chiara wurde von Panik erfasst.

Was meinst du mit „Ich kann nicht mehr"?

„Ich halte das nicht länger durch. Es kostet mich zu viel Kraft. Ich schaffe meine Arbeit kaum noch." Jetzt klang er erschöpft und resigniert.

„Und das soll alles mit mir zu tun haben? Vielleicht bist du ja depressiv und brauchst Hilfe."

In Chiara rangen jetzt Wut und Angst miteinander.

„Lass bitte jetzt nicht die Ärztin raushängen. Nein, ich bin nicht depressiv, aber die Situation mit Lukas und meiner Ex macht mich fertig. Ständig platzen die Absprachen. Und wenn du mir dann auch noch Vorwürfe machst, dann packe ich das irgendwann nicht mehr."

„Was stellst du dir denn vor? Dass ich alles klaglos hinnehme und ja und Amen sage?"

Jetzt gewann die Wut die Oberhand.

„Nein, natürlich nicht. Aber dass du nicht immer gleich so laut und angreifend wirst."

„Na super. Ist dir klar, was du da gerade gesagt hast? Immer, gleich, das stimmt doch gar nicht." Sie fühlte sich an einem sehr wunden Punkt getroffen, diesen Vorwurf kannte sie aus früheren Beziehungen.

„Du weißt doch genau wie ich das meine. Natürlich nicht immer, aber sehr oft und du wirst dann wirklich sehr laut und beleidigend."

Jetzt fühlte sich Chiara wie im Schwitzkasten. Sie spürte den starken Drang sich vehement zu verteidigen, wollte aber nicht direkt der Kritik von Luis Futter geben.

„Und jetzt? Wie wollen wir jetzt weitermachen?" Ihre Stimme wurde etwas brüchig. Das Schweigen, das nach dieser Frage folgte, ließ Chiara erschaudern.

„Ich brauche eine Pause. Ich glaube, ich muss erst einmal wieder zu mir selbst finden. Vielleicht krieg ich dann klarer, was ich wirklich will."

Chiara konnte es nicht glauben. Sie fühlte sich wie in einem Alptraum. In der letzten Beziehung hatte ihr Ex in einer „Beziehungspause" eine Neue kennengelernt. Der innere Sturm wich einem Zustand von Starre und Leere.

„Na, dann hast du das wohl einfach so für dich entschieden. Das ist also deine Vorstellung von Partnerschaft. Für mich gibt es keine Pause, dann ist eben Schluss."

Diesmal legte sie auf und schaltete auch gleich das Handy aus.

Sie ließ sich auf die Couch fallen und schloss die Augen. Ein lautes Rauschen in ihren Ohren und den bis zum Halse spürbaren Herzschlag konnte sie jetzt ganz deutlich wahrnehmen. Hoffentlich kam jetzt nicht Leonie aus ihrem Zimmer, sie würde jetzt ein wenig Zeit brauchen, sich wieder zu fangen und zu beruhigen.

Da sie jetzt sowieso total aufgeputscht war und es absehbar war, dass sie nicht früh schlafen gehen würde, ging sie in die Küche und bereitete sich noch einen Cappuccino zu. Als sie an Leonies Zimmer vorbeikam konnte sie hören, dass Leonie sich ein Hörspiel eingelegt hatte, sie wäre also noch eine Weile beschäftigt.

Beim Einfüllen des Espressopulvers in den Siebträger sah sie, dass ihre Hände zitterten. Sie setzte sich mit dem Cappuccino an den kleinen Bistrotisch in der Küche und sah aus dem Küchenfenster. Vom Fenster aus konnte man in den kleinen Vorgarten blicken, der fast vollständig von einer Kiefer eingenommen wurde. Da sich Chiaras Wohnung im ersten Stock befand, hatte sie einen Blick in die Baumkrone. Dort hielten sich oft Vögel auf, vor allem Meisen, Elstern, Buchfinken und Tauben. Heute hockte dort die verwitwete Taube. Der andere Part des Taubenpärchens war vor ein paar Wochen mit voller Wucht gegen die Wohnzimmerscheibe geflogen und auf dem Balkon verendet.

5. Kapitel

Diesmal hatte Chiaras Fähigkeit, sich in den Schlaf zu flüchten versagt. Sie hatte eine fast schlaflose Nacht hinter sich, war nur zwischendurch immer mal wieder kurz eingenickt. Trotzdem war sie eine Stunde vor dem Weckerklingeln wieder wach. Sie würde nicht nochmal einschlafen, also hoffte sie auf einen „Balkonkaffee" solange Leonie noch schlief und schleppte sich ins Bad.

Die leichenblasse Person, welche sie im Spiegel anblickte, versuchte sie durch eine kalte Dusche wiederzubeleben. Zumindest war der Effekt, dass das Frieren hinterher stärker war als die Müdigkeit.

Beim Zubereiten ihres ersten morgendlichen Cafe Crema empfand sie bei aller Erschöpfung so etwas wie Stolz.

Sie hatte sich nicht von Luis hinhalten lassen, hatte für Klarheit gesorgt. Und sich für das Ende mit Schrecken statt dem Schrecken ohne Ende entschieden. Und sie hatte entschieden. Vielleicht war alles gut so. Vielleicht wäre sowieso nichts Dauerhaftes daraus geworden. Ein Jahr ist schließlich nichts, sie waren gerade erst dabei gewesen, sich besser kennenzulernen.

Stolz empfand sie auch darauf, dass sie sich Leonie gegenüber nichts hatte anmerken lassen. Den ganzen Abend über. Das hatte mal wieder richtig gut funktioniert mit dem Autopilot.

Lediglich die Tatsache, dass Chiara darauf bestand, dass Leonie etwas früher schlafen gehen musste, hatte die Kleine geärgert. Das hatte sie nicht verstanden. Aber Chiara hatte genug Argumente auf Lager, fit sein für die Schule, anstrengender Tag auf Station, letzte Nacht schlecht geschlafen und Ähnliches.

Heute war der Himmel grau, ein leichter Nieselregen hatte gerade begonnen. Der Balkon war so geschützt, dass Chiara trotzdem ein kleines trockenes Eckchen für ihren Balkonstuhl finden konnte. Sie sog die Morgenluft ein. Sie war feucht und kühl aber angenehm.

So gerädert in den Tag zu starten hatte einen Vorteil: Sie würde so mit der Bewältigung der Anforderungen beschäftigt sein, dass keine Energie zum Grübeln übrigbliebe. Krankmelden kam für Chiara nicht infrage. Allein schon wegen Frau Schömburg. Die hatte bei der Unterzeichnung von Chiaras unbefristetem Vertrag einen Kommentar über den erhöhten Krankenstand von Alleinerziehenden gemacht. Außerdem würde sich Leonie sonst Sorgen machen. Sie machte sich schon genug Sorgen um das Wohlergehen ihrer Eltern. Und dann würde Tim es auch mitbekommen. Nein, niemand sollte erst einmal von dem Ende der Beziehung erfahren. In der Nacht hatte sie auch die Entscheidung getroffen, alleine an die Nordsee zu fahren, schließlich war es ein kindfreies Wochenende. Leonie und Tim mussten nicht erfahren, dass sie ohne Luis unterwegs war. Und ihre Mutter schon gar nicht.

Ablenkung, andere Umgebung, keine Arbeit, frische Nordseeluft, Meeresrauschen. Plötzlich erschien ihr das wie geschaffen für ein kleines Reset. Auch wenn sie sich selbst im Verdacht hatte, damit das Geschehene irgendwie wieder ungeschehen machen zu wollen. So als könnte sie dann zurückkommen und alles wäre wieder in Ordnung.

6. Kapitel

Der Abschied von Leonie war schmerzhaft gewesen. Die „Übergabe" fand immer an der Tür von Tims oder Chiaras Wohnung statt. Das hatten die beiden schon vor längerer Zeit vereinbart. Anfangs hatten sie immer ganz bewusst noch einen Kaffee zusammen getrunken, damit Leonie nicht das Gefühl haben sollte, ihre Eltern würden sich gar nicht mehr verstehen.

Aber das war nach hinten losgegangen. Zum einen war es für Chiara und Tim äußerst schwierig, unverfängliche Gesprächsthemen zu finden. Beide wollten möglichst wenig von ihrem Privatleben mitteilen und auch Konfliktthemen vermeiden. So entstand eine verkrampfte und spannungsgeladene Atmosphäre. Aber das größere Problem war, dass die Situation in Leonie ziemlich stark den Wunsch triggerte, ihre Eltern versöhnt zu sehen. Sie machte regelmäßig Vorschläge, noch gemeinsam zu essen oder etwas zu unternehmen und war dann tief traurig, wenn es nicht dazu kam.

Nach einem Beratungsgespräch bei der vom Jugendamt angebotenen „Eltern-Trennungs-Beratung" waren sie dazu übergegangen, den Wechsel kurz und knapp an der jeweiligen Wohnungstür zu vollziehen.

Leonie hatte heute Morgen den Eindruck gemacht, als fiele ihr der Wechsel schwer. Das war oft so und es tat Chiara leid, dass sie sich dem Zeitplan der Eltern so beugen musste.

Vor allem als sie dann zum Abschied heute noch sagte „Mama, am liebsten würde ich mit dir und Luis an die Nordsee fahren" kam sich Chiara wie eine Rabenmutter vor.

Diese Gefühle waren inzwischen verflogen. Chiara hatte rasch ihren Rucksack gepackt. Sie liebte es mit wenig Gepäck zu reisen und nahm gerne in Kauf, das ein oder andere Fehlende am Urlaubsort zu besorgen.

Sie stieg in ihren frisch betankten roten Fiat fünfhundert. Aus finanziellen Gründen hatte sie vor zwei Jahren ihren Audi Q2 gegen den Fiat eingetauscht. Vor anderen betonte sie jedoch, dass ihr das Modell sehr gefalle, da es schließlich ein „Kultauto" sei. Das hatte sie so oft ausgesprochen, dass sie inzwischen anfing, es tatsächlich zu glauben.

Die gemeinsame Ferienwohnung hatte Luis inzwischen storniert, es war Chiara auf die Schnelle nicht gelungen eine für sich alleine auf Spiekeroog zu finden. Drauflosfahren und Vorort suchen lautete jetzt ihre Devise.

Sie war kaum gestartet, da fing es an in Strömen zu regnen. Der defekte Scheibenwischer links machte bei jedem seiner Halbkreise ein stotterndes Geräusch und ging ihr damit kräftig auf die Nerven. Nur eine kurze Pause gönnte sie sich auf einer Autobahnraststätte bei Bremen, einen der überteuerten Rasthofespressos zu trinken gehörte für Sie zum Reisen dazu.

Es war schon später Nachmittag als sie in Neuharlingersiel ankam. Sie hatte Glück, die Fähre nach Spiekeroog, die keine festen Zeiten hatte, sondern tidenabhängig fuhr, würde in einer Stunde starten. Genug Zeit um in der Nähe des schönen Hafens in einem Cafe einzukehren.

Sie wählte das ihr bekannte Cafe „Havenblick". Trotz ihrer Kaffeeleidenschaft bestellte sie an der Nordsee wenn möglich Ostfriesentee. Der wurde hier in einer Kanne auf einem Stövchen serviert. Natürlich mit einer kleinen Schüssel voll Kluntjes sowie einem Minikännchen Sahne und einem kleinen verschnörkelten Sahnelöffel. „Havenblick" war ein kleines liebevoll eingerichtetes Cafe. Man könnte es auch kitschig nennen mit seinem typischen maritimen Nippes. Der Blick auf den Haven verband sich jedoch so gut mit dem Interieur des Cafes, dass es eher stilvoll wirkte.

Auch die Bedienung, eine kräftige Frau mit groben Gesichtszügen, hatte ihren ganz eigenen Stil. Einerseits strahlte sie eine gewisse norddeutsche Kühle aus, aber wenn man aktiv mit ihr ins Gespräch kam, spürte man hinter der Fassade trotzdem eine gute Portion Herzlichkeit.

Chiara bestellte einen Apfelkuchen mit Sahne. Sie bekam ein großzügiges Stück gedeckten Apfelkuchens genau nach ihrem Geschmack. Die Apfelschicht war mit reichlich Apfelstücken gefüllt, nicht wie so oft mit einer überzuckerten Apfel-Glucose-Masse. Und die Schicht obendrauf war ebenfalls nicht zu stark gezuckert, dafür mit einem Hauch Zimt überzogen.

Der heiße Tee, den man nicht wie einen Espresso herunterkippen konnte zwang Chiara zur Entschleunigung.

Sie war als Kind regelmäßig mit ihrer Familie auf Spiekeroog gewesen. Die kleine Insel mit den auch damals schon gesalzenen Preisen gefiel der ganzen Familie. Sie passte auch zum elitären Denken ihrer Mutter. Wenn schon herbe Nordsee statt Südfrankreich, dann wenigstens dort etwas Besonderes, das sich nicht jeder leisten konnte. Sie hatten immer dieselbe ebenerdige Ferienwohnung mit Blick aufs Wasser gebucht. Der hitzeempfindliche Vater hatte darauf bestanden, zumindest in den Sommerferien nicht Richtung Süden zu fahren.

Die ersten Jahre hatte Chiara diese Sommerurlaube in guter Erinnerung. Mit ihrem vier Jahre älteren Bruder Sven war sie viel am Strand gewesen, hatte Muscheln gesammelt, Sandburgen gebaut, um dann zuzusehen, wie die kommende Flut sie allmählich wegspülte. Meistens war der Vater mit am Strand, während die Mutter im Ort in Boutiquen shoppen ging. Doch im Verlauf der Jahre gab es immer mehr Streitszenen. Statt in Boutiquen hielt sich jetzt ihre Mutter viel in Cafes und Bars auf, lernte dort allerhand Leute kennen. Das waren meist recht exzentrische anstrengende Menschen, die sie dann zum Leidwesen des Vaters auf einen abendlichen Wein in die Ferienwohnung einlud. Er, der eigentlich nur seine Ruhe haben wollte, versuchte vergeblich, sich dagegen zu wehren. Die Kinder bekamen nicht jedes Detail der Streits mit, nur dass häufig von beiden Seiten der Satz fiel „dann reise ich eben morgen alleine ab." Diese Drohung hing wie ein Damoklesschwert über den Tagen, auch wenn sie nur einmal wahr gemacht wurde.

Dieses eine Mal war der Vater tatsächlich eines Morgens nicht mehr da. Es hatte am Vorabend wieder eine der Einladungen von wildfremden Menschen gegeben. Dieses Pärchen hatte sich allerdings als äußerst trinkfreudig entpuppt. Die Frau war am Ende des Abends so betrunken, dass sie sich übergeben musste. Den Schaden beseitigte Chiaras Vater, während ihre Mutter dem Gast helfen musste, seine Frau auf der Rückbank seines Wagens zu verstauen.

Am nächsten Morgen beim Frühstück zu dritt – welches die Teenager vorbereitet hatten, da ihre Mutter zu verkatert war – mussten sie sich das Jammern der Mutter anhören, wie der Vater sie denn so im Stich lassen konnte.

Chiara, damals 13, hatte sich bei diesem Frühstück geschworen, nie wieder mitzufahren. Im nächsten Jahr bettelte sie so lange bis sie auf eine Jugendfreizeit nach Spanien mitfahren durfte und von da an war das Thema Familienurlaub für sie erledigt.

Erst mit 18 war sie mit Felix, ihrer ersten großen Liebe, wieder nach Spiekeroog gefahren und bis heute zog es sie immer wieder dorthin.

Draußen hatte es erneut angefangen zu regnen. Der Wind presste den Regen gegen die Fensterscheiben, Chiara wurde von dem prasselnden Geräusch aus ihren Gedanken gerissen. Ein Blick auf die Uhr verriet ihr, dass sie dringend aufbrechen musste, wenn sie die Fähre noch erreichen wollte. Sie lobte den Kuchen, gab ein großzügiges Trinkgeld und machte sich auf den Weg.

Auf der einstündigen Überfahrt hielt sich Chiara trotz immer wieder einsetzender Schauer viel an Deck auf. Wind und Regen im Gesicht zu spüren tat ihr gut, sie hatte das Gefühl, als fiele eine erste Schicht Druck und Stress der letzten Wochen von ihr ab.

Auf Spiekeroog angekommen, hatte es aufgehört zu regnen. Der Wind bliess die Regenwolken weiter und zerrte so lange an ihnen, bis sie aufrissen und ein paar Sonnenstrahlen durchließen.

Chiara ging zielstrebig zum Tourist-Information-Haus.

„Und sie meinen tatsächlich, dass Sie hier kurzfristig noch eine Unterkunft finden. Es tut mir leid, aber die ganze Insel ist ausgebucht. Es ist für die nächsten zwei Tage schönes Wetter angekündigt und viele haben kurzfristig gebucht. Auch auf dem Festland an der Küste ist inzwischen alles belegt. Wir haben 17 Uhr."

Die zierliche Dame mit dem rundgefönten dunklen Haar schüttelte den Kopf und machte keinen Hehl aus ihrem Unverständnis.

„Eigentlich hatte ich mit meinem Freund gebucht aber er musste stornieren."

„Na dann haben sie jemand anderes glücklich gemacht, es ist wirklich alles vergeben."

Chiara wurde schlagartig klar, dass sie recht hatte. Natürlich war es total naiv gewesen, aufs Geratewohl loszufahren.

„Das einzige, das ich für sie tun kann ist, dass ich schaue, ob ich auf dem Festland noch etwas für sie organisieren kann. Dann könnten Sie noch die letzte Fähre zurück nehmen." Ihr Ton wurde jetzt etwas sanfter, da sie die Ratlosigkeit in Chiaras Gesicht sah.

Eine kleine Zweizimmer-Ferienwohnung in Wilhelmshaven war das einzige, das auf die Schnelle noch zu kriegen war. Also wieder alles retour, mit der Fähre zurück und mit dem Auto nach Wilhelmshaven. Es war schon nach 19 Uhr, als Chiara endlich am Ortsschild von Wilhelmshaven angekommen war. Das hatte sie sich wirklich alles anders vorgestellt. Wilhelmshaven sagte ihr gar nichts. Sie hatte sogar mal gehört es sei eine eher hässliche Stadt. Doch die Frau bei der Touristeninformation hatte ihr versichert, Wilhelmshaven werde immer beliebter, böte zahlreiche Ferienwohnungen und habe sogar einen Strand, den sogenannten Südstrand.

Die Ferienwohnung befand sich in einem Hochhaus im fünften Stock. Sie war modern und geschmackvoll eingerichtet. Sogar eine leuchtend rote Siebträgermaschine stand dort. Auf dem Balkon war die Nähe der Nordsee an dem pfeifenden Wind zu hören und zu spüren. Erstaunlicherweise konnte man sogar das Wasser sehen. Chiara ließ sich aufs Bett fallen. Es könnte doch ein angenehmes erholsames Wochenende hier werden. Jetzt vermisste sie Luis. Vielleicht wäre alles noch in Ordnung wenn es mit dem gemeinsamen Wochenende geklappt hätte. Wenn seine Ex nicht alles kaputt machen würde. Aber vielleicht hatte sie selbst alles kaputt gemacht. Vielleicht hatte sie total überreagiert. Die Selbstzweifel quälten sie. Sie musste sich ablenken. Außerdem hatte sie Hunger, sicher gab es in der Nähe etwas zu essen.

Sie fuhr mit dem Lift ins Erdgeschoss und ging Richtung Wasser. Dort angekommen wurde ihr klar, dass dies noch nicht die Nordsee, sondern laut Infotafel der große Hafen war. Einige Schiffe lagen dort, die Masten klapperten im Wind, die Möwen kreischten. Bewegung tat jetzt gut, um den Kopf frei zu bekommen. Nachdem sie ungefähr zehn Minuten am Ufer des großen Hafens entlanggegangen war, entdeckte sie ein schickes Restaurant mit dem merkwürdigen Namen „Chaos Theos" das laut ausgehängter Speisekarte mit „mediterraner Küche" warb. Das moderne Gebäude in dem sich das Restaurant befand, war schwarz und großflächig verglast, so dass man von den meisten Plätzen aus auf das Wasser sehen konnte.

Die Bedienung, die sie am Eingang empfing und sich dann lange nach einem Platz für sie umsah, bemerkte „Sie haben wirklich viel Glück. Normalerweise hat man an einem Freitagabend hier ohne Reservierung keine Chance". Sie verwies sie auf einen Zweiertisch. Dort musste man sich zwar für den Blick aufs Wasser etwas recken, aber immerhin. Chiara bestellte sich einen „gebratenen Lachs auf Salatbouquet." Der Salat war von der Menge her etwas mickrig, aber zumindest vielfältig inclusive Rucola, Radicchio und verziert mit gemischten Keimlingen. Das Lachsstück war großzügig und auf einer Seite mit einer knusprig gebraten Haut. Dazu Honig-Senf-Vinaigrette und ein paar Scheiben besonders luftiges Ciabatta. Dazu genoss sie einen trockenen Weißwein.

Am Tisch schräg gegenüber saßen drei junge Männer um die Dreißig. Der förmlichen Kleidung nach zu urteilen handelte es sich wohl um einen beruflichen Anlass. Einer von Ihnen war so groß, dass er die anderen um einen Kopf überragte. Seine Haare waren fast schwarz, im Nacken etwas länger und lockig. Er sah immer wieder mit auffordernden Blicken zu Chiara herüber. Dies tat er, während er gerade mit seinen Tischgenossen redete, so dass diese sich schließlich umdrehten um zu schauen, wo er immer wieder hinsah. Als sie sich wieder dem Tisch zuwandten, schmunzelte einer von ihnen und machte eine Bemerkung.

Der Große gefiel ihr, aber seine Blicke waren eine Spur zu aufdringlich. Chiara wich immer wieder seinem Blick aus und versuchte, sich auf das Essen zu konzentrieren.

Sie brauchte an diesem Wochenende vor allem Abstand von allen zwischenmenschlichen Komplikationen. Schließlich hatte sie eine aufreibende Woche hinter sich und in der nächsten Woche wartete schon die nächste große Herausforderung auf sie.

7. Kapitel

Chiara war ziemlich aufgeregt, als sie den kleinen Raum betrat. Auf so engem Raum mit einer mutmaßlichen Mörderin zu sein war beängstigend. Der Raum hatte zwar eine Überwachungskamera und vor der Eingangstür war ein bewaffneter Beamter positioniert. Aber was wäre, wenn diese Frau sie blitzschnell angreifen würde? Bei genauerer Betrachtung von Silvia Oldendorf verflogen sofort ihre Ängste. Sie war eher klein, zierlich, mittellanges glattes rotblondes Haar, dezent geschminkt.

„Guten Tag Frau Oldendorf, mein Name ist Deichgraf. Ich bin vom Gericht beauftragt worden, mich mit ihnen über ihr Leben und das, was ihnen vorgeworfen wird, zu unterhalten."

Der anfangs neutrale Gesichtsausdruck versteinerte, sie senkte den Kopf und murmelte ohne Chiara anzusehen „Dann haben auch sie schon ihr Urteil gefällt."

Chiara erklärte noch einmal ausführlich, dass sie Psychiaterin sei und es ihr gar nicht zustehe ein Urteil zu fällen. Dass es ihr um sie als Person gehe.

Jetzt hob Frau Oldendorf wieder den Kopf und sah Chiara direkt an. Ihre grünen Augen füllten sich plötzlich mit Tränen, dann brach sie in Schluchzen aus.

Chiara fühlte sich völlig überrumpelt. Bisher hatte sie meistens die Erfahrung gemacht, dass die zu Begutachtenden ziemlich gefasst waren, oft sich kaum Emotionen anmerken ließen. Eher im weiteren Verlauf der meist mehrstündigen Begutachtung wurde es punktuell emotional.

„Könnten sie mir bitte etwas darüber erzählen, wie sie aufgewachsen sind?" Chiara war froh, sich erst einmal an dieser Frage festhalten zu können.

Auch Silvia schien erleichtert zu sein, nicht weiter über das Aktuelle sprechen zu müssen und fasste sich.

„Meine Mutter war Hausfrau, sie hatte keinen Schulabschluss. Mein Vater war Verkäufer, hatte sich zur Filialleitung eines Discounters hochgearbeitet. Ich habe einen drei Jahre älteren Bruder. Finanziell gab es keine Probleme, aber wir hatten praktisch kein Familienleben."

„Wie meinen sie das?" hakte Chiara nach.

„Es gab überhaupt keine gemeinsamen Malzeiten. Jeder hat alleine oder vor dem Fernseher gegessen. Wir haben auch nie Urlaub gemacht. Mein Vater hatte immer Ausreden. Angeblich war entweder kein Geld da oder das Wetter war zu schlecht. Er war sowieso der totale Eigenbrötler, völlig verschlossen. Meine Mutter hat versucht, so gut es geht, das auszugleichen. Aber zwischen denen habe ich keine Liebe gespürt, sie haben sich sehr oft gestritten. Soweit ich das mitbekommen habe, wurde es nie handgreiflich, aber es war oft kurz davor. Wenn mein Vater von der Arbeit kam, hat er sich sofort in seinem Büro vor seinem Computer eingeschlossen."

Silvia senkte den Kopf, sie wirkte wie erstarrt.

Chiara versuchte das zu verstehen. „Das muss für sie als Kind sehr traurig und verletzend gewesen sein, wenn ihr Vater so wenig Interesse an ihnen hatte."

Silvia sah plötzlich auf, ihr Gesicht verhärtete sich. „Ich habe ihn einfach nicht gemocht. Ich weiß, das klingt schrecklich. Aber meine Abneigung war schon als Kind richtig physisch. Ich konnte es einfach nicht ertragen, in seiner Nähe zu sein, keine Ahnung warum."

Chiara hatte das Gefühl, es wäre besser, zum jetzigen Zeitpunkt hier nicht weiter nachzubohren.

„Gab es auch angenehme Seiten ihrer Kindheit?"

„Im Sommer, während der Ferien war ich immer bei meiner Großmutter mütterlicherseits, da habe ich mich pudelwohl gefühlt. Ich glaube ich war da die ‚Lieblingsenkelin', wurde liebevoll Silly genannt. Meine Oma hat mich immer nach Strich und Faden verwöhnt. Dort ließ ich auch mal meine Launen raus. Und ich hatte viele Wutanfälle. Ich glaube, alles was ich zuhause unterdrückt hatte, kam da raus. Die haben das einfach hingenommen, noch nicht mal geschimpft. Wenn ich nur genug gebettelt hatte, bekam ich neue Kleidung, Spielzeug und sogar eine Katze. Ich weiß, dass meine Cousinen und Cousins mich nicht besonders mochten, weil ich bevorzugt wurde." Silvia schmunzelte versonnen.

„Das bedeutet, das Verwöhnen hatte auch Schattenseiten?"

Silvia wurde wieder ernst.

„Ja, klar. Ich bin ja Pädagogin und weiß natürlich mit dem Abstand von heute, dass dieser Wechsel zwischen Vernachlässigung und Verwöhnung mir nicht gut getan hat. Es fehlte einfach das gesunde Mittelmaß."

„Sie haben vorhin erwähnt, dass sie bei ihrer Großmutter viele Wutanfälle hatten, dass da viel Unterdrücktes herauskam, wie sahen diese Wutanfälle genau aus?"

Chiara hoffte, dass Silvia nicht sofort den Bezug dieser Frage zum Aktuellen bemerkte.

„Es waren regelrechte Tobsuchtsanfälle. Der Auslöser konnte nichtig sein. Ich habe niemanden gezielt angegriffen. Aber ich habe um mich geschlagen und Sachen durch die Gegend geschleudert. Man durfte mir nicht zu nahe kommen. Irgendwann, es war dann immer als würde ein Schalter umgelegt werden, war es plötzlich vorbei, ich war dann total erschöpft und habe mich zurückgezogen. Niemand hat im Anschluss daran diese Ausraster nochmal angesprochen, was mir auch sehr recht war. Ich hätte sowieso nicht sagen können, was mich da warum geritten hat."

Silvia hielt plötzlich inne und sah Chiara, die sich bei dieser Schilderung eifrig Notizen gemacht hatte, skeptisch an.

„Klar, dass sie das interessiert" bemerkte sie gereizt und fügte entschuldigend hinzu „allerdings ging das nur so bis zur Pubertät, dann war es plötzlich vorbei."

„Wie haben sie ihre Pubertät denn erlebt?" Chiara richtete sich wieder auf, legte den Stift beiseite um nicht den Eindruck zu vermitteln, sie würde alles protokollieren.

„Wie ich schon sagte, die Wutanfälle hörten dann auf. Dafür hatte ich immer wieder Phasen, in denen ich alles schwarz sah, habe mich auch komplett schwarz gekleidet. Ist glaube ich normal in dem Alter. Aber sie haben doch bestimmt sowieso alle Daten auch vom Psychologen, stimmt's?"

Chiara versuchte betont gelassen auf den zunehmend gereizten Ton von Silvia zu reagieren.

„Nein, mir liegen nur die Behandlungsdaten der Therapeutin vor, bei der sie als Erwachsene waren. Könnten sie mir bitte etwas mehr über ihre Probleme als Jugendliche erzählen?"

„Als Kind war ich immer eher fröhlich gewesen, pflegeleicht wie meine Mutter sagte. Dann so mit zwölf änderte sich das. Man sieht das auch auf den Fotos, plötzlich sieht man mich nicht mehr lachend sondern mit finsterer Miene. Bis dahin war ich gut in der Schule, aber dann sackte ich in allen Fächern ab und fing auch an zu Schwänzen."

„Sie haben das jetzt geschildert, als redeten sie von einer anderen Person. Wie sah es denn in ihnen aus in dieser Zeit?" Chiara war bewusst, dass diese Frage nach dem Innenleben gewagt war. Entweder Silvia würde jetzt dicht machen oder Vertrauen fassen.

An ihrer angespannten Mimik konnte Chiara ablesen, dass diese beiden Impulse in Silvia miteinander rangen. Es dauerte einen Moment bis sie weitersprach.

„Ich hatte einfach immer nur Angst, Angst, Angst. Ich hatte auf dem Schulweg immer Angst ein schwarz gekleideter Mann mit einer Kapuze über dem Kopf und einem Messer in der Hand könnte mich verfolgen. Total verrückt. Natürlich war da niemand. Meine Lehrerin war total nett und sie hat sich um mich Sorgen gemacht. Ich habe einmal im Unterricht hyperventiliert. Sie hat dann mit meiner Mutter gesprochen und ihr vorgeschlagen, mich zum Psychologen zu schicken. Aber mein Vater wollte das nicht."

Silvia seufzte, sah aus dem Fenster und wirkte resigniert.

„Warum wollte er das denn nicht?"

„Er sagte ‚Kommt nicht infrage. Bei uns in der Familie ist niemand bekloppt'." Diesen Satz sprach sie sehr laut und mit festem Blick auf Chiara, die innerlich zusammenzuckte.

„Und ihre Mutter? Wie sah sie das?"

„Ach die war doch viel zu schwach. Hat immer versucht zu vermitteln und auszugleichen. Aber wenn's wirklich drauf ankam, konnte sie sich gegen die Machtworte meines Vaters nicht durchsetzen. Weich wie Butter, widerlich."

Chiara erschrak vor Silvias angewidertem Gesichtsausdruck.

„Was bedeutete das für sie als Jugendliche?"

„Das können sie sich als Psychiaterin bestimmt denken. Ich habe alles in mich hineingefressen. Im wahrsten Sinne des Wortes. Ich aß, aß, aß. Ich glaube, in den Sommerferien, in denen ich dreizehn wurde, habe ich insgesamt an die zehn Kilo zugenommen."

Silvia war es anzusehen, dass die Erinnerung an diese Zeit sie belastete, sie sah wieder aus dem Fenster.

Unwillkürlich musste Chiara auf Silvias Figur blicken, es war kaum möglich, sich diese zierliche Frau mit Übergewicht vorzustellen. Chiara konzentrierte sich wieder auf den Gesprächsverlauf.

„Und die Lehrerin, hat die sie denn irgendwie unterstützen können?"

„Ja, sie hat mir tatsächlich heimlich drei Psychologentermine während der Schulzeit organisiert. Aber der Typ war furchtbar. Und er sagte dann auch bei dem dritten Termin, dass eine Behandlung ohne die Mitarbeit der Eltern keinen Sinn mache. Das war's. Meiner Lehrerin bin ich immer noch total dankbar. Sie hat das für mich gemacht, obwohl sie das nicht durfte. Sie ist mein Vorbild. Vielleicht bin ich auch deswegen Lehrerin geworden."

Chiara nahm bewusst wahr, dass die Lehrerin bisher die einzige Person war, von der Silvia mit Zuneigung sprach.

„Gab es in ihrem Leben denn noch andere Menschen, die sie unterstützt haben? Was ist zum Beispiel mit den Großeltern väterlicherseits?"

„Ach die …" Silvia schien wie erschrocken bei dem Gedanken an diese Seite der Verwandtschaft. Es folgte eine Pause. Chiara hatte den Eindruck, als überlegte Silvia sehr genau, was sie preisgab.

„Ne, die waren auch nicht so richtig zu was zu gebrauchen. Das einzig tolle war, dass sie auf dem Dorf lebten und nebenan ein Reiterhof war. Da habe ich mit ungefähr vierzehn Jahren angefangen zu reiten. Erst auf Ponys, dann auf richtigen Pferden. Zu meinen Geburtstagen habe ich mir immer Geld für Reitstunden gewünscht. Mein Vater hätte dafür niemals regelmäßig Geld gegeben. Das Reiten war bis heute wichtiger Teil meines Lebens." Wieder sah sie aus dem vergitterten Fenster, diesmal sehnsüchtig.

„Könnten sie mir bitte noch etwas über die Persönlichkeiten ihrer dortigen Großeltern erzählen? Wie meinen sie das, dass die zu nichts zu gebrauchen waren?"

„Meine Großmutter war meinem Vater sehr ähnlich. Total schweigsam und verschlossen. Aber wenn sie etwas unbedingt wollte oder nicht wollte, dann konnte sie auch ziemlich resolut sein.

Dann war da nichts zu machen. Das komplette Gegenteil von den anderen Großeltern, die mich verwöhnt haben. Deshalb bin ich auch nicht so gerne dahin gefahren. Wir waren alle paar Monate am Wochenende dort und ich habe dann immer so viel Zeit wie möglich auf dem Reiterhof nebenan verbracht. Das Verhältnis von meinem Vater zu Opa war total angespannt. Meine Mutter sagte immer, da wären zu viel ‚alte Sachen‘, aber wenn ich nachgefragt habe, gab es nie eine Antwort.“

Chiara war aufgefallen, dass Silvia nichts über ihr eigenes Verhältnis zum Großvater erwähnt hatte.

„Und sie selbst? Wie standen sie zu ihrem Großvater?“

Silvia rutschte auf ihrem Stuhl herum und atmete tief durch.

„Ich hatte Angst vor ihm. Er war unberechenbar. Mal total freundlich und offen, an solchen Tagen fragte er mich so viel, dass ich mich regelrecht ausgefragt fühlte. Dann wieder ignorierte er mich, so dass ich mich dann immer fragte, ob ich etwas falsch gemacht hatte. Und er konnte auch gemein sein, ja, regelrecht gemein.“

Silvia wirkte jetzt emotional sehr mitgenommen, sie kratzte sich unruhig an den Unterarmen.

Chiara überlegte gerade, ob es jetzt klug sei, genauer nachzufragen, als Silvia weitersprach.

„Er hatte so ein Gespür für die Schwächen und wunden Punkte anderer. Bei mir waren es meine Haare. Sie waren immer schon superdünn. Das was sie hier sehen, meine jetzige einigermaßen normale Frisur, ist nur mit Haarverlängerung möglich. Er machte gerne Bemerkungen dazu, wenn er in entsprechender Laune war. Er sagte dann zum Beispiel ‚na Spaghettimädchen‘ oder ‚wir haben dasselbe Problem, Kleines‘. Er hatte seit ich mich erinnern kann nur noch wenig Haare. Ist natürlich albern, sich so etwas zu Herzen zu nehmen. Aber mich hat es regelrecht gequält.“

Chiara fühlte eine Welle von Mitgefühl für das, was ihre Gesprächspartnerin erlebt hatte.

„Nein, das finde ich ganz und gar nicht albern. Für ein Kind kann so etwas sehr verletzend und verunsichernd sein.“

Silvia sah sie jetzt verwundert an. So als hätte sie nicht mit so viel Mitgefühl gerechnet.

„Ja, das war es wirklich. Aber da gab es noch etwas, was schrecklich war …"

Ihr Augen weiteten sich, es schien, als würde eine ängstigende Erinnerung vor ihrem inneren Auge erscheinen.

Diesmal wusste Chiara, dass jetzt Abwarten statt Nachfragen dran war.

Silvia war anscheinend weiterhin in dem „alten Film" gefangen. Sie starrte ins Leere und knetete ihre Hände.

„Die Tiere … die Ratten …" Sie schien jetzt ganz weit weg zu sein.

„Frau Oldendorf, was war mit den Tieren und Ratten?" Chiara versuchte Blickkontakt aufzunehmen, aber Silvia war wie weggetreten.

Chiara, in ihrer psychiatrischen Tätigkeit geübt im Umgang mit solchen Situationen wusste sofort, wie sie Silvia wieder zurückholen konnte.

Sie stand auf und ging in ihr Blickfeld. „Frau Oldendorf, können sie mich sehen und hören? Ich bin Frau Deichgraf die Psychiaterin, es ist der 23. Juni und wir führen ein Gespräch". Ich gehe jetzt zum Fenster und öffne es. Als Silvia immer noch nicht reagierte stellte sich Chiara noch einmal vor sie und klatschte laut in die Hände.

Jetzt schien sie in die Realität zurückzufinden. Sie schaute sich irritiert um.

„Was war hier los? Warum sind sie aufgestanden und warum sind sie so laut?"

„Frau Oldendorf, sie waren gerade irgendwie abgetaucht in eine Erinnerung und haben auf meine Ansprache nicht mehr reagiert."

Man konnte an Silvias Gesicht ablesen, dass sie nichts mit dieser Aussage anfangen konnte. Die Situation schien ihr jetzt sehr unangenehm zu sein.

„Manchmal drifte ich ein wenig ab. Worum ging es nochmal?"

Silvia straffte sich, sie schien um eine gefasste Haltung zu kämpfen.

„Es ging um ihren Großvater. Und sie haben erwähnt, dass schreckliche Dinge passiert sind. Dann haben sie noch Tiere und Ratten erwähnt. Hatten ihre Großeltern Tiere?"

Chiara schien es ungefährlicher erstmal die Fakten zu klären ohne genau nach dem Schrecklichen zu fragen.

„Ja, es gab eine kleine Scheune, darin war ein Hasenstall. Wie überall auf dem Dorf wurden die Hasen auch geschlachtet. Daran ist ja eigentlich nichts Besonderes.“ Chiara vermied es, hier näher nachzuhaken. Es würde sowieso nichts bringen, wenn Silvia wieder in einer Erinnerung versinken würde.

„Und die Ratten?“ fragte Chiara mutig.

Für einen Moment drohte der Blick von Silvia wieder zu erstarren, aber sie schien sich maximal anzustrengen, das zu verhindern. „Nichts, gar nichts. Die wurden natürlich nicht geduldet, weil sie ja Krankheiten übertragen können. Denen wurde der Garaus gemacht. Nichts, nein wirklich nichts weiter. Das kann sie doch nicht interessieren.“ Jetzt wirkte Silvia betont sachlich, ihr Gesicht hatte allerdings in den letzten Minuten jegliche Farbe verloren.

Obwohl Chiara stark den Eindruck hatte, dass mehr dahintersteckte, zügelte sie erst einmal ihre Neugier. Es fühlte sich jetzt so an, als sei sie ein Stück weit mit Silvia in die Nähe von unheimlichen emotionalen Abgründen gegangen, ohne zu wissen, worum es überhaupt ging.

Sie brauchte eine Weile um sich zu sortieren und sich wieder zu orientieren, an welchem Punkt im Gesprächsverlauf sie eigentlich waren.

Ihrer Erfahrung nach half es in solchen Momenten den bisherigen Verlauf zu formulieren.

„Frau Oldendorf, sie haben mir nun einiges aus ihrer Kindheit und Jugend erzählt. Von ihrer Herkunftsfamilie und der Atmosphäre dort. Von dem Verhältnis zu den verwöhnenden Großeltern mütterlicherseits und ihren Wutanfällen. Von der düsteren Zeit als Jugendliche und der unterstützenden Lehrerin sowie deren vergeblichem Versuch, ihnen psychologische Hilfe zukommen zu lassen. Sie haben auch von dem schwierigen Verhältnis zu den Großeltern väterlicherseits erzählt und angedeutet, dass da sehr schreckliche Dinge passiert sind.

Bevor wir dazu kommen, wie sie es trotz ihrer belasteten Kindheit der schulischen Probleme geschafft haben, Lehrerin zu werden, hätte ich noch die Frage, wie das Verhältnis zu ihrem Bruder war.“

Die kurze Gesprächspause und die sachliche Zusammenfassung von Chiara hatte auch Silvia geholfen, sich wieder zu sortieren. Ihr

Gesicht hatte wieder etwas Farbe angenommen und sie veränderte die Sitzposition.

„Mein Bruder? Schräger Typ, zu dem ich wenig Bezug habe. Als älterer Bruder hat er mich teilweise ganz schön getriezt. Nein, das ist zu harmlos gesagt. Er hat mich auch immer wieder geschlagen. Immer wenn er Frust hatte. Nicht geprügelt, aber so mit der flachen Hand oder auch der Faust auf Arme und Rücken. Natürlich nur, wenn es niemand gesehen hat."

„Das muss für sie schlimm gewesen sein. Sie schildern das aber so sachlich, wie kommt das?"

Chiara fühlte wieder großes Mitgefühl für ihr Gegenüber. Sie versuchte Abstand zu gewinnen indem sie sich daran erinnerte, dass es sich hier um eine Frau handelte, die im Verdacht stand, einen Menschen auf dem Gewissen zu haben.

„Ich kann es ihm nicht verdenken. So wie ich meinen Frust in den Wutanfällen herausgelassen habe, so hat er es an mir ausgelassen. Wir saßen in einem Boot. Ich habe es zu etwas gebracht im Gegensatz zu ihm, deshalb tut er mir eher leid. Die alten Sachen sind vorbei."

Chiara wunderte sich sehr über diese abgeklärte Haltung, sie hatte ebenfalls einen älteren Bruder, der sie drangsaliert hatte, was sie ihm bis heute übel nahm.

„Damit wären wir bei der andern offenen Frage, wie sie trotz allem geschafft haben, Lehrerin zu werden."

Es fühlte sich für Chiara erleichternd an, sich nun von der düsteren Kindheit ab und etwas Positivem zuwenden zu können.

„Das Reiten war für mich sehr wichtig. Der Kontakt zu den Pferden. Und der Kontakt zu anderen Pferdenarren. Nachdem ich einigermaßen gut reiten konnte, hatte ich eine Reitbeteiligung an meinem Heimatort, das heißt ich habe einer Pferdebesitzerin geholfen, ihr Pferd zu pflegen und regelmäßig zu bewegen. Ich glaube, wie glücklich das macht, kann nur jemand verstehen, der auch reitbegeistert ist. Sind sie schonmal geritten?"

„Ja, ich kann das verstehen, ich habe auch lange geritten."

Erschrocken musste Chiara feststellen, dass sie sich hatte dazu hinreißen lassen, etwas Persönliches von sich preiszugeben. Das war eigentlich bei einer Begutachtung tabu. Sie empfand Sympathie für

Silvia und sah sich in der Gefahr dieses Interview nicht professionell genug durchziehen zu können.

Silvia lächelte Chiara zum ersten Mal an.

„Dann wissen sie ja, was ich meine." Das Reiten war wie eine andere Welt mit anderen Regeln. In der Oberstufe haben sich meine Noten dann gebessert, ich habe das Abi geschafft und angefangen in Göttingen Lehramt zu studieren. Auch dort hatte ich in Selbach, einem Dorf bei Göttingen, eine Reitbeteiligung. Eine braune Stute, Hella hieß sie, sie war ein Traum. Ich habe immer die Pferdebesitzer glühend beneidet und mir geschworen, wenn ich mal Geld verdiene, mir auch ein Pferd zu kaufen. Und sie, haben sie auch ein eigenes Pferd?"

Silvia wirkte jetzt ganz entspannt und suchte offensichtlich die persönliche Ebene.

„Nein. Aber um mich geht es hier auch nicht." Diese eher barsche Antwort von Chiara ließ Silvia verstummen und den Blick senken, anscheinend war ihr jetzt der Anlass des Gespräches wieder bewusst geworden.

„Kommen wir jetzt zu dem, was man ihnen vorwirft. Mir ist bekannt, dass sie sagen, sie hätten mit dem gewaltsamen Tod von Theo Messmer nichts zu tun."

Eigentlich wollte Chiara noch weiter sprechen, aber Silvia unterbrach sie.

„Würden sie den Menschen umbringen, den sie lieben? Könnten sie das? Warum hätte ich es tun sollen?" Ihre Stimme klang wütend, ihre Augen füllten sich erneut mit Tränen.

„Haben sie auch jemanden, den sie lieben? Ach nein, um sie geht es ja nicht, haben sie gesagt. Aber ich wette, sie würden das auch nie tun."

Chiara war von der Wut überrascht und versuchte zu beruhigen.

„Ich sagte ihnen schon zu Beginn, dass das zu klären nicht meine Aufgabe ist. Auch wenn es für sie schmerzhaft ist, erzählen sie mir doch bitte etwas über ihre Beziehung zu Theo."

Silvia hatte sich vornübergebeugt und hielt ihre Hände vor das Gesicht. Chiara gab ihr Zeit, bis sie sich beruhigt und wieder aufgerichtet hatte.

„Ted und ich haben uns im Reitstall kennengelernt. Vor ungefähr zwei Jahren. Ich hatte mir damals meinen großen Traum erfüllt und nach jahrelangem eisernen Sparen Miranda gekauft, eine Hanno-veraner-Stute. Schon vorher hatte ich Kontakt zu dem Reitverein ‚Reitkünstler e.V' im Süden Hamburgs aufgenommen und angefragt, ob ich meine Stute dort unterstellen kann. Dieser Verein hat den Ruf ziemlich versnobt zu sein und das stimmt auch. Sie nehmen horrende Aufnahmegebühren für die Vereinsmitgliedschaft und auch die Anmietung einer Pferdebox. Ich habe gleich zu Beginn Ted dort kennengelernt. Er schien einer der wenigen zu sein, die nicht arrogant auftraten und wir waren uns sofort sympathisch. Weil er stellvertretender Vorstandsvorsitzender des Vereins war, hat er für mich einen Sonderpreis herausgehandelt. Eigentlich bin ich nur seinetwegen dort hängengeblieben, ohne ihn hätte ich sicher nach einem anderen Verein gesucht. Das mit dem Sonderpreis haben mir die anderen übel genommen, ich bekam zu niemandem näheren Kontakt."

„Und wann hat sich aus der Sympathie mehr entwickelt?" Chiara war froh, dass Silvia jetzt wieder sehr gefasst wirkte.

„Nach ein paar Wochen. Er war seit einem Jahr von seiner Frau getrennt, mit der er einen Sohn hatte. Er steckte zwar noch mitten in Trennungs- und Scheidungsauseinandersetzungen, wollte sich eigentlich noch nicht auf etwas Neues einlassen, aber das sagte nur sein Kopf. Wir waren ziemlich ineinander verschossen."

„Und ihr Mann, wusste der davon?" Chiara hasste es, solche moralischen Fragen zu stellen, doch es musste sein. Silvia setzte jetzt wieder ihren skeptischen Blick auf und sah Chiara direkt in die Augen.

„Josef hat es schon früh geahnt. Wissen sie, wir hatten so eine Vereinbarung, dass es grundsätzlich o.k. ist auch mal andere Beziehungen zu haben. Aber um einander nicht zu sehr zu verletzen hatten wir die Regel, darüber nicht zu reden. Es kam auch nicht oft vor. Ich glaube, er hatte in unserem zweiten Beziehungsjahr eine Andere und bei mir war Ted die erste Affaire. Wir haben uns natürlich viel vorgemacht. Denn das Unausgesprochene ist auch sehr verletzend. Vor wenigen Wochen hatte dann aber die Ex von Ted von mir erfahren und konnte damit gar nicht umgehen. Und das obwohl die beiden schon fast ein Jahr getrennt waren. Sie hatte meine Adresse ausfindig gemacht und meinen Mann in meiner Abwesenheit direkt konfrontiert. Sie stand einfach vor der Haustür."

Das „Ex-Thema" katapultierte Chiara plötzlich wieder in ihr eigenes Leben zurück. Sie musste sofort an Luis Expartnerin denken und die ganzen Störaktionen, die mit zu dem etwas übereilten Trennungsschritt von Chiara geführt hatten. Sie fühlte die emotionale Wucht, die darin lag und hatte große Mühe, den Gesprächsfaden wieder aufzunehmen.

„Hören sie mir überhaupt noch zu? Ist ihnen das zu viel? Soll ich weniger ausführlich erzählen?" In Silvias Stimme lag eine Mischung aus Verwunderung und Ärger.

„Nein, alles gut. Ich habe nur über ihre Äußerung nachgedacht. Wie ist er mit dem Wissen um die Affäre umgegangen?"

„Wie immer wenn er emotional unter Druck stand stürzte er sich total in seine Arbeit. Er ist IT-Berater im Gesundheitswesen und seine Kunden sind über ganz Norddeutschland verteilt. Er ist dann manchmal zwei, drei Tage unterwegs. Er hat mir den Besuch von Teds Ex mitgeteilt, wollte aber nicht weiter über die Sache reden und auch nichts weiter wissen. Aber er hat sich danach sehr distanziert, wenn er unterwegs war, hat er sich viel seltener bei mir gemeldet als vorher."

„Wie ging es mit ihnen und Ted weiter?"

„Die Beziehung lief weiter, auch wenn uns der Vorfall natürlich belastet hat. Mit Ted konnte ich im Gegensatz zu Josef meine Pferdeleidenschaft teilen, ich schwebte damals auf Wolke sieben, wegen Ted und auch weil ich mir den Traum vom eigenen Pferd erfüllt hatte."

„Gab es denn auch mal Streit zwischen ihnen beiden?" fragte Chiara betont beiläufig.

„Ja, klar. Sie würden mir sowieso nicht glauben, wenn ich nein sagen würde. Wir waren uns nicht ganz einig was die Zukunft betraf. Er konnte sich durchaus ein gemeinsames Leben vorstellen, für mich war klar, dass ich mich nicht von Josef trennen würde. So einfach ist das."

Ihr Ton klang resolut und genervt, Chiara fühlte sich davon herausgefordert.

„Ist das wirklich so einfach? Gefühle können doch sehr widersprüchlich und wechselhaft sein. Es muss ihnen doch klar gewesen sein, dass es dann auch ganz schnell aus sein kann mit ‚Wolke sieben', wenn einer mehr will als der andere."

„Ich glaube sie wollten mich gerade bewusst missverstehen. ‚So einfach ist das' darf man natürlich nicht wort-wörtlich nehmen. Klar war es emotional kompliziert, aber ich bin bei meiner Haltung geblieben. Auch um uns zu schützen. Ich weiß ja nicht wie ihre Erfahrung ist, aber der Alltag kann einer Beziehung und den Gefühlen ganz schön zusetzen. Ich wollte keinen Alltag mit ihm. Und Josef ist mein Sicherheitsanker. Vielleicht können sie das nicht verstehen, weil sie nicht das erlebt haben, was ich ihnen von meiner Kindheit erzählt habe."

Chiara war völlig erschlagen von der Wortgewandtheit, aber auch Angriffslust dieser Frau. In diesem Moment traute sie ihr auch andere Angriffe zu.

Sie ärgerte sich massiv über diese Unterstellungen, fühlte sich gleichzeitig aber auch ausgehebelt. Es blieb ihr nichts anderes übrig, als eine Gesprächspause zuzulassen.

In dieser kurzen Pause fiel die Gefasstheit von Silvia in sich zusammen. Nachdem sie eine Weile wie abwesend aus dem Fenster geschaut hatte, fingen ihre Schultern an zu zittern und sie brach erneut in Schluchzen aus. Mit den Händen vor dem Gesicht und weinend fuhr sie fort.

„Wir hatten so eine schöne Zeit zusammen. Er hat Saiten in mir zum Klingen gebracht, die ich von mir noch nicht kannte. Und er war so froh, sich aus dieser schrecklichen Beziehung befreit zu haben, er hatte so viel Ideen und Pläne."

Dann sah sie plötzlich auf, ihr Gesicht war verweint, die Augen von der zerlaufenen Schminke schwarz umrandet. Sie starrte Chiara einen Moment an, dann verzog sich ihr Gesicht zu einer hasserfüllten Fratze, sie sprang auf und rief „Das elende Schwein, das ihn umgebracht hat soll selbst krepieren!" Dabei war sie so laut, dass einer der Beamten vor der Tür kurz hineinsah und Chiara fragte, ob alles in Ordnung sei.

Chiara nickte dem Beamten zu. Sie war völlig mitgenommen von Silvias Gefühlsausbruch. Diese Frau machte sie fertig. Entweder war sie wirklich völlig unschuldig, die Arme, oder sie war die Täterin und konnte anderen und vielleicht auch sich selbst perfekt etwas vormachen.

Auf jeden Fall konnte die Wechselhaftigkeit ihrer Gefühle einen in den Bann ziehen. Sie war durchaus impulsiv und konnte auch enorme Aggressivität ausstrahlen. Aber konnte man ihr das verdenken? Würde es nicht jedem Menschen so gehen, der in Untersuchungshaft saß, der eine Bezugsperson verloren hatte und dessen Zukunft ungewiss war?

Inzwischen hatte sich Silvia wieder gesetzt, sie weinte leise mit gesenktem Kopf.

Chiara atmete tief ein und aus und wartete ab, bis das Weinen verebbte.

Es kam ihr zwar grausam vor, dieser aufgelösten Frau jetzt weiter auf den Zahn zu fühlen, aber das war schließlich ihr Auftrag.

„Frau Oldendorf, sie waren in den letzten drei Jahren bei zwei verschiedenen Psychotherapeuten in Behandlung, können sie mir etwas darüber erzählen, wofür sie Hilfe gesucht haben?"

„Ich hatte Angstzustände, ähnlich wie damals in der Schule. Völlig unerklärlich, es gab eigentlich keinen Anlass. Ich habe dann hyperventiliert, zweimal musste mein Mann den Notarzt rufen. Aber das war noch nicht so schlimm. Richtig schlimm war, dass es einmal im Lehrerzimmer passierte. Die Kollegen waren alle total fürsorglich, aber mir war es unendlich peinlich. Da wusste ich, dass ich etwas unternehmen musste, das sollte sich auf gar keinen Fall wiederholen."

Chiara war erleichtert, dass sich Silvia wieder beruhigt hatte.

„Und konnte die Psychotherapie weiterhelfen?"

Silvia verdrehte die Augen. „Na ja, nicht wirklich. Ich habe meine komplette Lebensgeschichte erzählt und von meinem Alltag. Ich wollte konkrete Tipps, was ich machen könnte, wenn es wieder losging mit der Angst. Aber bis auf ein paar lächerliche Atemübungen gab es darauf keine Antwort."

Lebhaft konnte sich Chiara vorstellen, dass eine Psychotherapie mit ihrem Gegenüber sicher sehr herausfordernd war.

Etwas verstohlen blickte Chiara auf die Uhr. Sie hatte irgendwie das Zeitgefühl verloren, so absorbiert war sie von dem Gespräch. Ihr Magen knurrte heftig, so als wollte ihr Körper möglichst laut auf seine Bedürfnisse aufmerksam machen. Chiara spürte Ungeduld, disziplinierte sich aber zur Konzentration.

„Gab es denn in dieser Zeit, als es mit den Ängsten losging irgendwelche äußeren wichtigen Ereignisse in ihrem Leben?"

„Eigentlich nicht. Mein Großvater väterlicherseits lag im Sterben, aber sie wissen ja wie mein Verhältnis zu ihm war. Ich hatte keine wirkliche Verbindung mit ihm. Er war mir egal. Ich hatte ihn jahrelang nicht gesehen. Trotzdem wollte meine Mutter unbedingt, dass ich mich von ihm verabschiede, ihn nochmal im Krankenhaus besuche, so ein Quatsch."

Silvia hatte jetzt einen gelangweilten gleichgültigen Gesichtsausdruck. Lediglich das erneute Kratzen der Unterarme deutete auf Anspannung hin. Ein merkwürdig anmutender Widerspruch.

„Warum denn gerade ihre Mutter? Er war doch der Großvater väterlicherseits, ihrem Vater war es nicht wichtig?"

Ein spöttisches Schmunzeln umspielte Silvias Mund. „Dem konnte es nicht mehr wichtig sein. Hatte sich schon zwei Jahre zuvor aus dem Staub gemacht. Ohne sich zu verabschieden."

Chiara hatte große Mühe zu folgen.

„Was meinen sie damit?"

„Er hat sich vor einen Zug geworfen. Todsichere Sache."

Obwohl Chiara jetzt Silvias Gesicht genau beobachtete, konnte sie keine Regung erkennen. Das schockierte sie dermaßen, dass sie eine Weile keine Worte fand.

„Das muss doch furchtbar sein, wenn sich der eigene Vater auf so eine grausame Weise das Leben nimmt."

Jetzt kamen Chiara fast die Tränen ohne dass sie wusste warum. Vielleicht war sie einfach überfordert. Vielleicht war sie mit so einem Gutachten schlicht überfordert. Vielleicht hätte sie nein sagen sollen, als Frau Schömburg sie fragte. Sie wollte jetzt nur noch weg. Weit weg. Am besten ans Meer.

Doch mitten in diesem inneren Fluchtversuch wurde sie von der wieder lauter werdenden Stimme ihrer Gesprächspartnerin in die Realität zurückgeholt.

„Ja, muss das furchtbar sein? Muss, muss, muss, interessiert sie wirklich was ich fühle?

Haben sie vorhin nicht aufgepasst, als ich sagte, ich habe meinen Vater nicht gemocht und seine Nähe nicht ertragen? Muss man dann trotzdem schlimm finden, wenn er nicht mehr da ist? Und glauben sie bloß nicht, dass sie alles wissen, was zwischen mir und meinem Vater war."

Wieder stiegen Tränen in Chiara auf, aber sie schaffte es, sie niederzuringen. Dann fühlte sie plötzlich eine riesige Wut auf diese Frau, die sie so an ihre Grenzen brachte.

„Nein, natürlich müssen sie nicht. Ich habe nur versucht, mich in sie einzufühlen. Alles was sie fühlen oder nicht fühlen ist erstmal in Ordnung." Leider geriet ihr diese Aussage, die eigentlich beruhigen sollte, etwas laut.

Das schien Silvia noch mehr zu provozieren, ihre Augen glühten angriffslustig.

„Ach ja? Einfühlen? Ihr Ton ist ganz schön aggressiv. Genauso habe ich das auch bei dem Psychotherapeuten erlebt, er wurde immer mal wieder laut, obwohl er mich doch angeblich eigentlich nur verstehen wollte. Dann hat er mir einfach die Diagnose ‚Depression' verpasst, und mir signalisiert, er könne nichts für mich tun. Das war's. Welche Diagnose werden sie mir denn verpassen?"

Jetzt wurde es Chiara wirklich zu bunt. Irgendwie war es Silvia gelungen, den Spieß umzudrehen, plötzlich sollte Chiara sich erklären.

„Merken sie eigentlich, wie sie mich angreifen? Ich verpasse ihnen gar keine Diagnose ich tue hier nur meine Pflicht."

Chiara rechnete damit, dass Silvia jetzt noch weiter aufdrehte, sich als Untersuchungsobjekt fühlte und ihr Vorwürfe machte. Doch das Gegenteil war der Fall. Silvia fiel jetzt wieder in sich zusammen und weinte, so dass Chiara sich schuldig fühlte.

Völlig erschöpft von der emotionalen Intensität des Interviews griff sie nach dem rettenden verloren gegangenen Gesprächsfaden.

„Und wie war ihre Erfahrung mit dem anderen Psychotherapeuten?"

„Es war eine Frau. Dominique Schwarz. Wissen sie, wenn hinten nicht ein ‚k' sondern ein ‚que' steht, dann ist das eine Frau. Tut mir leid, ich bin Lehrerin." Jetzt lächelte sie ganz entspannt.

Es überraschte Chiara ziemlich, dass diese Frau jetzt zu einer ironischen Bemerkung in der Lage war. Noch ehe Chiara etwas entgegnen konnte, sprach sie weiter.

„Auch sie konnte mir anscheinend nicht wirklich helfen. Zumindest ging sie etwas mehr in die Tiefe. Sie versuchte herauszubekommen, ob es Angst auslösende Erfahrungen in meinem Leben gab, die vielleicht wieder wach geworden waren."

„Konnte sie mit ihnen gemeinsam denn etwas derartiges finden?" Inständig hoffte Chiara auf etwas Erhellendes in dem bisherigen Dunkel.

„Ja und Nein. Wir sprachen viel über meinen Großvater väterlicherseits. Ich habe ihr mehr erzählt als allen anderen. Aber als sie dann daraus ein großes Ding machen wollte und damit alles erklären wollte, habe ich dicht gemacht."

Jetzt war Chiaras Neugier voll entfacht. Sie hoffte inständig, dass Silvia sich jetzt öffnen würde trotz der Spannungen, die im Verlauf des Gespräches entstanden waren.

„Mögen sie mir etwas erzählen von dem was sie mit ihrem Großvater erlebt haben?"

„Nein. Bestimmt nicht. Wissen sie, ich habe da mehrere Sitzungen gebraucht, um etwas zu erzählen und das war nicht leicht für mich. Sie sehe ich nur einmal und sie stehen nicht unter Schweigepflicht wie meine ehemalige Therapeutin."

Das war's. Chance vorbei. Resignation und Erschöpfung machten sich wieder in Chiara breit und plötzlich fühlte sie gar kein Interesse mehr.

Ja, die liebe Schweigepflicht. Chiara erinnerte sich, dass laut Akte die Therapeutin sich auf ihre Schweigepflicht berief und nichts preis geben wollte. Mit der Begründung, dies sei für den Prozess nicht von Belang. Aber wie sollte man das überprüfen können?

Sie versuchte dann im weiteren Gespräch noch mehr Informationen über die Beziehung Silvias zu ihrem Ehemann und zum Getöteten zu sammeln. Am ehesten schien ihr da noch relevant zu sein, dass sie unter der häufigen Abwesenheit von Josef litt und dies ein Konfliktthema in der Ehe war. Bezüglich der Beziehung zu Ted gab es kaum weitere Erkenntnisse. Manchmal zweifelte Chiara auch an den Aussagen Silvias, vor allem, dass er angeblich mehr wollte als sie, schien ihr zweifelhaft. Aber das würde sich nie überprüfen lassen.

Nach guten zweieinhalb Stunden beendete Chiara das Gespräch und verabschiedete sich. Als sie die schwere Tür des Untersuchungsraumes hinter sich geschlossen hatte, stiegen ihr wieder Tränen in die Augen. Sie blieb einen Moment lang mit dem Rücken an die geschlossene Tür gelehnt stehen und atmete tief durch.

Der Beamte, der immer noch neben der Tür stand und sie jetzt mitleidig ansah, fragte „Ist was passiert?"

„Nein, war nur anstrengend, danke für die Nachfrage."

8. Kapitel

„Reitverein Selbach bei Göttingen, ich fasse es nicht", sprach Chiara leise vor sich hin, während sie auf ihren Cappuccino wartete.

Sie hatte sich heute krankmelden müssen. Wegen des Fahrradsturzes gestern.

Völlig erschöpft von dem Begutachtungstermin war sie gestern erst einmal nach Hamburg reingefahren. Dort hatte sie in einem schicken Cafe an der Alster gefrühstückt. Das war schon vorher geplant gewesen, nach solchen Terminen musste sie sich immer irgendwie belohnen. An ihren Magenkrämpfen, die den Genuss des „Fitnessfrühstücks" etwas schmälerten hatte sie gespürt, wie anstrengend der Termin gewesen war.

Anschließend war sie zum Hauptbahnhof gefahren, dann mit dem ICE nach Hannover zurück.

Auf der Fahrt war sie kurz vor Hannover vor Erschöpfung eingeschlafen. Wahrscheinlich war sie beim Besteigen des Fahrrads noch nicht richtig wach gewesen, denn auf dem Weg zu ihrer Wohnung hatte sie bei einer großen Kreuzung, die sie eigentlich in und auswendig kannte, einen Fahrradfahrer von links kommend übersehen. Sie hatte noch aus dem Augenwinkel den Jugendlichen den Bruchteil einer Sekunde wahrgenommen. Freihändig fahrend mit Blick auf das Handy in seiner Hand, aber zu spät, er raste in sie hinein. Während sie sich noch auf dem Boden krümmte und ihr linkes Knie hielt, hatte er sich schon wieder hochgerappelt und war mit dem Fahrrad getürmt. Sie hatte nur noch sein stark eierndes Hinterrad um die nächste Ecke verschwinden sehen.

Das Knie war am nächste Morgen so dick, dass Chiara unmöglich auf Station humpeln konnte. Sie meldete sich krank und bat Tim, Leonie erst am Abend zu bringen.

Im Collosseum, ihrem Lieblings-Eiskaffee in der Innenstadt, musste sie heute unten sitzen. Eigentlich saß sie am liebsten im ersten Stock, weil man von dort aus herunter auf den Bahnhofsvorplatz schauen konnte. Dort war immer etwas los, Straßenkünstler, Demonstrationen, grölende Fußballfans, kleine Open-Air-Konzerte. Mit ihrem dicken Knie war die steile Treppe nach oben heute leider nicht machbar. Unten war es laut, die Siebträger-Maschinen fauchten, Geschirr klapperte. Endlich kam der Cappuccino. Hier war er genauso wie sie ihn liebte, schön milchig, mit viel Schaum und Kakaopulver obendrauf. Sie würde erstmal abwarten, ob sich mit der warmen Flüssigkeit ihre Bauchkrämpfe lösten und dann möglicherweise noch ein kleines Frühstück bestellen.

Es mochte Einbildung sein, aber schon nach wenigen Schlucken fühlte sie sich wach, wohl und energiegeladen.

In diesem Zustand konnte sie es wagen auch gefährlichen Gedanken nachzuhängen.

Den Reiterhof Selbach kannte sie, sie hatte bis zum Physikum ebenfalls in Göttingen studiert. Da sie den Reitsport auf jeden Fall auch im Studium weiterverfolgen wollte, hatte sie damals „Reitvereine bei Göttingen" gegoogelt und war auf Selbach gestoßen. Sogar Reitvereine wurden inzwischen bewertet und er kam insgesamt auf ein „sehr gut."

Dort hatte sie auch wirklich eine tolle Zeit erlebt. Die Leute waren total nett, vor allem Jeanette und Christine. Zu beiden hielt sie bis heute zumindest telefonisch Kontakt. Mit Christine traf sie sich auch noch gelegentlich. Meistens wenn einer von ihnen auf Durchreise war. Christine hatte Geschichte studiert und darin promoviert, inzwischen hatte sie zwei Kinder. Sie hatte mit ihrem Partner ein Haus mitten in Göttingen gekauft.

Chiara streute etwas Zucker auf den Milchschaum, nahm einen Löffel davon und rechnete. Silvia Oldendorf war 39, Christine 38. Christine hatte mit den Kindern aufgehört zu reiten. Linus wurde während ihrer Doktorandenstelle geboren. Er war jetzt zwölf, also hatte Christine vor ca. dreizehn Jahren, als sie schwanger war, aufgehört zu reiten. Da war Silvia 26, aus der Akte wusste Chiara, dass sie zu diesem Zeitpunkt im Referendariat in Göttingen war.

Sie selbst war zu dieser Zeit schon lange in Hannover. Der Abschied vom Reiterhof war ihr schwergefallen, aber sie wollte unbedingt nach dem Physikum noch eine andere Stadt kennenlernen und hatte mittels einer Tauschpartnerin einen Studienplatz in der Landeshauptstadt bekommen.

Es könnte also theoretisch sein, dass Christine Silvia in Selbach kennengelernt hatte.

Ihr Herz begann schneller zu schlagen. Gefährliches Terrain. Sie war schließlich nicht bei der Kripo. Sie war einfach nur Psychiaterin und in irgendeiner Weise zu ermitteln war nicht ihre Aufgabe. Solche Eskapaden hatten sie schon einmal in Teufels Küche gebracht. Damals, es war ihr drittes Gutachten, hatte Frau Schömburg sie angezählt. Sie hatte gesagt, das dürfe nicht noch einmal passieren.

Auch damals gab es einen Berührungspunkt mit der zu Begutachtenden. Es handelte sich um eine Frau, die als Tagesmutter arbeitete. Man warf ihr vor, die ihr anvertrauten Kinder zu vernachlässigen. Statt sie zu betreuen, wurden sie sich selbst überlassen. Ihre eigenen Kinder, gerade mal in der Grundschule, mussten zum Teil auf sie aufpassen und bedankten sich für diesen unliebsamen Job bei den ihnen Anvertrauten mit körperlichen Angriffen.

In der Zeit ging die „Tagesmutter" putzen. So konnte sie in einem Zeitraum doppelt verdienen. Eine Nachbarin hatte mehrere irritierende Szenen beobachtet, durch ein Loch im hohen Zaun des Gartens. Mehrere Mütter, die ihre Kinder dort in „Betreuung" hatten beklagten Verhaltensauffälligkeiten bei ihren Sprösslingen.

Durch das Installieren einer Kamera konnte die Frau überführt werden. Chiara sollte ein Gutachten über sie verfassen.

Sie hatte gestanden, stellte sich aber als vom Leben überfordertes Opfer dar, das aus existentieller finanzieller Not heraus versuchte einen Doppeljob zu bewältigen. Damals hatte Chiara Kontakt zu einer Bekannten einer Bekannten, die ihre Tochter dort mehrere Monate in Betreuung gegeben hatte. Von ihr wusste sie, dass in der Erdgeschosswohnung dieser Frau viele inzwischen entfernte Urlaubsfotos hingen, die sie auf Fernreisen rund um die Welt und auf kostspieligen Luxus-Kreuzfahrten zeigten.

Chiara hatte diesen Hinweis gegeben. Das Gericht ging dem nach und es kam zutage, dass die finanzielle Not dieser Frau schlicht erfunden war. Sie hatte ein Auslandskonto welches gut gefüllt war. Diese neue Erkenntnis führte natürlich zu einer Strafverschärfung im Urteil.

Frau Schömburg hatte damals vor Wut gekocht, weil Chiara ihre Kompetenzen überschritten hatte. Da half es auch nichts, dass Chiara ihr Vorgehen moralisch verteidigte.

Das war jetzt lange her. Diesmal müsste ihre Chefärztin außen vor bleiben. Chiara könnte doch einfach ganz für sich ein paar Nachforschungen anstellen. Niemand müsste davon wissen. Wahrscheinlich würde ja sowieso nichts dabei herauskommen. Aber was, wenn doch? Selbst wenn sich Christine an Silvia erinnerte, hieße das noch lange nicht, dass sie relevante Informationen liefern würde.

Jetzt bestellte Chiara doch noch ein Frühstück, das „Kleine Süße". Angelo nahm die Bestellung entgegen und wiederholte noch einmal mit einem charmanten Lächeln

„Ah, das kleine Süße für sie." Chiara wusste ihn zu nehmen. Die beiden flirteten regelmäßig. Andere würden es vielleicht „billige Anmache" nennen, Chiara genoss es. Vor allem jetzt.

Der letzte Kontakt mit Luis war nun schon ein paar Tage her. Ein Schmerz in der Brust meldete sich, doch sie lenkte ihre Gedanken elegant einfach wieder auf das spannende Thema.

Silvia. Sie würde Christine noch heute fragen. Heute Abend. Oder vielleicht schon am Nachmittag. Wieder spürte sie ihr Herz bis zum Halse schlagen. Vielleicht auch schon mittags.

Jetzt erst einmal frühstücken. Vielleicht war Christine heute Nachmittag mit den Kindern unterwegs. Sie machte vormittags viel Homeoffice und war da besser zu erreichen. Vielleicht sollte sie es schon versuchen, wenn sie nach dem Frühstück wieder zuhause angekommen war. Ihre Aufregung wuchs. Vielleicht sollte sie die Luft rausnehmen, indem sie direkt noch hier im Collosseum nach dem Frühstück Christine anrief.

Dann würde die sagen, dass sie keine Silvia auf dem Reiterhof kennengelernt hatte und endlich würde sie zur Ruhe kommen.

Angelo kam kurz zum Tisch, sah sie mitleidig an.

„Die, äh das Kleine Süße muss noch warten. Brötchen sind alle, unsere Küchenhilfe holt schnell vom Bäcker gegenüber welche. Noch einen Cappuccino?"

„Ja, aber diesmal einen ohne Koffein. Habe schon Herzklopfen."

Angelo bezog das auf sich und lächelte breit, dann drehte er sich um und ging zum Tresen, um den Cappuccino zuzubereiten.

Wartezeiten waren nichts für Chiara.

Nicht dass sie ungeduldig war, nein, aber einfach nur warten und auf das pochende Herz hören, schien ihr Zeit- und Energieverschwendung.

Als sie ihr Handy anschaltete, sah sie, dass ihre Hände zitterten. Einen Moment lang wusste sie nicht mehr, wo man die Kontakte findet. Dann wählte sie Christines Nummer. Es dauerte keine fünf Sekunden bis es klickte.

„Christine Neumann hier."

„Hallo Christine, hier ist Chiara. Wie geht es dir?"

„Hi Chiara, hey du klingst aufgeregt, ist was passiert?"

Chiara überlegte, ob sie gleich mit der Tür ins Haus fallen sollte, entschied sich aber dagegen.

„Alles in Ordnung, ich bin nur gerade ein wenig abgehetzt. Wie geht es dir?"

„Ziemlich k.o., die Kids hatten gerade Magen-Darm. Das war kein Zuckerschlecken, kann ich dir sagen. Zum Glück hat es mich verschont. Aber sonst geht es uns gut – und bei dir? Wie geht's Leonie?"

Chiara liebte die warme Stimme von Christine. Sie fühlte sich sofort geborgen und angenommen. Sie verstand es, einem das Gefühl zu geben, wichtig zu sein.

„Ihr geht es gut, sie ist gerade bei Tim. Eigentlich wäre sie heute bei mir, aber ich hatte einen Fahrradunfall."

„Oh nein, bist du schlimm verletzt?"

„Ne, nur ein dickes Knie und ein paar Schürfwunden. Aber ich musste mir heute freinehmen, Arbeiten wäre nicht möglich gewesen."

„Dann machst du dir also einen schönen Tag?"

„Ich versuche es zumindest. Allerdings hängen meine Gedanken immer wieder am Beruflichen fest."

„Das kann ich verstehen. Ich bewundere auch immer Menschen, die gut abschalten können. Gibt's denn auf Station viele Aufreger?"

„Na ja, der ganz normale Wahnsinn. Aber Kopfzerbrechen macht mir mal wieder ein Gerichtsgutachten."

„Ach ja, da bist du ja voll drin. Um was geht es denn diesmal?"

„Du weißt ja, eigentlich darf ich davon gar nichts erzählen, aber ich tu's jetzt einfach mal."

Chiara wollte gerade anfangen, da wurde ihr klar, dass sie ihre Freundin nun doch ganz schön überfallen hatte. Sie bremste sich um noch ein „Passt es denn überhaupt jetzt?" vorwegzuschicken.

Man konnte hören, wie sich bei Christine nun eine Tür schloss und die Hintergrundgeräusche jetzt verstummten.

„Schieß los."

„Es geht um den ‚Mistgabelmord', hast du das in den Medien verfolgt?"

„Ne, du weißt doch, dass ich ein Nachrichtenmuffel bin und auch keine Zeitung abonniert habe. Ist peinlich, aber du kennt mich ja."

Natürlich war das Chiara bekannt und sie hatte schon vermutet, dass Christine das Ereignis in den Medien nicht verfolgt hatte.

„Da hat eine Frau in einem Reitstall in der Nähe von Hamburg ihren Liebhaber mit einer Mistgabel erstochen."

„Oh, das ist ja echt martialisch. Und inwiefern bist du da dran?"

„Ich habe sie schon begutachtet, soll mir ein Bild von ihrer Persönlichkeit machen."

„Du hast ja schon einige krasse Geschichten erzählt. Kein Wunder, dass dich das dann noch beschäftigt. Bist eben auch ein sensibler Mensch. Sag mal, hast du denn eigentlich keine Angst, wenn du so jemandem gegenübersitzt?"

„Na ja, aufgeregt bin ich schon. Aber bei der ist auch noch gar nicht so hundertprozentig klar, ob sie es war. Einige Indizien sprechen für sie als Täterin, aber bisher reicht das wohl noch nicht aus." Chiara merkte, wie gut es ihr tat, über den Fall zu sprechen und echtes Interesse zu spüren.

„Echt? Und was glaubst du? War sie es?"

„Keine Ahnung. Ich halte beides für möglich. Dass sie zu Unrecht angeklagt ist, aber auch dass sie es gewesen ist. Ich kann sie ganz schlecht einschätzen."

„Das wundert mich. Normalerweise hast du da eine klare Meinung zu." Jetzt hielt es Chiara nicht mehr aus.

„Vielleicht kennst du die Frau sogar!"

„Was sagst du? Woher soll ich sie kennen?"

„Sie ist während ihres Studiums im Reitstall in Selbach geritten. Zu der Zeit, als ich schon in Hannover war aber du dort noch geritten bist."

„Das ist ja krass. Und wie heißt sie denn, darfst du das sagen?" Natürlich durfte sie das eigentlich nicht, aber jetzt hatte sie schon so viel preisgegeben, es kam nicht mehr darauf an.

„Sie heißt Silvia Oldendorf. Sie ist Lehrerin."

Schweigen. Christine schien intensiv nachzudenken.

„Ne, da klingelt bei mir nichts. An eine Silvia kann ich mich nicht erinnern. Ich kannte ja auch nicht alle dort. Vor allem mit den Pferdebesitzern hatte ich wenig zu tun, die haben immer die Nase hoch getragen und auf uns wie auf Stallknechte herabgesehen."

Die Enttäuschung kroch in Chiara hoch. Christine hatte doch sonst ein regelrechtes Elefantengedächtnis, wenn es um Personen ging. Doch so schnell wollte sie noch nicht aufgeben.

„Damals hatte sie auch noch kein eigenes Pferd, hatte eine Reitbeteiligung. Sie hat sogar den Namen der Stute erwähnt, sie hieß Hella."

„Warte mal … Hella … ja, ich erinnere mich an die hellbraune Stute. Die gehörte Astrid Hagemann. Die eingebildete Pute. Ihre Eltern hatten ein Schreibwarengeschäft im Ort. Sie tat so, als wäre das ein Adelstitel. An Astrid kann ich mich wirklich gut erinnern. Die ist bestimmt immer noch in Selbach und nervt die anderen. Ich erinnere mich auch, dass es eine Frau gab, die sich um Hella kümmerte, wenn Astrid mal wieder zu wenig Zeit für ihr Pferd hatte. Aber ich habe weder ein Bild vor Augen noch kann ich mich an den Namen Silvia erinnern. Hilf mir mal auf die Sprünge, wie sieht sie denn aus?"

„Sie ist klein, zierlich, hat rotblonde schulterlange Haare und grüne Augen."

Wieder angestrengtes Nachdenken am anderen Ende der Leitung.

„Ja, …… doch so allmählich erinnere ich mich an sie. Kann es sein, dass sie von den anderen anders genannt wurde?"

„Ich weiß nur, dass sie in ihrer Familie auch oft Silly genannt wurde."

„Ja, jetzt hab ich's. Silly. Die kleine Zierliche. Mit den rötlich-blonden Haaren. Damals total kurz getragen, fast so kurz wie bei dir. Mit der hatte ich praktisch nichts zu tun. Wirkte bisschen merkwürdig und verschlossen, aber die soll jemand umgebracht haben? Astrid würde ich das zutrauen." Christine musste lachen. Die beiden hatten es damals in ihrer gemeinsamen Zeit im Reitstall geliebt, über die Pferdebesitzer zu lästern. Natürlich war beiden klar, dass sie einfach nur von Neid und von dem Wunsch besessen waren, auch ein Pferd zu besitzen.

Auch Chiara musste auflachen. Sie mochte diese direkte Art von Christine, zu Neid und Abneigungsgefühlen anderen gegenüber zu stehen, anstatt sie zu ummänteln.

Doch dann bekam sie Gänsehaut, als ihr klar wurde, was diese neuen Informationen bedeuteten. Sie konnte einfach Astrid fragen. Na ja, einfach würde das nicht werden, warum sollte sie sich herablassen mit irgendjemandem zu reden, der vor Jahren mal im gleichen Reitverein war. Und noch nicht einmal ein Pferd besaß.

„Chiara bist du noch dran?"

„Ja klar, sorry, ich war in Gedanken. Habe mir gerade vorgestellt, wie Astrid reagieren könnte, wenn ich nach Silvia fragen würde."

„Das hast du doch nicht wirklich vor, oder? Ich erinnere mich noch gut an die Sache mit der Tagesmutter. Da hast du dich auch detektivisch betätigt und hast richtig Ärger mit deiner Chefin bekommen. Damals hast du dir geschworen, nie wieder die Ermittlerin zu spielen."

Chiaras Sympathie für das Elefantengedächtnis und die direkte Art von Christine war in einem Augenblick verflogen. Stattdessen war sie sauer. Wie konnte sie sich so einmischen?

Sie brauchte einen Moment um sich zu sortieren.

„Ja, stimmt, das gab Probleme. Ich sollte mich zurückhalten und nichts riskieren." Es war ihr jedoch sonnenklar, dass sie das nicht schaffen würde.

„Komm Chiara, mach mir nichts vor. Natürlich wirst du Astrid fragen, ich kenne dich. Aber vielleicht solltest du deine Erkenntnisse dann nicht an die große Glocke hängen. Ich bin jetzt natürlich auch neugierig geworden."

Verdammt nochmal, warum nur war sie so leicht zu durchschauen? Hoffentlich war sie nur für die engen Freundinnen und nicht für den Rest der Welt ein so offenes Buch.

„Ich halte dich auf dem Laufenden. Wollen wir uns nicht mal wieder treffen? Hast du vielleicht Lust, zum Maschseefest in der letzten Juliwoche nach Hannover zu kommen? Du kannst gerne bei mir schlafen. Wir können uns dann einen richtig schönen Abend machen!"

„Gute Idee. Ich schau mal auf unseren Familienkalender und schreibe dir dann."

In den letzten Minuten waren die Kinder von Christine immer wieder reingekommen und hatten versucht, ihr Telefonat zu stören. Nach einigen erfolglosen Versuchen, die Störaktionen abzuwehren gab Christine jetzt auf.

„Jetzt muss ich mich ums Mittagessen kümmern."

„Dann füttere mal deine Raubtiere!" entgegnete Chiara schmunzelnd und die beiden verabschiedeten sich.

Der restliche Cappuccino war inzwischen kalt geworden. Ihr Appetit auf Frühstück war nicht mehr spürbar, so aufwühlend war das Telefonat gewesen.

Merkwürdigerweise hatte Angelo auch das Frühstück nicht gebracht. Chiara sah, dass er inzwischen an den Tischen draußen bediente und ein jüngerer Kellner, den sie nicht kannte, für ihren Tisch zuständig war.

Entweder hatte Angelo ihre Bestellung nicht weitergegeben, oder der Neue hatte sie vergessen. Egal, man könnte auch einfach auf das Frühstück verzichten und sich zuhause etwas Schönes kochen. Es war schließlich inzwischen schon Mittagszeit .

Ein Broccoli befand sich noch im Gemüsefach. Sie könnte eines ihrer Lieblingsgerichte kochen, Orecchiette alla pugliese, Öhrchennudeln mit Broccoli, ein Rezept aus Apulien. Apulien, das Gebiet in Italien, welches direkt am Stiefelsporen bis zum Stiefelabsatz verlief. Das hatte sie alles drauf, ohne je in Italien gewesen zu sein. Konnte sie stolz darauf sein oder war es eher peinlich?

Den Teig für die Nudeln würde sie so richtig lange kneten, bis er elastisch und geschmeidig wurde. Allein die Vorstellung beruhigte sie.

Draußen waren dunkle Wolken aufgezogen. Der Regen setzte erst ein, als Chiara aus der Straßenbahn stieg und zu ihrer Wohnung humpelte. „Super timing" fluchte sie und versuchte vergeblich, schneller zu gehen als ihrem lädierten Knie lieb war.

Zuhause ließ sie sich erst einmal auf die Couch fallen. Sie fiel in einen tiefen Schlaf und wachte dann völlig benommen auf.

Ihre Gedanken drehten sich so schnell im Kreis, dass ihr schwindelig wurde. Dazu tauchten Bilder auf von den vergangenen Tagen. Eine Abfolge einzelner Bilder, wie bei einem Daumenkino. Aber die Reihenfolge war durcheinander. Der Fahrradsturz, Silvia Oldendorfs Gesicht, mal weinend, mal wütend, Leonie vor ihr auf dem Fahrrad, Wilhelmshaven, Luis, sie beim Telefonieren im Collosseum, auf der Fähre. Zuletzt immer wieder Luis, Luis, Luis.

Warum zum Teufel konnte sie das nicht alles mit ihm teilen? Aber sie war schließlich selbst schuld. Sie hatte die Beziehung am Telefon beendet. Er hatte zuletzt die Gedichtverse geschrieben, auf die sie bis heute nicht reagiert hatte. Plötzlich erschienen ihr alle so spannenden Themen wie eine einzige große Ablenkung davon, dass er ihr fehlte.

Sie musste etwas tun, um nicht in den Abwärtsstrudel zu geraten. Am besten mit den Händen.

Eigentlich musste der Orecciette-Teig am Vortag hergestellt werden, aber sie würde es einfach so versuchen. Sie mischte den Hartweizengrieß mit dem Weizenmehl, fügte Olivenöl und Salz hinzu und etwas lauwarmes Wasser. Dann fing sie an, den Teig zu bearbeiten. Wie immer tat das Kneten gut. Wie eine Massage für die Seele.

Vor einiger Zeit war sie in Hamburg zu einer Fortbildung gewesen. Als sie dort nach der Veranstaltung noch allein bei einem Italiener eingekehrt war, lief dort in ihrer Blickrichtung ein Werbevideo, auf dem zu sehen war, wie ein Koch Pizzateig herstellte. Die kurze Filmsequenz endete damit, dass er den Teig in alle Richtungen langzog und auf seiner Hand kreisen ließ. So wie Straßenkünstler einen Teller auf einem Stab kreisen lassen. Sie hatte sich daran nicht sattsehen können.

Bei dem Gedanken daran musste sie schmunzeln. Wahrscheinlich hatten andere, die sahen, wie sie hypnotisiert diesen Werbefilm verfolgte, sie für verrückt oder zumindest äußerst merkwürdig gehalten.

Sie formte den geschmeidig gekneteten Teig zu einem Laib und bedeckte diesen mit einem feuchten Tuch. Während der Ruhezeit des Teiges, putzte und zerkleinerte sie den Broccoli und setzte Wasser auf. In das kochende Wasser gab sie erst die Stiele, nach fünf Minuten auch die Röschen des Broccoli. Danach öffnete sie ein Glas mit in Öl eingelegten Peperoncinoschoten und schnitt einen dieser roten Scharfmacher in feine Streifen. Dann verarbeitete sie den Nudelteig erst zu dünnen Röllchen, anschließend wurden nach und nach Scheiben dieser Röllchen über die Fingerkuppen zu den kleinen Öhrchen geformt.

Während die Nudeln in der Broccolibrühe garten, dünstete sie in einer Pfanne fein zerkleinerten Knoblauch in Olivenöl, gab die kleingeschnittenen Stiele und die Röschen des Broccoli hinzu, zuletzt noch die Peperoncinoschotenringe, sowie Salz und reichlich Pfeffer aus der Mühle.

Als die Orecchiette gar waren, gab sie diese ebenfalls in die Pfanne und ließ alles noch einmal zusammen ein paar Minuten bei kleiner Hitze durchziehen.

Sie fühlte sich beim Zubereiten der Mahlzeit so wohl in ihrer Küche, dass sie entschied, nicht am Esstisch im Wohnzimmer, sondern an dem winzigen Tisch in der Küche zu essen. Außerdem würde sie sich an dem kleineren Tisch weniger einsam fühlen. Allerdings vermisste sie Luis doch sehr, vor allem als sie eine Tomate in Scheiben schnitt, mit Olivenöl, Balsamicocreme, kleingezupften Basilikumblättern, Salz und Pfeffer anmachte und Luis' Spruch „Für die Vitamine" vor sich hin murmelte.

Jetzt spürte sie einen Bärenhunger, gab sich eine große Portion des Pfannengerichtes auf den Teller und fing an ihr Werk zu genießen. Wie immer, wenn sie alleine aß, tat sie dies teilweise mit geschlossenen Augen.

Die Konsistenz der Nudeln war suboptimal, etwas zu weich. Das lag daran, dass sie nicht am Vortag hergestellt waren. Glücklicherweise hatte es jedoch wenig Einfluss auf den wunderbaren Genuss insgesamt.

Sie war fast schon ein wenig zu hungrig, musste ihre Tempo beim Essen zügeln. Es gab ihrer Meinung nach den „perfekten Hunger" wie sie es nannte. Damit beschrieb sie einen Zustand in dem sie zwar hungrig war, aber noch nicht so sehr, dass sie das Essen verschlingen wollte. Über solche Dinge hatte sie mit Luis immer ausgiebig philosophieren können.

Wie gut, dass morgen Leonie kam, der kleine Wirbelwind würde sie auf andere Gedanken bringen. Ihr Blick fiel auf die Kiefer vor dem Küchenfenster. Sie war sehr trocken, einige Äste schienen sogar abgestorben zu sein. Die Tatsache, dass es immer mal wieder kleinere Schauer gab, täuschte über die allgemeine Trockenheit des Sommers hinweg.

Jetzt bloß nicht noch über den Klimawandel nachdenken, ermahnte sie sich, gab sich einen Ruck, stellte alles Geschirr schnell in den Geschirrspüler und nahm sich eine kleine Flasche Rotwein aus dem Vorratsschrank. Auf dem Weg zum Balkon griff sie sich ein Weinglas aus der Vitrine, den angelesenen Roman und machte es sich dann auf dem Balkon bequem.

Eigentlich mochte Chiara Alkohol nicht besonders. Sie war lediglich eine Protesttrinkerin.

Ihre Mutter hatte ihr eingeschärft, Alkohol sei o.k., aber man dürfe ihn niemals alleine trinken, dass sei der erste Schritt zur Abhängigkeit. Daran hatte sich ihre Mutter auch immer gehalten. Das Problem war nur, dass sie diese Einstellung als Rechtfertigung dafür benutzte, in Gesellschaft umso mehr zu trinken. Chiara erinnerte sich an zahlreiche Feiern mit Freunden, an denen ihre Mutter es übertrieben hatte. Man hörte sie dann unnatürlich laut lachen und solche Abende endeten meistens damit, dass sie in Streit mit Chiaras Vater geriet. Chiara schämte sich dann für sie.

Deshalb hatte Chiara den mütterlichen Leitsatz für den Umgang mit Alkohol für sich umgedreht. Sie trank eher alleine und da sie den Geschmack eigentlich nicht mochte, setzte sie einfach bewusst und gezielt die Wirkung ein. Entspannung, Kummer vergessen, Abschalten. Hatte sie einen festen Partner, gönnte sie sich auch manchmal etwas zu zweit.

In Gesellschaft lehnte sie Alkohol oft ab, ebenfalls aus Protest. Weil alle das Trinken so selbstverständlich fanden. Wenn dann mal wieder ein Spruch kam im Sinne von „Hey, willst du hier die Spaßbremse sein?" konterte sie beispielsweise mit „Ja genau, ich bin die Sittenpolizei" oder „Na dann schauen wir mal, wer mehr lacht heute Abend."

Außer Protest gab es aber auch noch einen anderen Grund für ihre Abstinenz in Gesellschaft. Das war ihr Dämon. Ihre Impulsivität, die sie ohne Alkohol zumindest teilweise in Schach halten konnte, gegen die sie mit Alkohol jedoch regelmäßig verlor.

Es war mehr als eine Freundschaft gewesen, die sie im Rahmen von allzu großer Direktheit auf Feiern verloren hatte. Auch deshalb war Alkohol in Gesellschaft für sie tabu. Alle wussten das und akzeptierten es mehr oder weniger.

Auf jeden Fall hatte sie es ihrer Mutter inzwischen schon bewiesen, dass man durch alleine Trinken noch nicht zum Alkoholiker wird. Allerdings sprach sie mit ihr niemals darüber. Soweit ging der Protest dann doch nicht.

Manchmal dämmerte ihr, dass sie in der Ablösung von ihrer dominanten Mutter noch nicht allzu weit gekommen war. Zumindest war es ihr aber gelungen, bis in die Phase „stiller Protest" vorzudringen.

Sie ließ den Abend auf dem Balkon sitzend, lesend und Rotwein trinkend verklingen. Nachdem sie noch eine Weile die schmale Mondsichel beobachtet hatte, ging sie erschöpft schlafen.

9. Kapitel

Astrid war kräftiger und weniger hübsch, als Chiara in vager Erinnerung hatte. Es mussten ein paar Monate gewesen sein, die beide noch gemeinsam auf dem Reiterhof in Selbach verbracht hatten. Astrid war dem Reitverein mit ihrer Stute Hella beigetreten und Chiara hatte damals schon die Zusage, nach dem Physikum in Hannover weiterstudieren zu können.

Kein Wunder also, dass die Erinnerungen verblasst waren. Astrid, sie mochte inzwischen an die Vierzig sein, wartete im Garten ihres Elternhauses auf Chiara. Das Elternhaus befand sich direkt neben dem Schreibwarengeschäft, nicht gerade schön gelegen, direkt an einer Hauptstraße in Ehrenstein, der Kleinstadt, zu der das Dorf Selbach gehörte.

Sie war aufgestanden, als Chiara den kleinen hinter dem Haus gelegenen Garten betrat. Es war eine merkwürdige Szene, da beide nicht so recht wussten, wie sie sich begrüßen sollten.

Umarmen als alte Reiterkolleginnen, formell die Hand geben oder gar nichts? Chiara, die das Treffen initiiert hatte und sich deshalb in der Pflicht fühlte den Anfang zu machen, entschied sich für eine angedeutete Umarmung. Und ein „Hey Astrid, lange nicht gesehen!" passte schließlich auf jeden Fall.

Astrid bot ihr einen Platz am Gartentisch an. Es war leider einer, der Chiara der vollen Mittagssonne aussetzte. Zumindest das Tablett mit der Getränkekaraffe, in der sich Eistee mit Eiswürfeln und Zitronenscheiben befand, stand im Schatten des kleinen Sonnenschirms.

„Das ist ja spannend, dass du jetzt als Psychologin arbeitest. Wie gefällt es dir?"

Chiara hatte ihr am Telefon ausführlich davon berichtet, dass sie Ärztin sei und Psychiatrie als Facharztrichtung gewählt hatte. Es ärgerte sie, dass Astrid anscheinend nur oberflächlich zugehört oder es schlicht nicht verstanden hatte. Natürlich hatte sie Astrid nicht erzählt, dass sie beruflich mit Gerichtsgutachten zu tun hatte, sondern so getan, als habe sie ganz einfach nur persönliches Interesse an der Sache.

„Ja, die Arbeit macht mir Spaß. Und du, wie gefällt es dir, dass du jetzt den Laden deiner Eltern übernommen hast?"

Astrid grinste. Klar, Lieblingsthema. „Ja, ganz habe ich ihn ja noch nicht übernommen. Aber ich mache zurzeit die Personalangelegenheiten und die Bestellungen. Mein Vater hat sich zur Ruhe gesetzt, der hat mit dem Herzen zu tun. Aber meine Mutter mischt noch ganz schön mit, steht noch jeden Tag im Laden. Ich glaube sie kann schlecht abgeben."

Dann folgte noch eine längere Ausführung darüber, wie unzuverlässig heutzutage die jüngere Generation sei, dass man praktisch keine guten Mitarbeiter mehr finde und Ähnliches. Dabei fragte sich Chiara, wieviel „Mitarbeiter" denn dieser Mini-Laden überhaupt aufnehmen könnte, einen oder gar zwei? Chiara zwang sich zum Zuhören, sie wollte nicht zu schnell „zur Sache" kommen und hoffte, Astrid würde ihr den Themawechsel abnehmen.

Während sie den ausschweifenden Ausführungen von Astrid zuhörte, trank sie einen Schluck aus dem Glas, in das ihre Gastgeberin ihr den Eistee eingeschenkt hatte. Der Schluck war jedoch so groß, dass sie sich an einem kleingeschmolzenen Eiswürfel so sehr verschluckte, dass Astrid ihren Redefluss unterbrechen musste, um ihr Aufmerksamkeit zu widmen.

„Geht es wieder?" fragte sie, als die Hustenattacke am Ausklingen war. „Ja, danke, es geht wieder."

„Aber nun zu deinem Thema. Ja, der Mistgabelmord, ich hatte davon gehört und es eine Weile verfolgt. Irgendwann hat man nichts Neues mehr gehört, weißt du denn wie das ausgegangen ist? Und warum wolltest du mit mir darüber reden?"

Endlich waren sie beim Thema. Chiara hatte sich eine Lügengeschichte zurechtgezimmert und hoffte sehr, dass sie überzeugend klang.

„Weißt du, eine Mitstudentin von mir, mit der ich immer noch Kontakt habe, war mal eine Weile mit der Tatverdächtigen befreundet. Sie findet es total unheimlich, dass sie mit jemandem befreundet war, der möglicherweise einen Menschen auf dem Gewissen hat und möchte mehr über sie erfahren. Einfach nur aus Neugier und weil sie der Gedanke belastet, dass sie diese gefährliche Seite nicht wahrgenommen hatte. Und als ich ihr erzählte, dass die Frau mal auf demselben Reiterhof war wie ich, hat sie so lange keine Ruhe gegeben, bis ich ihr versprach, Informationen zu sammeln."

Chiara hatte plötzlich ein mulmiges Gefühl in der Magengegend. Die Geschichte erschien ihr in erzählter Version jetzt deutlich weniger glaubwürdig als vorher in ihrer Gedankenwelt.

Astrid machte eine Pause, trank jetzt auch etwas.

Chiara spürte, dass sie schwitzte und ihr Herz schnell schlug. Die Hitze, der Hustenanfall, die Spannung, wie Astrid jetzt reagieren würde, alles kam zusammen.

„Dann stimmt es also, was Margit gesagt hat, dass die Angeklagte die Silly ist, die sich eine Weile um Hella gekümmert hatte? Ich hatte das für Putzfrauengeschwätz gehalten. Aber die Fotos in der Zeitung sahen auch anders aus. Na, ja, die sind ja immer nicht so genau und es liegen auch ein paar Jährchen dazwischen."

Es war deutlich wahrzunehmen, dass Astrid jetzt sehr ernst geworden war. Der Gedanke, dass sich eine Mörderin um ihr Pferd gekümmert hatte, ließ sie erschaudern.

„Wie gut kanntest du sie denn? Wie war sie so?" Die Frage sollte möglichst oberflächlich und beiläufig klingen, doch das gelang Chiara nicht.

„Sie war einfach nur langweilig und nervig. Gut fand ich, dass sie total pflichtbewusst war und sich super zuverlässig um Hella gekümmert hatte. Aber sie war einfach übergenau, irgendwann fing sie an, auf versteckte Art und Weise, mir vorzuhalten, dass ich Dinge nicht genau genug nehme. Die Hufe seien nicht gründlich genug ausgekratzt worden, der Hafer sei von minderer Qualität, sie hätte da eine bessere Adresse und so weiter. Alles immer gut gemeint aber es ging mir unendlich auf die Nerven. Ich habe sie dann zunehmend ignoriert und dann ist sie ja auch weggezogen, ich glaube nach Hamburg."

Chiara hörte gespannt zu. Dass Silvia mit ihrer belehrenden Genauigkeit Astrid genervt hatte, konnte sie sich gut vorstellen. Auf der psychotherapeutischen Privatstation sprach man in diesem Fall von „Diagnose: Lehrer", wenn die pädagogisch geschulten Patienten alles besser wussten.

„War sie denn auch mal aggressiv oder anders auffällig?" Eine rhetorische Frage, aber wie sollte Chiara das denn anders formulieren? Astrid gab noch ein Paar Eiswürfel in die beiden Gläser und schenkte Eistee nach, während sie nachdachte. Die Eiswürfel gaben ein angenehmes Klirren von sich, als der Eistee über sie rann. „Nein, überhaupt nicht. Im Gegenteil. Sie tat so mega-sozial. Hat sich immer für unseren Ali eingesetzt, dass er mehr Aufgaben und bessere Bezahlung bekommen soll."

Chiara stellten sich die Nackenhaare auf. Wie sie „unser Ali" aussprach fand sie unmöglich. Sie konnte sich noch gut an Ali erinnern, ein total angenehmer Mensch. Keiner wusste so genau, wie seine Stellung im Reitstall war. Er war auf jeden Fall von Herrn Klaag, dem ersten Vorsitzenden des Vereins angestellt worden. Man hatte ihm wohl versprochen, er könne auch Reitunterricht geben, aber letztlich schob man ihm immer wieder einfachere Tätigkeiten zu. Das führte dazu, dass viele dachten, er sei ein „Stallbursche." Anscheinend auch Astrid.

„Wollte Ali denn Silvias Unterstützung?" Chiara nahm erneut einen kühlen Schluck. Sie blinzelte in die Sonne und hoffte, es würde Astrid auffallen, dass sie geblendet war.

„Mensch, ich habe dich gar nicht gefragt, ob du vielleicht auch einen Kaffee möchtest!"

Obwohl Chiara Kaffee liebte, war ein Heißgetränk nicht das, was sie jetzt brauchte.

„Nein danke, aber könnte ich mich vielleicht in den Schatten setzen?"

„Ach ja, sorry, dass ich dir das nicht angeboten habe." Sie mussten den Terrassentisch verschieben und den Sonnenschirm neu ausrichten.

Es war Chiara klar, dass Astrid durch die Aktion den Faden verloren hatte.

Deswegen musste sie ihn wieder aufnehmen.

„Wollte Ali Silvias Unterstützung?"

„Na, du willst es aber genau wissen." Entgegnete Astrid mit einem etwas misstrauischen Blick und Chiara fühlte sich irgendwie ertappt.

Es entstand eine unangenehme Pause, aber dann sprach Astrid weiter.

„Keine Ahnung. Ich glaube am Anfang hat er das genossen. Man hat die beiden immer wieder zusammen gesehen. Aber das kippte plötzlich. Sie gingen sich aus dem Weg und Ali war nicht gut auf sie zu sprechen. Da muss irgendetwas vorgefallen sein. Das bot Stoff für Klatsch und Tratsch. Du weißt ja wie das ist im Verein."

Chiara traute sich nicht noch weiter zu fragen, nutzte die Pause zum Trinken und hoffte, Astrid käme von sich aus weiter ins Plaudern.

„Wer weiß, vielleicht hatte er sich in sie verliebt und konnte nicht damit umgehen, dass sie das nicht erwiderte."

Diese Erklärung erschien Chiara zu simpel.

„Gab es andere Vermutungen beim Klatsch und Tratsch?"

„Klar, jeder vermutete etwas anderes. Das Absurdeste was mir zu Ohren kam, war das Gerede, Ali hätte sie angeblich der ‚Tierquälerei' beschuldigt. So wie sie mit Hella umging, fand ich diese Vermutung absurd. Sie liebte Tiere über alles und war im Umgang mit ihnen ein absolutes Vorbild."

Jetzt sah Astrid ihre Gesprächspartnerin nachdenklich an.

„Aber du hast sie doch auch noch kennengelernt, oder? Welchen Eindruck machte sie denn auf dich?"

„Nein, ich war schon nach Hannover gezogen, als sie in den Verein kam."

„Woher weißt du denn so genau, wann sie in den Verein kam?" Jetzt sah Astrid sie wieder musternd an. Es kam ihr anscheinend irgendwie suspekt vor, dass Chiara sich da so sicher war.

„Ich glaube zumindest, dass ich da schon in Hannover war, weil ich mich nicht an sie erinnere." Puh, das ging nochmal gut. Sie durfte nicht durchblicken lassen, dass sie das alles genau errechnet hatte.

Chiara meinte zu spüren, dass Astrids Bereitschaft, nachzudenken und ihr Informationen zu geben, ausgeschöpft war. Obwohl sie diese eine Sache noch brennend interessierte, wechselte sie das Thema und fragte nach Hella, Astrids Eltern und – um ihr zu gefallen – natürlich nach dem Laden.

Beim Verabschieden ließ sie dann die wichtige Frage doch noch wie nebenbei fallen.

„Und Ali, ist der denn immer noch im Reitstall?"

Astrid sah sie verwundert an, sie konnte wohl wenig nachvollziehen, warum sie nach dem Stallburschen fragte.

„Ja klar, der gehört doch inzwischen zum Inventar." Entgegnete Astrid schmunzelnd. Offensichtlich fand sie ihre eigene Formulierung originell.

Als Chiara wieder in ihrem Fiat 500 saß, der zum Glück im Schatten gestanden hatte, googelte sie den Reitverein. Sie wusste, dass im Restaurant, das zum Reitstall gehörte und welches um 17 Uhr öffnete spätestens ab 16 Uhr meistens jemand ans Telefon ging um Reservierungen anzunehmen.

Es war jetzt 14 Uhr, sie war über eine Stunde bei Astrid gewesen. Durch die direkte Sonneneinstrahlung hatte sie Kopfschmerzen bekommen. Da fiel ihr ein, dass sie heute noch nichts gegessen hatte. Im Blick auf das Gespräch mit Astrid war ihr Magen vor Aufregung wie zugeschnürt gewesen, jetzt knurrte er gewaltig.

Kurzentschlossen stieg sie wieder aus und ging zu Fuß ins Zentrum der Kleinstadt, wo sie ein italienisches Bistro kannte, das „Piazza" mitten auf dem kleinen Marktplatz, in der Fußgängerzone.

Schon von weitem konnte sie an den drei großen aufgespannten Sonnenschirmen erkennen, dass es geöffnet hatte. Sie nahm an dem Tisch Platz, neben dem ein kleiner Springbrunnen sprudelte.

Ihr letzter Besuch hier war lange her. Ungefähr vor einem Jahr hatte sie mit Luis hier eine Pizza gegessen. Damals waren sie frisch verliebt gewesen. Chiara wollte ihm ein Stück ihrer Vergangenheit zeigen. In Göttingen hatte sie ihm das Haus gezeigt, in dem sie bis zum Physikum in einer Dreier-WG gelebt hatte. Anschließend hatte sie ihm noch in Selbach den Reiterhof gezeigt, allerdings nur von außen, sie hatte keine Lust gehabt, anderen dort zu begegnen.

Dann hatten sie Hunger bekommen und in Ehrenstein, der Kleinstadt, zu der Selbach gehörte, das Bistro gefunden.

„Was darf's denn sein?", die rauhe Stimme der Bedienung riss sie aus ihren Gedanken.

„Habt ihr was Leichtes, Bruscetta oder einen Salat, irgendetwas Hitzetaugliches?" Chiara fühlte sich am wohlsten in Läden, in denen man sich dutzte. Alles andere war ihr zu anstrengend und altmodisch. Meistens testete sie das „Du" an und beobachtete dann ganz genau die Mimik und die Antwort des Gegenübers. Wurde das „Du" aufgegriffen, war alles bestens, wurde die Anrede vermieden, war das „Du" eher unerwünscht. Antwortete das Gegenüber trotzdem mit „Sie" war klar, dass der Laden für Chiara „durchgefallen" war.

„Ja, klar, da haben wir für dich ‚Bruscetta dreierlei', das ist ein Stück geröstetes Brot mit klassischer Tomatenbruscetta, ein Stück mit Olivenpaste und eines mit Auberginencreme," krächzte die Bedienung und räusperte sich zwischendrin.

„Das ist wie für mich geschaffen, das nehme ich. Und eine große Apfelschorle, wenn's geht mit Eis und Zitronenscheibe. Bist du erkältet?"

„Ne, aber meine Stimmbänder vertragen keine Klimaanlage. Nett, dass du fragst."

Die dreierlei Bruscettascheiben waren äußerst schmackhaft, wenn auch etwas klein. Um komplett satt zu werden, bestellte Chiara noch zwei Kugeln Erdbeereis mit Sahne und einen Cappuccino. Das Koffein wirkte, die Kopfschmerzen wurden erträglicher.

Dann wählte sie die Nummer des Restaurants in Selbach mit dem wenig originellen Namen „Am Reitstall".

„Margit Tauber, Restaurant am Reitstall, bitte?"

Chiara hatte Glück, dass die Reinigungskraft am Apparat war. Von ihr würde sie jede Auskunft ohne kritische Nachfragen bekommen.

„Hey, hier ist Chiara. Ich müsste mal mit Ali sprechen, es geht um mein Pferd, kannst du mir bitte mal seine Mobilnummer geben?"

„Ja, klar." Wie erwartet diktierte sie ohne jede Nachfrage seine Mobilnummer, die im Stall wirklich jeder hatte, und falls sie doch einmal gefragt war, klebte sie in großen roten Ziffern auf dem Telefon. Zumindest war das zu Chiaras Zeiten im Reitstall so gewesen.

Auch Ali ging sofort an sein Handy.

„Seldcuk Söngül."

Chiara dachte zuerst, sie habe sich verwählt, doch dann fiel ihr ein, dass Ali auch damals schon von manchen mit anderem Namen angesprochen wurde.

„Ali?"

„Ja, Ali am Apparat."

„Hier ist Chiara, ich weiß nicht, ob du dich noch an mich erinnerst. Ich war vor einigen Jahren mal eine Weile im Reitstall. Die große Dünne mit den kurzen blonden Haaren."

„Oh, ich weiß nicht genau. Aber ich glaube, mich zu erinnern. Was gibt's?" Der Tonfall überzeugte Chiara nicht, er schien sich nicht wirklich zu erinnern.

„Ich weiß, du bist immer sehr beschäftigt, aber ich habe ein Problem mit jemandem aus der damaligen Zeit. Und ich bräuchte einfach ein paar Informationen von dir. Das würde mir wirklich sehr weiterhelfen."

Chiara kam sich irgendwie schäbig vor. Sie wusste, dass Ali immer sehr hilfsbereit war und nutzte das jetzt ganz bewusst zu ihren Gunsten. Und ihr fiel nichts ein, was Ali selbst vielleicht von dem Treffen haben könnte.

„Am Wochenende ist Turnier im Verein, da bin ich voll drin. Aber im Verlauf der nächsten Woche können wir uns gerne treffen."

Mit einer solch klaren und raschen Zusage hatte sie gar nicht gerechnet. Sie sah sich um und kam blitzschnell zu dem Schluss, dass die Piazza ein geeigneter Treffpunkt wäre.

„Wie wäre es in der Piazza in Ehrenstein, ich lade dich auf eine Pizza und ein Glas Wein ein. Ich kann immer ab 18 Uhr. Wie wäre es mit Dienstag?"

Mist, sie hatte vergessen, dass Ali keinen Alkohol trank, aber er würde ihr das verzeihen.

„Mittwoch 19 Uhr wäre mir lieber, dann bin ich mit den Aufräumarbeiten vom Turnier sicher durch."

„Prima, dann bis Mittwoch und vielen Dank im Voraus!"

Chiara ärgerte sich, dass sie das Telefonat nicht noch etwas in die Länge gezogen und ein paar persönliche Fragen gestellt hatte. Die Aufregung hatte ihren Kopf regelrecht leergefegt.

Ob er wirklich kommen würde? Eigentlich hatte sie ihn zuverlässig in Erinnerung. Aber sie konnte einfach nicht glauben, dass alles so glatt gelaufen war. Eigentlich hatte sie nach dem Telefonat zahlen wollen, aber jetzt war ihr danach, ihre kleinen Erfolge zu feiern. Sie bestellte noch eine Kugel „Pistazie de Luxe" und einen weiteren Cappuccino.

Das Eis hielt nicht was der Name versprach, statt hundert Prozent Pistazie vermutete Chiara eher eine Extraportion künstliches Pistazienaroma in der Kugel, die doppelt so teuer wie die Standardsorten war. Trotzdem genoss sie es in vollen Zügen. Ein perfekter Tag, sie hatte gleich zwei Fliegen mit einer Klappe geschlagen. Und sie würde am Mittwoch noch mehr erfahren. Das waren leider noch komplette vier Tage. Ablenkung würde das Wochenende allerdings genug bieten. Morgen Vormittag würde Leonie kommen, sie hatte ihr einen Zoobesuch am Wochenende versprochen. Beide liebten den Hannoveraner Zoo, inzwischen zitierte Leonie auch vor anderen gerne den Spruch ihrer Mutter „Wir haben einen der schönsten Zoos in Europa."

10. Kapitel

Chiara erwachte durch die Helligkeit der tanzenden Lichtpunkte, die durch die heruntergelassenen Rolläden hindurch in ihr Schlafzimmer drangen. Sie beobachtete sie eine Weile und ließ ihre Gedanken mittanzen.

Wie glücklich sie doch war. In zwei Stunden würde Leonie kommen, ihre wunderbare Tochter. Manchmal brauchte Chiara eine Weile, um sich von dem Leben alleine in ihrer Wohnung wieder auf das Leben mit Kind einzustellen. Der erhöhte Lautstärkepegel, die Prise Chaos, das ständig emotional Gefordertsein. Aber dann konnte sie es in vollen Zügen genießen. Sie hatte auch aufgegeben, bestimmte Aufträge ihrer Mutter zu erfüllen. Diese hatte Chiara immer gepredigt „Du musst unbedingt mit deinem Kind viel basteln und singen. Das tut der kindlichen Seele gut. Das habe ich mit dir auch ganz viel gemacht, deshalb bist du so ein kreativer Mensch geworden."

Chiara hatte das anfangs auch versucht, aber war kläglich gescheitert. Leonie war zwar wirklich vom Basteln begeistert, sie selbst entwickelte jedoch einen regelrechten Widerwillen dagegen. Klebrige Hände, überall Schnipsel, Ergebnisse, die nie der Vorlage entsprachen, von denen man als „gute Mutter" trotzdem begeistert sein musste. Schrecklich.

Christine hatte ihr da einen sehr wertvollen Tipp gegeben. Ihre Haltung war, dass die Kinder mehr davon haben, wenn man etwas macht, das man selbst auch mag.

Seitdem hatte Chiara viel mehr mit Leonie draußen gemacht, Fahrradtouren, Schwimmengehen und vor allem Zoobesuche. Sollte doch die Oma selbst mit ihr basteln.

Das tat sie natürlich nur sehr selten, denn immer wenn Chiara ihre Mutter fragte, ob sie mal ein Wochenende Leonie nehmen wollte, war sie natürlich unterwegs und „leider" verhindert.

Chiara fiel jetzt wieder ein, dass in der Nacht ihr Handy gebrummt hatte, weil sie vergessen hatte, es auszuschalten. Zum Glück war es ihr gelungen, sich einfach umzudrehen und weiterzuschlafen. Jetzt wollte sie nachsehen, wer mitten in der Nacht geschrieben hatte.

Es war eine Nachricht von Luis. Abgesendet um 1:37.

Das Leben
wäre
vielleicht einfacher
wenn ich dich
gar nicht getroffen hätte

Chiara spürte einen tiefen Schmerz und fragte sich, ob die Zeilen wohl bitter und enttäuscht gemeint seien, dann las sie weiter.

weniger Trauer
jedes Mal
wenn wir uns trennen müssen
weniger Angst
vor der nächsten
und übernächsten Trennung
Das Leben
wäre vielleicht
einfacher
wenn ich dich
nicht getroffen hätte
Es wäre nur nicht
mein Leben

Chiaras Herz raste. In ihr war ein Kampf losgebrochen. Traurigkeit, Wut, Hoffnung, Sehnsucht, Schmerz wirbelten in ihr wild durcheinander. Wie war das alles bloß gemeint? Abschließend? Rückblickend? Fazit ziehend? Oder doch eher öffnend? Tastend? Hoffend? Sehnend? Fragend?

Sie ließ sich noch einmal zurück ins Bett fallen und starrte an die Decke. Die dort frei in der Luft baumelnden Kabel erinnerten sie daran, dass in dieser Wohnung noch sehr viel zu tun war und sie hier noch nicht so richtig angekommen war. Plötzlich erschien es ihr, als sei ihr komplettes Leben wie eine einzige Suche nach Ankommen.

Ein Zustand ständiger unruhiger Suche. Sicher, es gab auch viele Glücksmomente, á propos, wo war der Glücksmoment von eben geblieben, als sie die Augen öffnete?

Obwohl sie sich einerseits über die Zeilen von Luis freute, konnte sie irgendwie nicht so richtig etwas damit anfangen. Wie die drei Kabel schwebten sie im Raum, nicht wissend, wozu sie eigentlich gedacht waren.

Wie sollte sie darauf reagieren, sollte sie überhaupt darauf reagieren? Sie wusste nur, dass sie Luis sehr vermisste, aber das war schließlich noch kein Hinweis darauf, dass die Beziehung funktionieren könnte.

Eigentlich hatte sie sich doch gerade so auf das Kommen von Leonie gefreut, aber jetzt fühlte sie sich wieder zerrissen zwischen ihrem Mutter- und Frauendasein. Als Mutter war alles so eindeutig. Da gab es klare Verhältnisse, wer was wem zu sagen hatte und wer die Verantwortung trug.

In Partnerschaften war Vieles so offen, unklar, vielleicht lag es ihr auch einfach nicht, eine Beziehung zu führen.

Sie zog die Rollläden hoch und ließ das gleißende Licht des sonnigen Tages den Raum erhellen. Ihr Schlafzimmerfenster lag zu einer ruhigen Seitenstraße hin. Als sie nach unten schaute, sah sie die Familie aus dem Erdgeschoß in ihren silbernen Golf steigen. Vater, Mutter, kleine Tochter, alles so wie es sein sollte. Wahrscheinlich auf dem Weg zum Wochenendausflug.

Jetzt fiel Chiara wieder ein, dass heute der versprochene Zooausflug mit ihrer Tochter anstand. Plötzlich war die Vorfreude auf den Tag wieder da. Und die Nachricht von Luis? Keine Ahnung. Vielleicht musste es erst einmal sacken. Wenn Chiara sich manchmal emotional überfordert und ratlos fühlte, stellte sie sich einfach vor, sie würde das Ungeklärte an ihr Unterbewusstsein weiterreichen, es um Bearbeitung bitten und darauf vertrauen, dass es in aufbereiteter Form dann wieder in ihr Bewusstsein drang.

Kaum hatte sie das Klingeln gehört und den Summer bedient, hörte sie auch schon Leonie die Treppe hochstürmen. Dazu die langsamen Schritte von Tim, der ihr hinterherkam.

Mit einem freudigen „Mama!" warf sie sich Chiara, die in die Hocke gegangen war, in die Arme und drückte sie so fest, dass ihr fast die Luft wegblieb. Über Leonies Schulter hinweg sah Chiara Tim im Türrahmen mit der „Wandertasche" vor der Wohnungstür stehen.

Es waren immer etwas merkwürdige Situationen, eine Mischung aus Hemmung und Verlegenheit, überspielt durch scheinbare Selbstverständlichkeit.

Nein, ein echtes Gefühl von Selbstverständlichkeit und Normalität wollte sich – zumindest bisher – nicht einstellen. Nichts an dieser Situation, dass da zwei Menschen, die sich mal geliebt hatten, einander das gemeinsame Kind „übergeben", fühlte sich selbstverständlich an. Selbst das Wissen, dass viele das erlebten, konnte nicht darüber hinwegtäuschen, dass dieser Situation immer auch etwas Trauriges und Befremdliches anhaftete.

Wie gut nur, dass sie durch die professionelle Beratung zumindest erkannt und umgesetzt hatten, diese Situationen kurz zu halten und nicht unnötig in die Länge zu ziehen.

Wie immer fragte Chiara, „wie geht es dir?", wohl wissend, dass diese Frage ein pure Floskel war. Weder wollte einer von ihnen wirklich genau wissen, wie es dem anderen ging, noch würde einer von beiden das tatsächlich offenbaren.

„Alles o.k." war dann auch die knappe Antwort.

Sie besprachen noch ein paar organisatorische Dinge, dass Leonies Badeanzug zu klein geworden war, dass sie dringend neue Sandalen brauchte und dass sie kaum gefrühstückt hatte. Dabei vermieden sie längeren Blickkontakt. Tim verabschiedete sich dann mit einem „Na dann viel Spaß im Zoo", dem ein knappes Lächeln folgte.

Sein Innenleben war Chiara schon während ihrer Beziehung ein Rätsel gewesen, daran hatte sich auch bis jetzt nichts geändert. Der ganze Verlauf des Trennungsprozesses war für sie bis heute undurchschaubar geblieben. Anfangs war sie diejenige gewesen, die die Beziehung infrage gestellt hatte. Ihre Gefühle hatten sich durch die Geburt von Leonie so drastisch verändert, dass sie total verunsichert war. Lange hatte sie versucht, das für sich zu behalten, aber das funktionierte irgendwann nicht mehr.

Mette, eine ihrer Freundinnen, hatte sie irgendwann aufgerüttelt. Sie meinte, Chiara würde sich gerade emotional von Tim abkoppeln, weil sie ihm so wichtige Empfindungen vorenthielt. Das hatte ins Schwarze getroffen, denn „abgekoppelt" beschrieb genau das, was Chiara fühlte.

Es wurde aber leider alles noch viel komplizierter, nachdem sie sich Tim anvertraut hatte. Sie würde es nie vergessen, es war Mitternacht, sie hatten vorher miteinander geschlafen und lagen nebeneinander.

Tim, der bis sich bis dahin in Sicherheit wähnte, geriet in eine tiefe Krise und zweifelte an allem, bis hin zur Heirat und Familiengründung.

Das wiederum ließ Chiara plötzlich wieder spüren, dass sie an ihm hing, die Zweifel und Unsicherheiten waren wie weggeblasen. Zurück blieb bei ihr allerdings ein großer Selbstzweifel, wie konnte es nur sein, dass ihre Gefühle so unstet waren, war sie vielleicht gar nicht in der Lage, sich dauerhaft zu binden?

Das Problem war allerdings, dass sich Tims Zweifel an der Beziehung verfestigt hatten. Während bei ihr ab einem bestimmten Punkt wieder alles in Ordnung war und sie sich danach sehnte, einfach wieder zum normalen Alltag zurückzukehren, schien er in Grübeleien über die Qualität und Zukunft der Beziehung regelrecht festzuhängen.

Geduld war noch nie ihre Stärke gewesen, sie empfand die Situation zunehmend als quälend.

Und dann war Martin aufgetaucht. Sie hatte ihn im Rahmen einer Weiterbildungswoche auf Langeoog kennengelernt. Wie ein Teenager hatte sie sich Hals über Kopf in ihn verschossen. Er war fünfzehn Jahre älter als sie, selbstverliebt, ledig, keine Kinder. Und auch kein Verständnis für Kinder. Nichts sprach dafür, dass aus dieser Beziehung etwas Ernsthaftes werden könnte.

Wenn Chiara heute noch manchmal an ihn dachte, fragte sie sich ernsthaft, ob sie sich damals vielleicht einfach nur bestrafen wollte, wofür auch immer. Vielleicht dafür, dass sie durch ihre innere Wankelmütigkeit ihre Ehe aufs Spiel gesetzt hatte.

Die Affäre währte nur wenige Monate, aber gab der Beziehung den Rest. Sie gab Tim den Mut, sich zu trennen. Zumindest hatte er die Trennung ausgesprochen, als er davon erfuhr. Es dauerte noch Monate, bis sie vollzogen wurde, weil keiner ausziehen wollte.

Chiara nicht, weil sie ihn zurückhaben wollte und hoffte, dass die Zeit seine Wunden würde heilen können. Tim nicht, weil er in eine Depression gefallen war und ihm der Schwung fehlte, die praktischen Schritte anzupacken. Chiara hatte versucht, ihn davon zu überzeugen, dass seine Verstimmung vielleicht bedeutete, dass Trennung der falsche Weg war, aber er hielt an diesem Entschluss fest. Letztlich war es eine Therapie, die ihm die Kraft gab, sich eine neue Wohnung zu suchen und auszuziehen. Chiara hatte damals die Therapeutin verflucht, da sie der festen Überzeugung gewesen war, dass Tim ohne diesen Einfluss von außen zu ihr zurückgefunden hätte.

Bei jeder Begegnung mit Tim kam dieses alte Gefühlsknäuel bei Chiara wieder an die Oberfläche. Manchmal nur in Form einer bestimmten Gefühlslage, ohne konkrete Gedanken.

„Mama, hast du noch eine Brioche?" fragte Leonie und lächelte dabei verschwörerisch. Klar, sie hatte bei Tim kaum etwas gefrühstückt, weil sie wusste, dass Mama bestimmt für sie wieder eine Brioche extra gekauft hatte.

„Ja, klar, mein Schatz", auch sie konnte ein feixendes Lächeln nicht verbergen. Das hatte Tim nun davon, dass er es mit der gesunden Ernährung übertrieb. Leonie verstand es, ihn auszutricksen.

Sie setzten sich an den Esstisch im Wohnzimmer, Chiara mit ihrem zweiten Cappuccino und Leonie mit ihrer aufgetoasteten Brioche.

„Mama, was kochen wir heute?" Chiara musste wieder schmunzeln, in puncto Essen schien Leonie ganz nach ihr zu kommen. Mit ihren acht Jahren war sie schon sehr am Kochen und an gutem Essen interessiert.

„Was hältst du von Involtini?"

„Ja, Involtini!", sie ließ ihre Brioche auf den Teller fallen, sprang auf, hüpfte umher und fiel ihrer Mutter dann um den Hals.

„Aber bitte die Richtigen, nicht die Vegetarischen!" bat sie, nachdem sie ihre Mutter wieder losgelassen hatte. Dann nahm sie im Stehen einen weiteren Bissen von der Brioche.

„Ich mag die Vegetarischen lieber, aber na gut, dann eben die Fleischigen. Dann müssen wir aber vor dem Zoo noch beim Fleischer einkaufen gehen. Jetzt setz dich aber bitte, im Stehen wird nicht gegessen" erwiderte Chiara mit aufgesetzter Strenge.

Während Leonie in ihrem Zimmer wie immer alle Spielzeuge und Kuscheltiere begrüßte, räumte Chiara die mitgebrachte Wäsche ein. Sie hatte einen unangenehmen Geruch, so als sei sie nicht gut getrocknet worden. Das musste daran liegen, dass Tims neue Wohnung keinen Balkon hatte und er auch keinen Trockner besaß.

Chiara konnte nicht verstehen, warum er diese Wohnung gewählt hatte, er hätte sich mit seinem Managergehalt sicher etwas Größeres leisten können, aber er war schon immer sehr sparsam gewesen. Beim Einräumen der Wäsche betrachtete Chiara ihre Tochter immer wieder aus den Augenwinkeln. Was für ein tolles Kind sie doch war, heute schien sie besonders unbeschwert und fröhlich.

Da Leonie gerade so selbstvergessen spielte, nutzte Chiara die Gelegenheit, sich noch einen Cappuccino zuzubereiten und auf dem Balkon zu genießen. Sie sah der Nachbarin aus der Wohnung direkt über ihr zu, die sich gerade über den ungepflegten Garten erbarmte und ihn mit dem kleinen Elektromäher bearbeitete. Das bereits gemähte Stück brachte einen ziemlich vertrockneten und lückenhaften Rasen zutage. Was für ein Luxus es doch war, dass ihre Mietwohnung eine Gartenmitbenutzung bot.

Jetzt, wo die Fläche bearbeitet wurde, kam Chiara plötzlich die Idee, sie könnte doch einfach mal ihre Freunde zu einer Gartenparty einladen. Vor ihrem inneren Auge entstanden Bilder von einer großen Tafel mit italienischen Antipasti, leckerem Walnussciabatta, fleischigen und pflanzlichen Bratlingen und einer Auflaufform mit Involtini. Dazu ein großes Gefäß mit sommerlicher Erdbeerbowle, Lampions in den Büschen, vielleicht auch abends Fackeln zum Einstecken in den Boden. Das wär's!

In den letzten Monaten hatte sie ihre Freunde etwas vernachlässigt. Dabei war ihr seit der Trennung erst klar geworden, wie wichtig ihr der Freundeskreis war. Sie nahm sich vor, gleich in der kommenden Woche den Dienstplan für den kommenden Monat zu checken und dann einfach einen Samstag für die Feier festzulegen. Ihr Geburtstag war erst drei Wochen her, es könnte also eine verspätete Geburtstagsparty werden.

Die nächste Woche würde äußerst spannend werden, das Treffen mit Ali am Mittwoch stand bevor. Außerdem würde Frau Schömburg sie sicher nach dem Verlauf des Untersuchungstermins mit Silvia Oldendorf fragen.

„Bah!", Chiara hatte nicht gemerkt, dass Leonie sich heimlich angeschlichen hatte, um ihre Mutter zu erschrecken. „Leonie, du weißt doch, dass du das lassen sollst", Chiara schnappte nach Luft, sie war immer schon sehr schreckhaft gewesen und hasste diesen Schockmoment.

Leonie schlang von hinten ihre Arme um Chiara und flüsterte ihr ein „ich will endlich in den Zoo" ins Ohr.

„Vorher müssen wir noch zum Metzger, na dann los, Kleine." Mit Rucksack, Wasserflaschen und Obst ausgerüstet verließen sie die Wohnung. Das Fleischgeschäft befand sich direkt gegenüber auf der anderen Straßenseite. Wie immer am Samstagvormittag fanden die beiden eine lange Schlange vor, die ihre Geduld auf die Probe stellte.

„Was ist los, Leonie?" wollte Chiara wissen, weil Leonie plötzlich einen mürrischen Gesichtsausdruck aufgesetzt hatte.

„Es ist leider heute die Giftige da." Mit diesem Begriff bezeichnete Leonie die ältere Fleischverkäuferin, die – im Gegensatz zu ihrer Kollegin – keine Mortadellascheiben an Kinder verteilte.

„Das kriegen wir schon hin" entgegnete Chiara und zwinkerte ihrer Tochter aufmunternd zu.

Die Kundin vor ihnen, die ihrer Bestellung nach zu urteilen eine Großfamilie besitzen musste, war endlich fertig und sie kamen an die Reihe.

Chiara bestellte das Rindfleisch für die Involtini und dann 10 Scheiben Mortadella, mit der zusätzlichen Erklärung „für die Kleine hier."

Die Verkäuferin verzog keine Miene, schnitt die 10 Scheiben auf, wiegte sie ab und verpackte sie.

„Haben sie vielleicht noch ein Extra-Scheibchen auf die Hand, so wie es ihre Kollegin immer macht?" fragte Chiara und versuchte ihrer Stimme einen besonders freundlichen Klang zu verleihen.

„Ne, tut mir leid." Chiara hatte nicht damit gerechnet, dass ihre Charmoffensive so erfolglos blieb und legte nach. In etwas lauterem Ton, so dass es Umstehende hören konnten, fragte sie erneut: „Wir sind echt treue Kunden in ihrem Laden und es wäre doch einfach supernett wenn sie der kleinen Maus hier eine kleine Freude machen könnten." Die etwas angehobene Lautstärke passte zwar nicht zur freundlich bittenden Wortwahl, aber es schien Wirkung zu zeigen. In dem Gesicht der Verkäuferin konnte man ablesen, dass zwei Impulse in ihr kämpften. Der eine wollte jetzt patzig werden und beim nein bleiben, der andere besann sich eines Besseren.

„Wenn's denn sein muss" sagte sie mit einem angedeuteten Lächeln, schnitt eine Scheibe ab, rollte sie zusammen und reichte sie Leonie über den Tresen.

Die strahlte über das ganze Gesicht und bedankte sich. Vor der Tür grinsten sich Mutter und Tochter an und klatschten sich mit der flachen rechten Hand ab.

„Du kannst unten warten, ich bringe nur schnell das Fleisch in den Kühlschrank", sagte Chiara und lief zwei Stufen auf einmal nehmend die Treppe in den ersten Stock hoch.

Nachdem sie wieder heruntergespurtet war, holten beide ihre Fahrräder aus dem Fahrradkeller, der an der Hinterseite des Hauses lag. Am Aufgang der Kellertreppe befand sich eine Rille neben den Stufen, durch die man Fahrräder bequem nach oben schieben konnte. Leonie war stolz, dass sie schon alleine ihr kleines Fahrrad mit den vielen Katzenaugen zwischen den Speichen nach oben schieben konnte. Chiara blieb dann immer hinter ihr, denn man konnte sehen, dass Leonie all ihre Kräfte zusammen nehmen musste, um das Rad zu halten. Sie war einmal dabei gestolpert und Chiara, die damals vor ihr gegangen war, konnte nur noch hilflos zusehen, wie ihre Tochter mitsamt Fahrrad die Kellertreppe hinunterpurzelte. Zum Glück hatte sie sich nur Prellungen zugezogen, doch der Schock war groß gewesen.

Der Himmel war jetzt bedeckt, aber auch ohne Sonnenschein war es heiß und vor allem schwül. Der Weg zum Zoo führte sie durch den riesigen Stadtwald, die sogenannte Eilenriede.

Obwohl Chiara ein nur ein sehr luftiges Top und eine kurze Hose trug, klebte ihre Kleidung am Körper, nachdem sie vom Rad abgestiegen war. Der Fahrradständer am Zoo war völlig überfüllt, sie hatten nur die Möglichkeit ihre Räder einfach aneinander zu schließen.

Als sie sich in die lange Schlange vor den Kassen eingereiht hatten, nutzten sie die Wartezeit um nebenbei das vor dem Eingang liegende Meerschweinchengehege zu beobachten. Leonie war immer ganz entzückt, wie die kleinen Wesen über den Rasen flitzten, heute waren auch ganz winzige Jungtiere zu sehen, die den Betrachtern rund um das Gehege immer wieder „Ah's" und „Oh's" entlockten.

Nachdem sie endlich ihr Ticket hatten, starteten sie gewohnheitsmäßig den „Serengetipfad" genannten Rundweg.

Wie immer im Zoo, musste Chiara Leonie bremsen, sie rannte so schnell durch den Rundweg, dass Chiara kaum dazu kam, die Tiere in Ruhe zu beobachten. Leonie wollte so rasch wie möglich zu ihren Lieblingstieren, den Nilpferden.

Eine große Scheibe bot den Blick auf das Unterwasserleben der Nilpferde. Die riesigen Körper der Tiere schienen teilweise im Wasser zu schweben, manchmal liefen sie mit ihren kurzen Beinen auch auf dem Grund. Zurzeit gab es zwei Jungtiere, die mal auf den Großen herumklettern wollten, mal unter ihnen hindurchtauchten. Leonie, die noch nie diese Jungtiere gesehen hatte, war ganz außer sich vor Begeisterung und drängte sich nach vorne, um direkt an der Scheibe zu stehen. Sie fuchtelte mit den Armen und wollte Chiara nach vorne holen. Die blieb jedoch aufgrund des Andranges in größerer Entfernung stehen, so dass sie nur die auftauchenden Köpfe der Flusspferde bewundern konnte. Mal sah man nur die Augen und Ohren, mal den ganzen Kopf und dann wieder ein aufgerissenes Maul mit den beeindruckenden Eckzähnen.

Chiara hatte einmal gelesen, dass diese niedlichen Riesen die Tiere waren, durch welche die meisten Menschen in Afrika umkamen. Das konnte sie sich jetzt beim Blick in dieses riesige Maul vorstellen. Unwillkürlich musste sie an Silvia Oldendorf denken und daran, dass die im Vergleich zu einem so großen Tier lächerlich kleinen und schwachen Menschen trotzdem durch den Gebrauch von Waffen tödlich sein konnten. Sie erinnerte sich noch einmal daran, wieviel Kraft sie das Gespräch mit der Tatverdächtigen gekostet hatte. Jetzt in diesem Moment traute sie ihr die Tat zu. Nun fiel ihr Blick wieder auf Leonie und sie musste sich ermahnen, einfach nur diesen Tag zu genießen und nicht an all das zu denken, was in der nächsten Woche auf sie zukommen würde.

Es dauerte eine ganze Weile, bis Leonie bereit war, weiterzugehen. Zuerst kamen sie an dem Außenbereich der Nilpferde vorbei, dort, wo sie an Land gingen und grasten. Von dort aus sah man auch drei Eingänge zu den Ställen, in denen sie gefüttert wurden und sich ebenfalls aufhalten konnten. Eine Tierpflegerin im khakifarbenen Zoooutfit schloss die Tür auf und ging in den Stall. Als sie sah, wie Leonie ihr neugierig hinterherschaute, bedeutete sie ihr mit dem Zeigefinger zu ihr zu kommen. Leonie blickte fragend zu ihrer Mutter, die etwas irritiert nickte. Es konnte doch wohl nicht sein, dass Leonie zu diesen gefährlichen Tieren gehen durfte! Als Chiara ihr hinterherging und in den Stall hineinschaute, konnte sie sehen, dass sich die Tierpflegerin in einem Gang aufhielt, der durch dicke Eisenstäbe von dem Stall getrennt war.

„Es kann nichts passieren" rief sie Chiara zu, die in der Tür stehengeblieben war.

Schon tauchten andere Zoobesucher in der Tür auf, die neugierig geworden waren. Die Tierpflegerin bat Chiara hereinzukommen und schloss dann die Tür, so dass niemand mehr dazukommen konnte.

„Möchtest du mal ein Nilpferd füttern?" fragte sie Leonie, die vor lauter Aufregung rote Wangen bekommen hatte und nur ein Nicken herausbrachte.

„Ich zeige es dir einmal und dann kannst du es selbst machen." Aus einem großen Eimer holte die Tierpflegerin einen Salatkopf und hielt ihn in die Höhe. Sofort kam eines der riesigen Tiere herbeigelaufen und machte dabei laute Grunzgeräusche.

Die Tierpflegerin trat einen Schritt zurück und bat Chiara und ihre Tochter ebenfalls etwas zurückzugehen. Das Nilpferd öffnete sein riesiges Maul und die Tierpflegerin warf den kompletten Salatkopf in seinen Rachen, woraufhin das Tier kaute und schmatzte. Es dauerte nur ein paar Sekunden, bis es erneut das Maul aufsperrte.

„Jetzt du!" die Zooangestellte reichte Leonie einen Salatkopf und sagte „nicht reinlegen, damit deine Hand nicht im Maul ist, sondern einfach hineinwerfen."

Leonie war hochkonzentriert und warf aus einem guten Meter Abstand den Salat ins Maul des Kolosses. Dieser grunzte wieder, kaute und schmatzte.

Leonie bebte vor Aufregung und wollte gleich weitermachen, die Tierpflegerin entgegnete jedoch: „Eigentlich darf ich das nicht, aber unsere Melinda ist ganz friedlich und ich habe dir an der Nasenspitze angesehen, dass du eine mutige Abenteurerin bist." Und dann zu Chiara gewandt „das wird sie nicht vergessen."

Chiara wusste, dass sie Recht behalten würde. Leonie hörte den ganzen Tag lang nicht auf, von dem Nilpferd bzw. von Melinda zu sprechen. Sie rannte geradezu den Rundweg ab, nach diesem Erlebnis konnte sie heute sowieso kein anderes Tier mehr beeindrucken.

Schließlich waren sie bei den Eisbären angekommen, gegenüber befanden sich ein Restaurant und ein Eiscafé, in dem die beiden meistens Pause machten und sich ein Eis gönnten.

„Hey Kleines, mach Pause", musste Chiara ihr hinterherrufen und setzte sich demonstrativ schon an einen der kleinen Tische. Schließlich bestellten sie sich ein Spaghettieis und ein Getränk. Chiara hatte einen Tisch am Rande des Cafés ausgewählt, weil man von dort aus die Eisbären beim Toben im Wasser beobachten konnte.

Die Wolkendecke war inzwischen wieder aufgerissen und die Mittagssonne brannte erbarmungslos.

„Wollen wir uns nicht in den Schatten setzen?" fragte Chiara, die bedauerte, dass sie ihre Sonnenbrille vergessen hatte.

„Aber von da können wir nicht die Eisbären sehen" war Leonies Antwort und Chiara fehlte die Kraft, sich durchzusetzen.

Der ältere Eisbär stand am Rande des Wassers und machte dann einen Bauchplatscher hinein. Das Jungtier tauchte und tummelte sich im kühlen Nass wie ein Fisch im Wasser.

Es war wirklich ein Vergnügen die beiden zu beobachten. Nachdem das Spaghettieis gegessen und bezahlt war drängte diesmal Chiara zum Weitergehen, da sie das Sitzen in der prallen Sonne nicht mehr aushielt.

Sie waren schon fast am Ausgang des Zoos, als Leonie plötzlich stoppte, sich umdrehte und ihre Mutter mit einer weinerlichen Mine ansah.

„Was ist denn los, Kleines?"

Leonie legte den Kopf schief, stampfte mit dem Fuß auf und sagte dann: „Wir haben vergessen ein Foto von Melinda zu machen."

„Aber das macht doch nichts, die ganze Sache kam doch völlig überraschend, da denkt man nicht immer ans Fotografieren." Chiara wollte Leonie trösten, wusste aber, dass ihre Tochter Meisterin darin war, verpassten Chancen lange und intensiv nachzutrauern.

Es half nichts, Leonies Laune war gekippt, sie maulte den kompletten Rückweg. Chiara, die selbst erschöpft war, verlor einmal die Geduld, hielt mit dem Fahrrad an und brüllte Leonie hinterher: „Jetzt ist aber Schluss mit dem Gejammer. Wenn das nicht sofort aufhört, gehst du zuhause gleich ins Bett."

Sie wusste nur allzu gut, dass das nicht funktionieren würde und Drohungen nicht gerade pädagogisch wertvoll waren. Das Fass war aber einfach übergelaufen und sie hatte die Kontrolle verloren. Trotzdem tat es seine Wirkung, Leonie schaute erst wütend zurück ohne etwas zu sagen. Dann strampelte sie schweigend nachhause.

„Wollen wir nicht doch lieber etwas Schnelles kochen und das Fleisch für ein anderes Mal einfrieren?" schlug Chiara vor, nachdem sich beide völlig erschöpft auf das Sofa fallengelassen hatten.

Leonie setzte eine ernste Miene auf. „Nein, du hast es mir versprochen. Und versprochen wird nicht mehr gebrochen. Das hast du selbst mal gesagt, als ich dir versprochen habe, die Hausaufgaben im Hort zu machen."

Wieder einmal hatte Leonie sie mit ihren eigenen Waffen geschlagen. Das tat sie besonders gerne und mit zunehmender Häufigkeit. Chiara musste wirklich aufpassen, was sie sagte.

Sie seufzte. „Na gut, dann lass mich aber bitte erst nochmal einen Kaffee trinken." Du kannst ja nochmal spielen gehen bis ich dich rufe. Leonie wollte immer beim Kochen dabei sein, sie beobachtete Chiara dann ganz aufmerksam und versuchte zu helfen, was die ganze Sache natürlich in die Länge zog.

Chiara bereitete sich einen Kaffee Crema zu und aß ein paar Cantuccinis dazu, sie brachte auch Leonie einen kleinen Teller mit ein paar der italienischen Mandelkekse.

Sie setzte sich mit ihrem Kaffee auf den Balkon. Die Hitze des Tages hatte nachgelassen, ein leichter Wind war aufgekommen. Chiara genoss den Moment der Ruhe und schloss die Augen. Sie musste an Luis denken und vermisste ihn. Ihren letzten gemeinsamen Abend hatten sie auf dem Balkon verbracht. Ihr fiel das Gedicht wieder ein, das er ihr letzte Nacht geschickt hatte. Ihr war klar gewesen, dass das nicht seine Worte gewesen waren, sie hatte zwischendurch im Internet recherchiert, dass es ein Gedicht von Erich Fried war.

War sie am Morgen noch verwirrt gewesen, weil sie nicht erfassen konnte, warum er ihr diese Zeilen geschickt hatte, so war sie sich jetzt sicher, dass er auf diesem Weg wieder Kontakt zu ihr suchte. Vielleicht traute er sich nicht, dies direkt zum Ausdruck zu bringen. Das konnte sie gut verstehen. Sie hatte auch immer wieder den Eindruck, tiefe Gefühle nicht in Worte fassen zu können. Im Gegenteil, ihre Erfahrung lehrte sie, dass genau dann Komplikationen auftauchten, wenn sie versuchte, ihre Empfindungen in Worte zu fassen. Auch deshalb liebte sie Gedichte. Man konnte die Worte anderer nutzen, um eigene Gefühle zu beschreiben oder erst einmal selbst zu verstehen. Heute Abend, wenn Leonie schlief, würde sie ihm antworten. Sie wusste noch nicht wie, aber das würde ihr dann schon klarwerden.

Die anregende Wirkung des Kaffees in Verbindung mit den Gedanken an Luis machten sie wieder munter und sie bekam Lust zu kochen.

Die Balkontür ließ sie offen, damit das angenehme Lüftchen das von der Sonne aufgeheizte Wohnzimmer etwas abkühlen konnte.

An Leonies Zimmertür angekommen, klopfte sie und fragte mit leicht verstellter Stimme:

„Junge, geschickte Hilfsköchin dringend gesucht!"

Leonie kam so schnell aus ihrem Zimmer, dass sie schon vor Chiara die Küche betrat, sich umdrehte und im Türrahmen stehend in Soldatenton antwortete:

„Junge Hilfsköchin ist zur Stelle, was kann ich für die Chefköchin tun?"

Sie spielten das Spiel mit der Chefköchin und der Hilfsköchin noch eine Weile so weiter. Dann waren sie so konzentriert bei der Sache, dass sie es vergaßen.

Chiara nahm zuerst die Tüte mit den vier Kalbsschnitzeln aus dem Kühlschrank, verteilte sie auf dem Arbeitsbrett und Leonie klopfte sie mit Begeisterung so dünn wie möglich.

Währenddessen bereitete Chiara die Füllung vor. Sie enthäutete zwei kleine Bratwürstchen, zerkleinerte die Füllung mit einer Gabel und gab sie in eine Schüssel. Dann hackte sie zwei Hühnerlebern klein, gab zwei gepresste Knoblauchzehen und einen kleingehackten Bund Petersilie dazu, alles wanderte ebenfalls in die Schüssel. Obenauf gab sie noch zwei Esslöffel Parmesan und zwei Eigelb, pfefferte alles ordentlich aus der Mühle und mischte gründlich mit ihren Händen durch. Leonie durfte jetzt die entstandene Paste mit einem Messer gleichmäßig auf die Schnitzel streichen. Wie immer, wollte sie auch unbedingt die Schnitzel alleine aufrollen. Der erste Versuch ging etwas schief, das Fleisch war nicht fest genug gerollt und fiel auseinander. Chiara zeigte ihr noch einmal, wie vor allem am Anfang das enge und feste Aufrollen funktionierte. Beim Thema Schule wurde Leonie immer ganz schnell ungeduldig und ärgerlich, wenn Chiara ihr etwas beibringen wollte. Doch beim Kochen war sie wie ein Lehrling, der alles Neue in sich aufsaugte und geduldig einübte.

Chiara holte ein paar Salbeiblätter von ihrer Kräuterecke auf dem Balkon. Als sie zurückkam hatte Leonie schon angefangen, die dünnen Scheiben durchwachsenen Specks um die Fleischröllchen zu wickeln. Chiara steckte einen Holzspieß in die bereits umwickelten Röllchen, um die Involtini zu fixieren.

Anschließend bestäubte sie die fertigen Fleischröllchen mit einer dünnen Schicht Mehl und ließ nebenbei zwei Esslöffel Butter in einer Pfanne erhitzen. Leonie durfte die Röllchen vorsichtig in die heiße Butter legen und Chiara salzte sie. Du kannst jetzt noch die Salbeiblätter drauflegen und dann kannst du erstmal spielen gehen, ich beobachte weiter und wende zwischendurch. Diesen Vorschlag nahm Leonie gerne an, denn einfach nur zusehen und nichts mit den Händen machen können, strapazierte dann doch ihre Geduld.

Als Leonie die Küche verlassen hatte, öffnete Chiara eine Flasche Weißwein. Nachdem sie sich vergewissert hatte, dass die Involtini von allen Seiten goldbraun angebraten waren, goss sie einen Achtelliter in die Pfanne. Leonie hasste den Geruch von Wein, aber wenn sie nicht wusste, dass Wein darin war, fiel es ihr zum Glück nicht auf.

Nachdem der Wein ungefähr zur Hälfte eingedampft war, fügte sie noch einen Achtelliter Brühe hinzu, reduzierte die Hitze, setzte den Deckel auf und stellte den Kurzzeitwecker auf zwanzig Minuten. In der Hälfte der Zeit legte sie noch weitere Salbeiblätter auf die Involtini und gab auch noch zwei in den Sud.

Als der Kurzzeitwecker klingelte, riss Leonie so stürmisch die Küchentür auf, dass Chiara zusammenzuckte. Chiara hatte inzwischen eine ovale Auflaufform im Ofen vorgewärmt, die sie jetzt neben die Involtinipfanne stellte.

„Lass mich das machen!" bat Leonie äußerst resolut und war auch schon dabei mit einem Pfannenwender die Röllchen vorsichtig in die Auflaufform zu setzen. Währenddessen ließ Chiara die in der Pfanne zurückgebliebene Soße noch einmal aufkochen und würzte sie mit Salz und Pfeffer nach. Anschließend goss sie die duftende Flüssigkeit an die Involtini.

Dazu hatte Chiara das Leipziger Allerlei vom Vortag aufgewärmt, beide liebten diesen Gemüsemix. Da beide eher nicht so gerne Kartoffeln mochten, hatte Chiara ein luftiges Ciabatta gekauft und bereits in Scheiben geschnitten.

Es waren immer besonders glückliche Momente, wenn die beiden gemeinsam Gekochtes genossen. Chiara erzählte ihrer Tochter wo das Rezept „Involtini alla milanese" herkam. Sie beschrieb die Landschaft in der Lombardei, als wäre sie schon selbst dort gewesen. Als Leonie erfuhr, dass dieser Bereich Italiens „Po-Ebene" genannte wurde, konnte sie sich vor Lachen nicht mehr einkriegen.

„Mama, wann fahren wir endlich mal nach Italien?" Dieser Frage musste sich Chiara regelmäßig stellen. Sie antwortete immer in der gleichen Weise: „Ja Schatz, das machen wir auf jeden Fall. Ich kann dir nur leider noch nicht sagen, wann. Vielleicht im nächsten Jahr."

Diese Absichtserklärung war durchaus ernst gemeint. Aber Chiara ließ dann doch zu, dass immer etwas dazwischen kam. Beziehungschaos, welches die Urlaubsplanung durcheinanderwirbelte, ungünstige Zeitplanung mit Tim, unvorhergesehene Nachtdienste in der Klinik oder die immer noch drückende Höhe der Schulden, die durch die Scheidung entstanden waren.

Wie immer nahm sich Chiara vor, im nächsten Jahr endlich den lange ersehnten Italienurlaub zu planen.

Die Temperatur im Wohnzimmer war inzwischen angenehm kühl, von draußen hörte man das abendliche Geschwätz der Amseln.

Chiara konnte in Leonies Gesicht lesen, wie müde sie bereits war. Das Radfahren, der aufregende Zoobesuch, die Hitze, das späte Essen hatten Energie gekostet.

„Wir gehen heute früh ins Bett, mein Schatz. Und morgen schlafen wir richtig aus und machen uns einen ganz gemütlichen Tag. Es war heute anstrengend und ich glaube, du bist jetzt richtig müde." Beim letzten Satz strich sie ihrer Tochter über den Kopf.

Die duckte sich jedoch weg und rief empört „nein, ich bin überhaupt nicht müde, nein, der Tag war schön aber nicht anstrengend, ich will noch gaaanz lange aufbleiben!"

Am liebsten hätte Chiara jetzt einfach nur ein Machtwort gesprochen, aber sie erinnerte sich an ihren Ausraster beim Fahrradfahren und wollte jetzt am Abend nicht noch einmal laut werden. Also biss sie sich auf die Lippen und zwang sich zur Ruhe. Chiara blieb bei halb zehn Schlafenszeit, ließ sich aber dazu erweichen, dass Leonie noch eine Kassette im Bett hören durfte.

Obwohl es schon acht Uhr war, hatte Chiara das Gefühl, die Zeit würde kriechen. Sie konnte es einfach nicht mehr abwarten, endlich Luis zu schreiben.

Beim Kochen war ihr die Idee gekommen, ebenfalls mit einem Gedicht zu antworten. Andere Worte schienen ihr zu gefährlich. Schließlich waren es ihre unbedachten Worte gewesen, die zum Bruch seinerseits und dann zum übereilten Trennungsschritt ihrerseits geführt hatten.

Sie war sich nur noch nicht sicher, welches Gedicht passen würde. Eine ganze Sammlung von alten und neuen Gedichtbänden befand sich im Wohnzimmerschrank. Keiner jedoch von Erich Fried, aber es wäre auch zu einfallslos mit demselben Gedichtschreiber zu antworten.

Nachdem die Küche aufgeräumt war, wollte Leonie unbedingt noch „watt mutt datt mutt" spielen. Das Spiel war eine Art Memory, bei dem man Sprüche im Norddeutschen Platt zusammensetzen musste. Chiara hatte es ihr einmal von Spiekeroog mitgebracht, es war eigentlich erst ab zehn. Leonie war jedoch schon immer sehr sprachgewandt gewesen und außerdem liebte sie Spiele, die eigentlich ein bisschen zu schwer für sie waren.

Als Chiara ihrer Tochter einen Gutenachtkuss gegeben und das Zimmer verlassen hatte, atmete sie tief durch. Nun war sie wieder mit sich alleine. Und mit ihren widersprüchlichen Gefühlen. Wenn sie sich jetzt nochmal auf den Balkon setzen und nachdenken würde, käme sie möglicherweise zu dem Schluss, doch abzuwarten und nicht zu schreiben. Weil es einfacher war und weniger aufwühlte. Sie entschied sich gegen diese Verlaufsvariante des Abends, schloss die Balkontür und ging zum Wohnzimmerschrank. Es war ein eher schlichter, zu großen Teilen offener Schrank mit viel Platz für Bücher. Die moderneren Wohnzimmerschränke, die sie im Möbelladen angesehen hatte, waren zwar schick und glänzend, aber boten kaum Platz für Chiaras zahlreiche Bücher.

Sie stand eine Weile vor den Gedichtbänden und griff dann eine Gedichtsammlung von Carolin Zweininger. Es dauerte nicht lange bis ihr Blick an einem der Gedichte hängenblieb. Ohne zu zögern griff sie ihr Handy und tippte die Zeilen hinein.

Augen-Blicke

Haltlos falle ich in den Ozean
versinke in der unergründlichen Tiefe Deiner Ewigkeit
für einen Moment überwinde ich die Illusion
und darf des Friedens Süße kosten

Zugleich –

steht mein Herz in Flammen
entbrannt durch Deines Meeres Liebe
die den Grund meiner Seele berührt
und den Schleier der Wahrheit lüftet –
für einen kurzen Augen-Blick …

11. Kapitel

Leonie schien sich am Wochenende gut erholt zu haben. Fröhlich und munter war sie am Montagmorgen mit Mara aus dem Nachbarhaus zusammen Richtung Schule losgezogen. Chiara hatte ihr noch zugewunken, als sie mit dem Fahrrad an den beiden vorbeifuhr.

Wie abhängig man doch als Mutter vom Wohlergehen des Kindes war. War Leonie gut drauf, konnte Chiara auch gut loslassen und an der Arbeit ganz präsent sein. Gab es Probleme oder wirkte sie bedrückt, konnte es sein, dass Chiara den ganzen Arbeitstag lang immer wieder abgelenkt war und versuchte, zu ergründen, was wohl mit ihrer Tochter los war.

Heute war sie von Anfang an ganz bei der Arbeit. Wie erwartet, nahm Frau Schömburg sie nach der morgendlichen Ärztebesprechung zur Seite.

„Könnten Sie bitte gegen Mittag mal bei mir vorbeikommen und mir von dem Gutachtentermin letzte Woche berichten?"

Chiara sah die Neugier in Frau Schömburgs Augen, sie schien darauf zu brennen, erste Ergebnisse zu erfahren.

„Ja, klar, wieder gegen zwölf?"

„Ja, so kurz nach zwölf müsste ich mit der Visite auf Privatstation fertig sein."

Der Vormittag ging rasend schnell vorbei, Chiara konnte es nicht abwarten, endlich mit ihrer Chefin über den Termin mit Silvia Oldendorf zu sprechen. Sie ärgerte sich allerdings, dass sie sich in den letzten Tagen zu wenig auf das Gespräch mit ihrer Chefin vorbereitet hatte. Zumindest hätte sie sich schon einmal ein paar Stichworte aufschreiben und sich diese einprägen können.

Um Punkt Zwölf klopfte sie bei Frau Talmann im Chefsekretariat an, um Bescheid zu geben, dass sie nun für das Gespräch mit der Chefin da sei.

„Ja, das ist schön, dass sie pünktlich gekommen sind. Frau Schömburg ist allerdings noch in einer Telko, es kann noch ein wenig dauern."

Es gab einfach Dinge, die sich nie änderten. Trotz aller Neugier musste die Chefin sie einfach unbedingt warten lassen. Und Frau Talmann genoss das mal wieder. Immer wenn Chiara dort auf dem Wartestuhl des Chefsekretariats saß, fühlte es sich so an, als würde sie im Laufe der Minuten immer jünger werden. Wartete sie nur lange genug, fühlte sie sich wieder wie eine Schülerin kurz vor einer mündlichen Prüfung. Aber vielleicht war das ja auch der Sinn des Wartenlassens, den Unterschied zwischen Chef und Angestellten zu unterstreichen. Einer der wartet und einer der Warten lässt.

Chiara war gerade mitten im Philosophieren als die Tür aufging und die Chefsekretärin sie hereinbat. Auch so eine merkwürdige Sache, alle mussten durch das Sekretariat zu Frau Schömburg gehen, obwohl von ihrem Zimmer aus auch eine Tür direkt zum Flur führte. Wahrscheinlich stellte diese zusätzliche Barriere ebenfalls eine Demonstration von Überlegenheit dar.

Beim Betreten von Frau Schömburgs Zimmer fühlte Chiara sich wie in einem anderen Land. Die Afrikatrophäen überall und vor allem der Aschenbecher aus echtem Antilopenfuß zogen sofort die Aufmerksamkeit auf sich. Man war auch einfach zu selten in diesem Raum, um sich daran gewöhnen und die Umgebung ausblenden zu können.

Chiara setzte sich und sah Frau Schömburg zu, wie sie etwas hektisch ein paar Unterlagen wegsortierte. Ihr Blick war gesenkt, die akkorat geschnittenen kinnlangen grauen Haare umrahmten das schmale Gesicht, offenbar war sie kürzlich beim Frisör gewesen.

Endlich drehte sie sich in ihrem Drehstuhl zu Chiara. Sie blickte sie an und fragte:

„Hallo Frau Deichgraf. Wie waren ihre ersten Eindrücke bei der Begutachtung?"

Dann senkte sie sofort wieder ihren Blick auf Unterlagen vor ihr, so als wollte sie ihre Neugier verbergen.

„Ich finde sie sehr schwer einzuschätzen. Sie hat meines Erachtens sowohl narzisstische als auch stark impulsive Persönlichkeitszüge. Auf jeden Fall war sie sehr verschlossen, hat oft Dinge nur angedeutet und Nachfragen abgewehrt."

Chiara spürte, dass sie sich in ihrer Einschätzung unsicherer fühlte als in anderen Fällen und sie glaubte, dem Gesichtsausdruck von

Frau Schömburg eine Spur Unzufriedenheit entnehmen zu können. Sie sah Chiara einen Moment lang skeptisch an, wandte dann den Blick wieder ab.

„Und was ist von ihrer Biografie wichtig?" Sie stellte diese Frage ohne den Blickkontakt wieder aufzunehmen und mit einem etwas gelangweilten Ton in ihrer Stimme.

Jetzt geriet Chiara innerlich unter Druck, sie hatte das Gefühl, jetzt endlich Relevantes liefern zu müssen.

„Emotional sehr kaltes Klima. Wenig Herzlichkeit, vor allem die Beziehung zum Vater war wohl schwierig. Sie sagte, dass sie ihn nicht mochte und seine Nähe nicht ertragen konnte."

Chiara war bewusst, wie unklar das klang und ahnte schon, was die Chefin als nächstes fragen würde.

„Und? Haben sie näher nachgefragt?" Der Ton war ein wenig ungeduldig, Frau Schömburg sah Chiara nun eindringlich an.

„Ja, aber sie ist nicht darauf eingegangen." Chiara wich dem Blick ihrer Chefin aus. Ihr war bewusst, dass das eine glatte Lüge war, denn sie hatte die Szene noch vor Augen und erinnerte sich sehr klar, dass sie bewusst nicht nachgefragt hatte, aber eigentlich später noch einmal darauf zurückkommen wollte.

Jetzt wirkte Frau Schömburg irritiert und sah kurz aus dem Fenster, so als müsse sie sich einen Moment lang sortieren.

„Gab es andere biografische Belastungen?" sagte sie und schniefte dabei, so als müsse sie gleich niesen. Chiara hatte sofort das Bild von einem Jagdhund vor Augen, der begierig schnüffelnd die Fährte aufnahm.

„Das Verhältnis zu beiden Großelternpaaren war schwierig. Mütterlicherseits war es Verwöhnung und Laissez-Faire pur. Und vor dem Großvater väterlicherseits hatte sie Angst, da wirkte sie beim Erzählen auch sehr verstört, fast schon abwesend. Da war etwas mit Tieren, worauf sie aber nicht näher eingehen wollte. Oder besser gesagt ‚konnte', denn auch da war sie bei der Schilderung plötzlich wie weggetreten, das schien sie extrem zu belasten."

Jetzt schien Frau Schömburg aus ihrem Zustand von Langeweile und Unzufriedenheit in gespannte Aufmerksamkeit umzuschwenken. Sie richtete sich auf und Chiara sah ihr an, wie es in ihr arbeitete.

„Das klingt interessant. War es möglich zu einem späteren Zeitpunkt im Gespräch noch einmal Genaueres zu erfahren?"

„Leider nein. Mir schien die Gefahr zu groß, dass sie dann wieder wegtreten würde und wir vielleicht das Gespräch abbrechen müssten." Auch das war nur die halbe Wahrheit, denn Chiara hatte im Verlauf des Begutachtungsgespräches ziemlich um den roten Faden kämpfen müssen und hatte schlicht nicht mehr daran gedacht, nachzufragen.

„Hm, schade." Frau Schömburg, lehnte sich auf ihrem angesichts ihrer zierlichen Statur ziemlich überdimensionierten Schreibtischstuhl zurück und betrachtete Chiara mit einem Gesichtsausdruck, der zwischen Wohlwollen und Skepsis changierte.

„Wie schätzen sie Frau Oldendorfs Aggressionspotential ein?"

„Ehrlich gesagt hat sie mich manches mal ein wenig aus dem Konzept gebracht. Sie kann blitzschnell in andere Gefühlszustände kippen, so dass man selbst kaum mitkommt. Am Ende hatte ich den Eindruck, dass sie den Spieß umzudrehen versuchte, ich hatte plötzlich das Gefühl als müsste ich mich für meine Fragen rechtfertigen. Vielleicht habe ich deshalb auch nicht gut genug nachgehakt."

Chiara war sehr erleichtert, dass sie nun endlich die Situation ehrlich schildern konnte, sie hasste das Versteckspielen.

„Das ist äußerst interessant" erwiderte die Chefin und nickte dabei anerkennend. Dann sah sie wieder aus dem Fenster und schien intensiv nachzudenken.

„Ich denke, ich werde in diesem Fall beim Gericht das Ansetzen eines zweiten Begutachtungstermins anregen. Damit sie noch einmal die Gelegenheit haben, nachzuhaken. Aber die Dynamik des Gespräches ist sehr interessant, die sie geschildert haben. Sehr gut beobachtet."

Wenn man doch nur nicht so verdammt abhängig wäre von der Anerkennung anderer dachte Chiara, während sie spürte wie die lobenden Worte ihrer Chefin ihr wie Öl die Kehle hinunterglitten.

„Das wäre gut" hörte Chiara sich sagen, obwohl sie gleichzeitig ahnte, dass eine enorme zusätzliche Portion Stress und Arbeit mit dieser Entscheidung auf sie zukommen würde.

Es klopfte an der Tür und und Frau Talmanns Kopf erschien. „Der Klinikdirektor ist am Apparat, Frau Schömburg, soll ich ihn durchstellen?"

Diese nervige Frau Talmann musste auch in jeden Satz, den sie an die Chefin richtete, ihren Namen einflechten, um sie zu umgarnen.

Sie hoffte, Frau Schömburg würde sie abwimmeln, aber sie antwortete „ja, können sie, in einer Minute."

Sie wartete bis der Kopf hinter der Tür verschwand und drehte sich dann wieder zu Chiara.

„Schön, dann haben wir ja schon einmal ein paar wichtige Dinge vorab geklärt. Sie lassen mir das fertig ausgearbeitete Gutachten innerhalb der nächsten 10 Tage zukommen und ich teile ihnen mit, ob und wann ein zweiter Termin anberaumt wird."

Chiara war zwar etwas irritiert darüber, dass sie jetzt schon das Gutachten schreiben sollte, obwohl möglicherweise ein zweiter Termin folgen würde, doch sie nahm es einfach hin. Frau Schömburgs Entscheidungen nahmen selten Rücksicht auf die Arbeitsbelastung ihrer Assistenzärzte.

Nachdem Chiara sich verabschiedet und den Türgriff schon in der Hand hatte, sprach die Chefin sie noch einmal an.

„Frau Deichgraf?"

Chiara drehte sich noch einmal um und sah in zwei hellwache neugierige Augen.

„Mal unter uns Frau Deichgraf, trauen sie ihr die Tat zu?"

„Ich habe selten ein so unklares Gefühl wie bei ihr, aber eher ja als nein."

„Danke."

Chiara schloss die Tür hinter sich und fühlte sich euphorisiert. Dass Frau Schömburg ihr diese auf ihre Intuition und Urteilskraft zielende Frage stellte, konnte eigentlich nur bedeuten, dass sie eine sehr hohe Meinung von ihr hatte. Umso größer empfand Chiara den Druck, sie jetzt bloß nicht zu enttäuschen.

Auf der Personaltoilette blickte sie in den Spiegel und erschrak. Ihre hellblaue Bluse hatte zwei riesengroße dunkle Schweißflecken, die ihr vor Augen führten, wie aufgeregt sie bei dem Gespräch gewesen war. Sie empfand ein Gefühl von Peinlichkeit gegenüber ihrer Chefin, der das auch aufgefallen sein musste. Wäre sie doch bloß abgebrühter, ausgeglichener und weniger emotional.

So konnte sie auf keinen Fall direkt wieder auf Station gehen, deshalb entschloss sie sich noch eine Runde im Klinikpark zu drehen und ließ das Gespräch mit Frau Schömburg noch einmal an sich vorüberziehen.

Im Park standen einige große Kastanien, die Schatten vor der prallen Mittagssonne spendeten. Sie drehte sich um und sah, dass hinter der Klinik dunkle Wolken aufzogen. Für die nächsten Tage waren Unwetter, Regen und eine deutliche Abkühlung angekündigt.

Einige Spaziergänger waren bestimmt Patienten von den offenen Stationen. Patienten von ihrer Station würde sie hier nicht begegnen, die hatten meistens keinen freien Ausgang und wenn dann in Begleitung.

Zu gerne hätte sie mehr darüber gewusst, wie die Chefin zu ihr stand. Ja, sie hatte hier und da Anerkennung ausgedrückt, aber das könnte auch Taktik sein. In ihrem Gesicht war zwischendurch auch Unzufriedenheit ablesbar gewesen. Andererseits wusste sie schon, was sie an Chiara hatte. Kein anderer Assistenzarzt war in Sachen Gutachten so engagiert wie sie. Und niemand sonst wagte sich an so heikle Fälle heran. Zum Glück wusste die Chefin nichts darüber, dass ihr Engagement schon wieder Grenzen überschritt.

Am äußersten Ende des Parks sah Chiara das kleine zur Klinik gehörige Café, in dem manche Patienten, die so stabil waren, dass sie „Arbeitstherapie" machen konnten, stundenweise arbeiteten. Selbst aus der Ferne konnte Chiara mindestens zwei Kollegen erkennen, die im Außenbereich des Cafés saßen. Frau Schömburg hatte eigentlich strikt untersagt, dort die Pausen zu verbringen. Zwar waren die Ärzte über den Pieper auch dort erreichbar, aber der Weg war einfach zu weit, um bei Notfällen schnell genug auf Station sein zu können.

Auch Chiara hatte an ruhigen Tagen dort schon das eine oder andere mal einen Kaffee getrunken, aber wie die anderen auch mächtig unter Strom gestanden. Jetzt hatte sie aber gerade überhaupt keine Lust auf Kollegengespräche und drehte wieder Richtung Klinik ab.

12. Kapitel

Oft wurde Hannover von angekündigten Unwettern nur gestreift, doch diesmal behielt die Vorhersage recht. Schon in der Nacht hatte es kräftig geschüttet und um Mitternacht auch gewittert. Mit dem ersten Cappuccino in der Hand stand Chiara vor dem großen Wohnzimmerfenster und blickte auf ihren Balkon. Der Sturzregen hatte einiges an Erde von ihren Tomatenpflanzen herausgespült und auf dem Balkon verteilt. Schöne Bescherung! Verdammt, warum war der Balkon auch so ungeschützt. In der vorherigen Wohnung hatte sie eine Loggia, da war das nie passiert. Die Balkone hier waren nachträglich angebaut worden und waren so Regen und Wind ausgesetzt. Sie würde den Dreck erst einmal trocknen lassen, dann ließ er sich besser zusammenkehren.

Heute standen sowieso wichtigere Dinge an. Chiaras Nacht war wegen des Gewitters und der Aufregung ziemlich unruhig gewesen, aber trotzdem war sie jetzt hellwach.

Chiara war schon zwanzig Minuten früher im Piazza und hatte sich nach draußen gesetzt. Doch kurz vor der vereinbarten Zeit kam der nächste Regenguss und sie musste sich drinnen einen Platz für zwei Personen suchen. Schade, denn drinnen war es eher düster und nur noch ein Zweiertisch in einer engen Nische war frei. Eher ein Platz für ein Pärchen, dachte Chiara und ihr wurde klar, wie fremd ihr eigentlich Ali war. Sicher, sie hatte damals während ihrer Zeit im Reitstall auch gelegentlich mit ihm zu tun gehabt und hier und da geredet, aber letztlich wusste sie nicht viel von seinem Leben.

Chiara hatte sich vorab schon mal einen Cappuccino bestellt, der Abend würde aufregend werden, mit frühem Schlaf war sowieso nicht zu rechnen. In puncto Kaffee fielen ihr immer Gründe ein, warum einer mehr noch geht, obwohl sie stark auf das Koffein reagierte. Schöner Selbstbetrug.

Als es bereits Viertel nach Sieben war, begann sie daran zu zweifeln, ob Ali überhaupt kommen würde. Vielleicht war er auch einfach zu höflich gewesen, um abzusagen. Wie konnte sie überhaupt nach so langer Zeit und mit so dürftiger Erklärung erwarten, dass er sich Zeit für ein Treffen nehmen würde?

Sie hatte den Gedanken kaum fertiggedacht, als Ali zur Tür hereinkam. Er hatte seinen Schirm eingeklappt und stellte ihn neben der Garderobe ab. Dann sah er sich um. Chiara war überrascht, wie attraktiv er war. Sie fragte sich, warum ihr das damals gar nicht aufgefallen war. Als er in ihre Richtung blickte, winkte sie ihm zu. Sein schwarzes T-Shirt lag eng an und betonte seinen durchtrainierten braungebrannten Oberkörper.

Chiara umarmte ihn, obwohl sie das früher nie getan hatte. Mit einem unsicheren „Hi Chiara" reagierte er auf ihre Umarmung und setzte sich.

„Scheiß Wetter, was?"

„Ja, aber die Hitze war auch echt krass. Schön, dass du gekommen bist, wir haben uns ja echt lange nicht gesehen." Chiara wäre fast ein ‚du siehst echt gut aus' herausgerutscht, zum Glück konnte sie sich bremsen.

„Wie wär's mit einer Pizza, ich wollte dich schließlich einladen. Die ist hier echt riesig wie ein Wagenrad und super belegt."

„Ja, ich weiß, ich bin hier auch schon öfter gewesen. Ich mag den Laden. Nur drin ist es ein bisschen dunkel."

Ja, klar. Da kommt jemand aus Hannover und erzählt demjenigen, der Vorort wohnt, wie die Pizza ist. Super, Chiara, pass bloß auf, dass du es hier nicht vor lauter Aufregung vermasselst.

Die beiden bestellten Pizza und eine gemischte Antipasti. Chiara kannte sich eigentlich so gut, dass sie wusste, wie sehr ihr Magen auf Aufregung reagierte, aber sie wollte bewusst großzügig einladen und durfte dann schließlich auch selbst nicht picken wie ein Spatz.

Die Antipasti waren vielfältig und lecker. Die zum Teil frittierten Gemüsestücke sättigten jedoch enorm. Nachdem sie schon einiges verspeist und mit einem alkoholfreien Alster angestoßen hatten, kam Ali zur Sache.

„Was wolltest du eigentlich von mir wissen? Du hast am Telefon gesagt, es gehe um jemanden aus deiner Zeit in Selbach."

Ali lehnte sich zurück, verschränkte die Arme und sah sie lächelnd an. In diesem Moment kam Chiara der Gedanke, Ali könnte auch vermuten, das Anliegen sei vorgeschoben und sie wollte ihn einfach wiedersehen. Sie fühlte sich schäbig. Einen Moment lang zögerte sie und hatte den Impuls, den ganzen Gutachtenkram wegzulassen. Doch er hakte nach.

„Geht es um Astrid? Ich habe gehört, du hast nach langer Zeit Kontakt mit ihr aufgenommen."

„Nein, es geht um eine Frau, die Astrids Hella eine Zeit lang betreut hat. Kannst du dich noch an Silly erinnern?"

Das Lächeln erstarb auf Alis Gesicht, sein Blick verfinsterte sich und er rückte ein wenig mit dem Stuhl vom Tisch ab.

„Was hast du mit ihr?" fragte er und die gute Stimmung zwischen ihnen war jäh erstorben.

Chiara war so erschrocken über seine Reaktion auf die Erwähnung von Silvia, dass sie einen Moment brauchte, bis sie Worte fand.

„Hast du gehört, dass sie verdächtigt wird, jemanden umgebracht zu haben? Das stand auch hier in der Zeitung."

Sie wollte eigentlich indirekter darauf zu sprechen kommen, aber jetzt war es eben raus.

„Was sagst du? Sie hat jemanden umgebracht?" Er schien entsetzt und sein Stimme war so laut, dass sich am Nachbartisch ein Pärchen umgedrehte.

„Nein, aber sie wird zumindest verdächtigt. Und ich habe eine Freundin, die mit ihr eng befreundet war. Sie ist total verunsichert und fragt sich, wie es sein kann, dass sie nicht merkte, mit wem sie es zu tun hatte. Als sie erfuhr, dass Silvia mal in meinem Reitstall war, hat sie mich so lange genervt, bis ich zugesagt habe, so viel wie möglich über sie in Erfahrung zu bringen. „

Sie hatte sich vorher schon überlegt, Ali dieselbe Geschichte wie Astrid zu erzählen, damit sie sich nicht in unterschiedliche Lügengeschichten verstrickte.

Ali überlegte eine Weile. Inzwischen waren die Pizzen gebracht worden, keiner von beiden schien jedoch daran Interesse zu haben, gleich mit dem Essen anzufangen.

„Ehrlich gesagt, möchte ich nicht gerne über sie reden." Ali nahm sein Pizzamesser und schnitt ein erstes Stück ab.

Chiara befürchtete, das sei es nun gewesen mit Informationen, aber dann erwachte ihre Hartnäckigkeit.

„Warum?" Jetzt tat auch Chiara so, als hätte sie Appetit auf die Pizza und fing an zu essen.

„Ich war durch mit ihr. Erst tat sie immer so freundlich und dann hat sie irgendwann ihr wahres Gesicht gezeigt. Und sie war super anstrengend, wusste immer alles besser."

Er wirkte jetzt ziemlich wütend, senkte den Blick und aß weiter.

„Was meinst du damit, dass sie ihr wahres Gesicht gezeigt hat?"

Jetzt bloß nicht in den Psychiater-Fragemodus fallen, sagte sich Chiara und bemühte sich, die Frage möglichst entspannt und beiläufig wirken zu lassen. Da sie sich jedoch an einem Bissen Pizza verschluckte, wirkte sie alles andere als relaxt.

Ali wartete, bis Chiaras Hustenanfall vorbei war und sich ihre Gesichtsfarbe wieder normalisiert hatte.

„O.K., wenn du es unbedingt wissen willst. Sie war eine heimliche Tierquälerin. Nach außen war sie superbesorgt, für Hella war das Beste gut genug. Astrid war oft genervt davon, dass sie ihr Tipps gegeben hat, wie man ein Pferd perfekt versorgt. Aber dann eines Abends, als sie sich unbeobachtet fühlte, habe ich gesehen, dass sie Tiere quält."

„Hat sie Hella gequält?"

„Nein, das hätte sie nicht gewagt. Kannst du dich noch an den Müllraum erinnern? Dieser Raum zwischen den Pferden vom Reitschulbetrieb und den Boxen der Pferdeeigentümer. Dort wurden immer die Müllsäcke reingeworfen. Vom Reitbetrieb und leider auch vom Restaurant. Deshalb gab es da immer wieder Ratten. Als ich da abends rein sah, stand Silly mit einer Mistgabel in der Ecke und ich habe gesehen, wie sie eine der Ratten aufgespießt hat. Das hättest du mal sehen sollen, wie brutal sie das gemacht hatte. Einfach mit voller Wucht aufgespießt. Scheiß-Szene in meinem Kopf. Aber das war nicht alles. Das Vieh quiekte und war nicht sofort tot. Dann hat sie noch irgendwie rumgeschimpft, dem sterbenden Tier einen Moment zugeschaut und dann hat sie ihm mit voller Wucht mit ihrem Reitstiefel den Kopf zertreten. Das hat geknirscht, hässliches Geräusch."

Ali legte Messer und Gabel zur Seite und schwieg mit dem Blick auf seinen Teller. Er schluckte ein paarmal und es sah fast so aus, als müsse er würgen.

Chiara war so damit beschäftigt, ihn zu beobachten und die Informationen aufzunehmen, dass sie einen Moment brauchte um zu spüren, dass auch ihr angesichts der Bilder in ihrem Kopf übel geworden war.

Dann lief es ihr kalt den Rücken hinunter, als sie die Ähnlichkeit der Szene mit dem Mord erkannte.

„Nicht dass du denkst, ich sei ein Weichei. Ich habe auch schon Rattengift ausgelegt, im Grunde ist das nicht viel anders. Aber das zu sehen, wie sie das gemacht hat, ihren Gesichtsausdruck, das war einfach widerlich. Ich war durch mit ihr. Und als sie mich dann in der Tür stehen sah, wurde sie so wütend, wie ich sie noch nie erlebt habe. Sie hat mich beschimpft, ich weiß nicht mehr wie und dann immer wieder den Satz wiederholt „Wenn du das weitererzählst, mach ich dich fertig und ich weiß wie."

Beim Erzählen war Ali immer leiser geworden, jetzt stand ihm der Schweiß auf der Stirn und er starrte vor sich hin.

Chiara war fassungslos und wusste nicht, wie sie reagieren sollte. Sie hatte jetzt so viele Informationen erhalten, dass ihr der Kopf schwirrte. Vielleicht war es besser, jetzt wieder allmählich vom Thema weg zu gehen.

Doch Ali war emotional mittendrin. Er sah Chiara an und nahm den Faden wieder auf.

„Es ist mir sehr peinlich zuzugeben, dass ich klein bei gegeben habe. Aber nach dieser Szene habe ich ihr einiges zugetraut. Ich hatte die Befürchtung, dass sie ihre Drohung wahr macht. Meine Vermutung war, dass sie mir aus Rache irgendetwas Übles anhängt. Ich hätte sie belästigt oder so. Alle hätten ihr dann geglaubt. Es kursierten doch sowieso Gerüchte, wir hätten was miteinander. Wem glaubt man dann mehr: Der Lehrerin oder dem Stallburschen?"

Chiara wusste, dass er recht hatte. Wenn Silvia so etwas behauptet hätte, wäre Alis Ruf geschädigt worden. Sie sah Ali etwas ratlos an.

„Ich weiß, was du jetzt denkst. Du denkst, wir hatten wirklich was miteinander. Ne, absolut nicht. Das hätte überhaupt nicht gepasst. Sie hat sich zwar immer mal wieder im Verein für mich eingesetzt. Aber ehrlich, ich brauche das nicht. Ich brauche niemanden, der für mich kämpft, das törnt mich ab. Ich kann für mich selbst kämpfen. Meine einzige Rache für ihren Ausraster und die Drohungen war, dass ich sie einfach ignoriert habe. Komplett. Kein Problem für mich." Chiara merkte, dass Ali jetzt unter dem Druck stand, sich selbst gut darzustellen, um nicht zugeben zu müssen, dass er Angst vor Silvia hatte. Das konnte zu nichts führen und sie fühlte sich auch zunehmend unwohl dabei, Ali mit dem für ihn so stressigen Thema weiter zu konfrontieren.

„Mal was ganz anderes. Wieso nennen dich eigentlich alle Ali, wenn du doch Seldcuk heißt. Hast du zwei Vornamen?"

„Nein, ich habe nur einen Vornamen, Seldcuk. Aber den konnte niemand im Stall aussprechen. Ich habe es immer wieder wiederholt, aber Peter meinte dann irgendwann zu Jan, du weißt ja, die beiden, die sich immer wie sonstwas aufgespielt haben, ‚komm, wir nennen ihn einfach Ali'.

Ich war einfach zu stolz, um dann immer wieder von vorne anzufangen, hab es so hingenommen. Typisch deutsch, man macht sich einfach nicht die Mühe, einen fremden Namen richtig auszusprechen. Glaub bloß nicht, dass Mechthild, Horst oder Reinhard für mich am Anfang leicht auszusprechen waren. Aber komm jetzt bloß nicht auf die Idee, mich plötzlich anders zu nennen. Für dich bleibe ich Ali."

Chiara hörte aufmerksam zu und verspürte kurz den Impuls, sich zu verteidigen. Aber dann ließ sie es bleiben. Recht hatte er. Die Stimmung im Stall war insgesamt nicht gerade tolerant gewesen. Sie schwiegen eine Weile zusammen und kauten lustlos auf ihrer Pizza herum. Chiara hatte Ali noch nie so viel reden hören. Im Stall war er immer eher schweigsam gewesen.

„Übrigens hatte Silvia sich tatsächlich anfangs auch dafür eingesetzt, dass andere mich bei meinem richtigen Namen nennen, bis ich ihr signalisiert habe, dass ich das albern finde. Sie hatte sich auch bei Klaag eingesetzt, dass ich Reitunterricht geben durfte. Ich habe schließlich die Reitlehrerlizenz. Aber ich wollte das nicht. Es hat mir natürlich gefallen, dass sie mich mochte und wir haben uns vor dem

Vorfall oft länger unterhalten. Sie wirkte auf mich immer eher sehr korrekt. Deswegen war ich auch so schockiert von ihrem Auftritt."

Chiara staunte darüber, wie mitteilsam Ali war, eigentlich hatte sie damit gerechnet, dass das Thema schnell vorbei wäre. Es schien ihm in gewisser Weise gutzutun, darüber zu sprechen.

„Sag mal, hast du denn damals irgendjemandem davon erzählt?" hörte sich Chiara fragen, obwohl sie eigentlich schon beschlossen hatte, jetzt das Thema zu wechseln.

„Ja, mit Kai. Wir hatten immer viel miteinander zu tun, weil wir die Turniere vorbereitet haben. Wenn alles vorbei war, sind wir oft hinterher noch etwas essen gegangen. Ich habe ihm das dann erzählt, nicht so ganz jedes Detail. Da war Silly schon nach Hamburg gezogen."

„Und wie hat er reagiert?"

„Er mochte sie auch nicht. Hat sie eher gemieden. Einmal hatte er eine Unterhaltung von ihr und Jens mitgekommen. Da hat sie sich auch zu dem Rattenproblem geäußert, das war ja damals ein großes Thema auf dem Hof. Sie machte keinen Hehl aus ihrem Hass auf Ratten und sagte, ihr Großvater habe mit denen immer kurzen Prozess gemacht. Vielleicht hat er ihr das mit der Mistgabel gezeigt. Aber ist ja auch egal. Auf jeden Fall waren Kai und ich uns einig, dass die Frau einen an der Waffel hat. Aber ganz ehrlich, einen Mord würde ich ihr trotzdem nicht zutrauen. Wen soll sie denn umgebracht haben und wie?"

Chiara wollte jetzt bloß nicht zu sehr ins Detail gehen und hoffte sehr, dass Ali nicht im Internet recherchieren würde.

„Es geht um ihren Geliebten. Wie, ist nicht ganz klar" log sie.

Sie sprachen dann noch über das Turnier und Chiaras Leben in Hannover. Manchmal flirteten sie auch ein wenig. Der Austausch über Silvia war von Alis Seite sehr persönlich gewesen und so scheute er sich nicht, ebenfalls persönliche Fragen zu stellen.

Diese beantwortete Chiara auch wahrheitsgemäß. Bis auf die Frage nach dem Beziehungsstatus. Hier mogelte sie ein wenig und sprach von einer länger zurückliegenden klaren Trennung.

Ali war wirklich ein sehr angenehmer Mensch und attraktiver Mann. Nur gut, dass sie wegen der noch anstehenden Autofahrt keinen Alkohol trinken konnte und somit bei klarem Verstand blieb.

Auf der Autofahrt zurück drehten sich ihre Gedanken im Kreis, sie drehte die Musik so laut auf, dass die Gedanken verstummen mussten. Zuhause angekommen drängten die Gedanken jedoch wieder an die Oberfläche. Was für ein Wahnsinn! Durch das Gespräch mit Ali wusste sie jetzt ziemlich genau, was sich hinter den Andeutungen von Silvia bezüglich ihres Großvaters verbarg. Offensichtlich hatte er bewusst seiner Enkeltochter gezeigt, wie er die Ratten tötete, vielleicht es ihr sogar beigebracht. Das wiederum deutete darauf hin, dass er sadistische Züge hatte. Vielleicht war das mit den Ratten auch nur die Spitze des Eisbergs, vielleicht nur eine Art Bild seiner Lust auf Zerstörung.

Vielleicht war die Tat eine Art Inszenierung dessen, was Silvia selbst erlebt hatte. Nicht auszudenken, wie sie wohl reagieren würde, wenn man sie mit diesem Wissen konfrontierte.

Und jetzt? Was sollte sie jetzt mit diesen Informationen anfangen? Sie durfte schließlich niemandem erzählen, dass sie privat solche Nachforschungen angestellt hatte. Erst recht nicht konnten diese Details im Gutachten verwandt werden.

Typisch Ari, hatte sie sich wieder mal in eine knifflige Lage gebracht und wusste nicht, wie sie da herauskam.

Es war spät geworden. Das Handy hatte sie den ganzen Abend ausgeschaltet gelassen. Als sie es jetzt einschaltete, sah sie eine Nachricht von Luis. Wieder ein Gedicht.

Aber

Zuerst habe ich mich verliebt
in den Glanz deiner Augen
in dein Lachen
in deine Lebensfreude

Jetzt liebe ich auch dein Weinen
und deine Lebensangst
und die Hilflosigkeit
in deinen Augen

Aber gegen die Angst
will ich dir helfen
denn meine Lebensfreude
ist noch immer der Glanz deiner Augen

13. Kapitel

Chiara hatte geschlafen wie ein Stein. Der Wecker hatte große Mühe, sie aus dem Tiefschlaf zu holen. Unter der Dusche dehnte sie ihren abschließenden kalten Guss länger als gewöhnlich aus. Nachdem sie ihre kurzen Haare trockengerieben hatte sah sie in den Spiegel. Aus einem von verstrubbelten Haaren umrahmten Gesicht blickten sie ihre großen hellblauen Augen an. Mit einem Lächeln sprach sie sich ein „Gar nicht übel" zu.

Das Gedankenkarussell hatte sich über Nacht beruhigt. Chiara staunte immer wieder darüber, wie offensichtlich ihr Unbewusstes über Nacht Ordnung in ihrem Bewusstsein schaffte. Sie nannte das für sich den „Metamorphosenschlaf."

Da bist du völlig von der Rolle, weißt nicht mehr wo oben und unten ist geschweige denn, was zu tun ist. Du fällst in einen tiefen Schlaf und deine innere Weisheit, dein inneres verborgenes Wissen macht sich ganz ohne dein Zutun an die Arbeit, das alles zu sortieren.

Dann wachst du völlig sortiert auf und kannst gar nicht mehr verstehen, was am Vortag los war. Einfach genial.

Schon als Kind hatte sie viel und gut geschlafen, ihre Mutter hatte sie oft „meine Schlafmaus" genannt. Beim Gedanken an ihre Mutter verspürte sie ein leises Ziehen in der Magengegend.

Sie hatten gestern tagsüber kurz telefoniert. Chiara hatte ihr erzählt, dass sie für das nächste Wochenende mit Leonie eine Übernachtung auf Spiekeroog gebucht hatte. Ihre Mutter war begeistert und hatte gleich angekündigt, dass sie und der Vater dann für ein paar Stündchen vorbeikommen würden. Schließlich hatte man sich lange nicht gesehen.

Eigentlich fand Chiara das ziemlich unverschämt, dass ihre Mutter mal wieder einfach etwas entschied, ohne erst einmal hinzuspüren, ob es denn gewünscht war. Gleichzeitig empfand sie aber auch Bewunderung dafür, dass sie offensichtlich durch die Welt ging in der Annahme, dass sich alle jederzeit über ihre Präsenz freuten. Welch ein Selbstbewusstsein.

Chiara hatte dann kurz überlegt, ob sie es abbiegen sollte, sich aber dagegen entschieden. Schließlich stimmte es, dass man sich lange nicht gesehen hatte. Ihre Mutter würde nie auf die Idee kommen, einfach mal zu Besuch zu kommen und ein Stück Alltag mit ihr zu teilen. Aber wenn etwas Besonderes lockte, wie zum Beispiel ein Tag auf Spiekeroog, dann war sie parat.

Neben diesem kritischen Blick auf ihre Mutter empfand Chiara ebenfalls Vorfreude auf das Wiedersehen. Auch wenn ihre Erfahrung oft war, dass nach einem Treffen eine Portion Enttäuschung zurückblieb. Weil sie eben doch so war wie sie war und nicht so, wie Chiara sie gerne hätte.

Leonie, bis morgen noch bei ihrem Vater, war gestern am Telefon vor Begeisterung außer sich, als sie erfuhr, dass die Großeltern zu Besuch auf Spiekeroog sein würden.

Obwohl Leonies Oma aus Chiaras Sicht eher wenig auf die Interessen und Bedürfnisse ihrer Enkelin einging, war diese vernarrt in ihre Omi. Der Opa hielt sich immer im Hintergrund, wie ein Schatten. Die Bühne gehörte seiner Frau, vielleicht war er manchmal auch ganz froh darüber.

Chiaras Gedanken verweilten bei Spiekeroog, während sie die Siebträgermaschine befüllte. Sehnsucht nach dem Rauschen des Meeres, dem Sand zwischen den Zehen und dem Kreischen der Möwen erfasste sie.

Sie genoss den Moment, in dem der dunkelbraune konzentrierte Espresso unter dem Sieb herauslief. Die Tasse füllte sich mit der Flüssigkeit und die Küche mit Kaffeeduft. Die Crema war heute perfekt, der hellbraune Schaum bedeckte wie ein gemalter Kreis die Oberfläche der Tasse. Chiara verzichtete auf die Milch, um das Kunstwerk nicht zu zerstören.

Sie öffnete die Balkontür, kickte mit dem nackten Fuß die immer noch auf dem Balkon herumliegende Erde der Tomatenpflanzen zur Seite und bahnte sich so den Weg zum Balkonstuhl. Auch dieser war eher schmutzig. Chiara checkte im Bruchteil einer Sekunde, dass ihre Hose wohl dunkel genug und somit fleckensicher war und setzte sich.

Es gab einfach Tage, an denen nichts störte.

Chiara schloss die Augen und gab sich ganz dem Kaffeegenuss

hin. Sie hatte Zeit, weil ihre Dienstzeit heute „später kommen" hieß. Man konnte in der Klinik Überstunden abfeiern indem man mit dem Einverständnis der Kollegen hier und da mal „später kommen" machte, was bedeutete, erst um 10.30 Uhr auf Station sein zu müssen. Gedanken an Luis und ihren letzten gemeinsamen Abend hier auf dem Balkon waren wieder präsent. Aus ihrer Nachttischschublade im Schlafzimmer holte sie sich Block und Stift, setzte sich wieder auf den Balkon und fing an zu schreiben.

Ohne dich

Gedanken an dich
wie zig Luftballons an meinem Körper

Tragen mich empor
leicht, frei, luftig

Über die Wipfel
in andere Sphären

Dann zerplatzen
einer nach dem anderen

Während ich
schaukelnd taumelnd

Langsam zur Erde
unsanft lande
Ohne dich

Es war diese besondere Stimmung, die sie brauchte, um Gedichte zu schreiben. Diese Momente waren nicht planbar, sie geschahen einfach. Und sie waren ziemlich unabhängig von den aktuellen Problemen. Selbst mitten im emotionalen Chaos gab es immer wieder solche Momente. Dann tippte sie die Zeilen in ihr Handy und schickte sie an Luis. Ohne weiteren Kommentar.

14. Kapitel

„Alles wirkt hier ein wenig ruhiger und grüner als auf den anderen Ostfriesischen Inseln, besonders auffallend sind die vielen Bäume."

So las Chiara in dem Reiseführer über Spiekeroog. Sie kannte die Insel zwar seit ihrer Kindheit. Aber sie las trotzdem gerne immer wieder Texte und Beschreibungen über ihre Lieblingsinsel, einfach um sich in Stimmung zu bringen. Weiter erfuhr sie in dem Text, dass die Insel wohl auch so manchem Bundespräsidenten besonders gut gefiel. Gustav Heinemann und Richard von Weizsäcker entspannten sich hier gerne von der großen Politik, Johannes Rau heiratete sogar dort. Um sich auf die autofreie Insel einzustimmen, hatte sie auch ihr Auto zuhause gelassen und saß nun im Zug Richtung Neuharlingersiel. Von dort ging die Fähre nach Spiekeroog.

Chiara hatte direkt vor dem Wochenende noch einen Nachtdienst übernehmen müssen. Es wurde in der Klinik eine Liste darüber geführt, wer zuletzt einen Dienst übernommen hatte. Wenn man auf dieser Liste ganz nach oben gerutscht war, gab es kein Pardon, dann war man dran.

Das galt auch für Alleinerziehende ohne verfügbare Kinderbetreuung. Sie hatte Frau Schömburg gebeten, doch zurückgestellt zu werden. Wenn es um das Thema Kinder ging, war man bei ihr leider immer an der falschen Adresse. Dann half auch Chiaras Sonderposition aufgrund ihrer Gutachtentätigkeit wenig. Chiara hatte sogar das Gefühl, als wollte die Chefin dann vor dem Kollegium klarstellen, dass es hier keine Günstlinge gebe.

Da Tim verreist war, musste Chiara ihre Mutter anbetteln. Die freute sich zwar auf Spiekeroog, aber vorher die Enkelin schon betreuen oder gar mit ihr zusammen nach Spiekeroog fahren, das passte ihr überhaupt nicht. Sie hatte glatt abgesagt mit der Begründung, dass ihr das zu viel werde.

Das war selbst für Chiara, die ihrer Mutter gegenüber meist sehr angepasst war, zu viel. Sie war sauer gewesen und hatte das Telefonat abrupt beendet. Vermutlich war es dem Einfluss ihres Vaters zu verdanken, dass sie – offensichtlich zähneknirschend – dann nochmal anrief und doch zusagte. Wenn er den Familienfrieden in Gefahr sah, kam er gelegentlich aus seinem Schneckenhaus und zog ein paar Dinge gerade.

Die Landschaft, die sich beim Blick aus dem Zugfenster bot, hatte schon den Charakter der norddeutschen Küste, die Chiara so liebte. Total flach, überall Kuhweiden, Schilf am Straßenrand und zwischen den Weiden. Dazu auch heute das typische wechselhafte Wetter, Wolken, sonnige Abschnitte, kurze Schauer. Der Wind sorgte dafür, dass die Wolken und damit auch das Wetter immer in Bewegung waren.

Luis kam ihr in den Sinn, er hatte auf ihr Gedicht lediglich mit den Worten „Wo bist du?" reagiert. Was sollte das? Hatte ihm ihr Gedicht nicht gefallen? Was das einfach eine Sachfrage oder wollte er damit ausdrücken, dass er sie vermisste? Verdammte Kurznachrichten, wie sollte man damit kommunizieren? Sollte das etwa jetzt so weitergehen, eine Art platonische Beziehung? Oder war das Schreiben einfach nur ein Aufbäumen gegen die endgültige Trennung?

Chiara hatte auf Luis Frage mit einem einzigen Wort geantwortet: „Spiekeroog."

Die Fahrkartenkontrolle riss Chiara aus ihren Gedanken. Sie hatte das Ticket auf ihrem Handy. Als sie es anschalten wollte, sah sie nur das Bild einer fast leeren Batterie auf dem Display, die Anzeige für ein leeres Akku. Die übergewichtige Bahnangestellte, die kaum in den Gang passte, musterte sie streng.

„Dann sorgen sie bitte dafür, dass sie ihr Handy aufladen, ich komme später nochmal vorbei."

„O.K., entschuldigen sie bitte" entgegnete Chiara, während ihr gleichzeitig einfiel, dass sie ihr Ladekabel vergessen hatte.

Sie fragte mehrere Mitreisende, doch niemand konnte ihr weiterhelfen. Dann beschloss sie, einfach zu behaupten, ihr Handy sei wohl defekt und ließe sich nicht mehr aufladen. Im schlimmsten Fall müsste sie Strafe zahlen. Egal. Nein, natürlich war es eigentlich nicht egal, aber Chiara hatte sich selbst darin trainiert, bestimmten unangenehmen Dingen gegenüber gleichgültig zu sein.

Neuharlingersiel war voller Touristen. Kein Wunder, zum einen tummelten sich hier alle, die mit der Fähre nach Spiekeroog übersetzen wollten, zum anderen galt Neuharlingersiel als eines der schönsten Hafenstädtchen an der Nordseeküste. Zu Recht, wie Chiara meinte, schon als Kind hatte sie hier das Buddelschiffmuseum fasziniert. Dieses befand sich an der westlichen Hafenseite in einem Hotel. Die Ausstellung in diesem Museum deckte alle Schiffstypen, Epochen und denkwürdigen Ereignisse ab. Man fand dort Wikingerschiffe, phönizische und römische Galeeren, Kolumbus' „Santa Maria", Admiral Nelsons „HMS Victory", die untergehende „Titanic" ebenso wie Thor Heyerdals „Kon-Tiki".

Schon immer hatte sich Chiara für Geschichte interessiert. Aus diesem Grund hatte sie auch vor zwei Jahren gerne die Weiterbildungseinheit „Geschichte der Psychiatrie und Psychotherapie" übernommen. Einmal im Quartal übernahm sie mit diesem Thema die Mittwochsfortbildung für die Assistenten, die dann immer besonders gut besucht war.

Zuerst wollte sie ihrer Gewohnheit folgen und wieder im Café „Havenblick" ein Kännchen Ostfriesentee trinken. Doch dann siegte die Lust auf Kaffee und sie kehrte in einem Bistro mit dem Namen „Kaffeeecke" ein. Auch wenn Chiara den Namen sperrig und konstruiert fand, wirkte der Laden modern und ansprechend.

Der Raum war nicht besonders groß aber besaß hohe Decken. Dadurch und auch wegen der wenigen schlichten Möbel wirkte er trotzdem geräumig. Zwei große Spiegel an den Wänden sorgten zusätzlich für optische Weite. An den schmalen Tischen mit Naturholzplatten standen Holzstühle, deren Sitzfläche mit grauem Kunstleder bezogen waren. Auf den Tischen war neben der Speisekarte nur eine kleine Glasvase mit einer echten Rose platziert.

Chiara fühlte sich dort sofort wohl und ahnte, dass dieser Laden zukünftig das „Havenblick" ausstechen könnte. Sie bestellte einen großen Cappuccino und ein Croissant, die perfekte Zwischenmahlzeit. Zwei junge Frauen bedienten in dem Laden, beide mit langen schwarzen Haaren, sie hätten Schwestern sein können. Man merkte ihnen eine intensive Verkaufsschulung an, eine Spur zu höflich, ein bisschen zu viel Nachfragen, was es denn sonst noch sein dürfe. Welch ein Unterschied zu der eher kühlen, burschikosen Frau im „Havenblick." Eigentlich war ihr diese herbe Art lieber, aber der Cappuccino mit perfektem Milchschaum war unschlagbar und würde sie sicher hier wieder herlocken.

Neuharlingersiel und Spiekeroog waren Orte, an denen Chiara sich häufig in ihre Kindheit zurückversetzt fühlte. Vieles hatte sich damals jedes Mal ähnlich abgespielt. Waren sie in Neuharlingersiel angekommen und mussten noch eine Weile auf die Fähre warten, gerieten ihre Eltern fast immer in Streit. Ihre Mutter wollte dann „zum Ankommen nach der anstrengenden Fahrt" erst einmal „einen Happen essen."

Während ihr Vater auf Fischbrötchen plädierte, wollte die Mutter immer Fisch essen gehen, weil man sich das an der Küste unbedingt gönnen müsse. Setzte sie sich durch – was meistens der Fall war – so war ihr Vater schlecht gelaunt. Schon vor dem eigentlichen Urlaub auf der teuren Insel so tief in die Tasche greifen versetzte ihn in Angst.

Chiara hatte schon früh gelernt, sich innerlich aus diesen Konflikten auszuklinken. Am besten gelang das, indem sie ihre eigenen Wege ging. Waren sie erst einmal auf der Insel und in der Unterkunft angekommen, genoss sie mit ihrem Bruder die Freiheit. Aber die Fahrt, mit den Eltern eingesperrt im Auto und auf der Fähre, war stressig.

Wenn sie jetzt als Erwachsene auf die Streitszenen ihrer Eltern blickte, kam es ihr reichlich lächerlich vor. Lächerliche Themen, lächerliche Szenen, lächerliche Rituale.

Aber als Kind fühlte sich das alles existentiell und bedrohlich an. Wie gut, dass sie heute selbst bestimmen konnte, wie und wann sie Kontakt wünschte.

Bei diesem Gedanken musste Chiara über sich selbst schmunzeln. So richtig selbst bestimmt hatte sie schließlich nicht, dass ihre Eltern sie morgen besuchen würden. Und so richtig viel Abstand fühlte sie auch heute nicht, wenn sich mal wieder Zoff zusammenbraute.

War es bei ihr und ihrer Beziehung – oder was immer das auch gerade war – nicht ähnlich? Worum ging es eigentlich, wenn sie stritten? War das nicht auch manches Mal lächerlich, wie ein neurotisches Feuerwerk? Brauchte sie das vielleicht?

Sie tunkte ihr Croissant in den verbliebenen Cappuccino und aß das letzte Viertel in einem Bissen auf. Der Blick auf die Uhr verriet ihr, dass genug Zeit verblieb, so dass sie noch ein zweites Croissant bestellte.

„Möchten Sie vielleicht noch etwas dazu, vielleicht Butter und Konfitüre oder Nutella?"

„Nein danke, ich mag es pur." Das war wieder eine Nachfrage zu viel gewesen. Chiara mochte es nicht, wenn man ihr Wünsche einredete, sie konnte sie doch schließlich von sich aus äußern. Die Aussicht auf einen kompletten Abend alleine auf Spiekeroog fühlte sich wunderbar an. Die Eltern würden morgen mit Leonie erst am frühen Nachmittag eintreffen. Bis dahin könnte sie einfach die Ruhe genießen. Schließlich stand ihr eine anstrengende nächste Woche bevor. Am Mittwoch würde der nächste Termin mit Silvia Oldendorf sein. Montag und Dienstag müsste sie noch Zeit finden, sich darauf vorzubereiten. Auf jeden Fall waren Spiekeroog und auch der Besuch morgen eine gute Ablenkung davon.

Die Überfahrt mit der Fähre war wunderbar. Chiara blieb an Deck, hielt ihr Gesicht in die Sonne und genoss es, den Wind auf der Haut zu spüren. Fast hätte sie bei der Ankunft ihren Rucksack liegenlassen. Er war klein und leicht, schließlich war sie mit dem Zug unterwegs und musste Gepäck sparen.

Chiara machte sich auf den Weg zu ihrer Unterkunft. Nicht nur Autos, auch Fahrräder waren von der Insel verbannt, so dass man gezwungen war, das Lebenstempo einen Gang herunterzuschalten. Chiara liebte den Ortskern mit den alten Insulanerhäusern und den hochgewachsenen Bäumen. Mitten im Ortskern lag auch die Inselkirche, die älteste Kirche aller sieben ostfriesischen Inseln. Kein einziges Haus fiel hier vom Stil her aus dem Rahmen, alles wirkte noch dörflich mit seinen Linden und Kastanien. Gerade die Tatsache, dass sich hier so wenig verändert hatte, ließ die Erinnerungen an frühere Urlaube so präsent sein.

Wegen der fehlenden Autos und Fahrräder werden hier die Wege von Fußgängern geprägt, vor allem sah man viele Familien, die mit Bollerwagen unterwegs waren. Von weitem konnte sie die Museumspferdebahn sehen, deutschlandweit die einzige ihrer Art.

Sofort fühlte sie sich zurückversetzt, wie sie als Kind im Wagen sitzend und mit dem Pferdegeruch in der Nase fasziniert das Muskelspiel der Pferdehinterteile beobachtete.

Die Ferienwohnung lag am Westende des schönen Kurparks, der als der schönste aller ostfriesischen Inseln galt. Ein reicher Baumbestand und kleine Wasserläufe prägten den einen naturbelasseneren Teil des Parks, der andere war stärker gärtnerisch gestaltet, mittendrin ein Musikpavillon.

Das Gebäude mit dem wenig originellen Namen „Märchenhaus" kannte sie bisher nur von außen und von den online gestellten Bildern der Vermietungsfirma. Es gab vier Wohnungen darin, sie hatte „Till Eulenspiegel" gebucht, eine Zweizimmerwohnung. Die Preise waren wie immer auf Spiekeroog sehr hoch, deswegen war die Entscheidung gegen eine Dreizimmerwohnung gefallen, die ihr ein eigenes Schlafzimmer ermöglicht hätte. Mit Leonie in einem Doppelbett zu schlafen bedeutete immer eine unruhige Nacht, aber es war schließlich nur eine einzige Übernachtung. Sie musste zweimal um das Haus herum gehen, bis sie den gut in einer Nische neben der Garage versteckten Schlüsselkasten gefunden hatte.

Der Vorgarten war nicht sehr gepflegt, der Weg zum Hauseingang von kniehoch gewachsenen Brennesselpflanzen gesäumt. Auch der Hausflur machte mit seinem ziemlich schmuddeligen Teppich keinen einladenden Eindruck.

Als sie dann jedoch die mit einem Bild von Till Eulenspiegel beklebte Wohnungstür aufschloss, trat sie in eine helle freundliche Wohnung mit großen Fenstern in Richtung eines wunderschönen Gartens.

Das Interieur war im Landhausstil gehalten. Alle Möbel waren aus Holz, teilweise abgebeizt und mit einer Lasur bemalt, die die Struktur des Holzes durchscheinen ließ. In jedem Zimmer hatte diese Lasur eine andere Farbe. Der Boden bestand aus alten aufgearbeiteten Dielen. Die teilweise alten, teilweise neuwertigen Kassettentüren waren weiß gestrichen. Obwohl nur zwei Schlafplätze angegeben waren, befand sich im großzügigen Schlafzimmer noch ein kleines Beistellbett aus Naturholz, daneben eine kleine Spielecke mit Büchern, Minitischchen und einer Till Eulenspiegel Puppe.

Chiara fühlte sich sofort pudelwohl und fragte sich, wer wohl die Eigentümer waren, die mit der Einrichtung ein so gutes Gespür für die Bedürfnisse von Feriengästen bewiesen.

Sie stöberte ein wenig in der Küche, in die sanfte Strahlen der Abendsonne durch das große Sprossenfenster fielen. Öl, Essig, Gewürze, Teebeutel unterschiedlicher Sorten, alles war vorhanden. Auch eine Dose mit einem Rest Kaffeepulver und zu ihrem Erstaunen sogar eine Siebträgermaschine. Chiara blickte auf ihre Uhr, obwohl sie bereits wusste, dass es eigentlich für Kaffee zu spät war. Trotzdem konnte sie der Versuchung nicht widerstehen, sich noch einen zuzubereiten. Als sie die Dose öffnete roch sie schon, dass das Pulver alt war und nur noch wenig Aroma verströmte. Der fertige Kaffee roch kaum und schmeckte scheußlich. Ihr Verlangen nach Kaffee und einem späten Koffeinkick waren jedoch erwacht und so brach sie schon nach einer kurzen Pause, in der sie auf dem Doppelbett liegend kurz einnickte, wieder auf.

Sie steuerte auf das „alte Inselhaus" zu, einem stimmungsvollen Café und Restaurant im ältesten, um 1700 erbauten Haus der Insel. Da sie jedoch noch keinen Appetit auf eine große Mahlzeit hatte, ging sie doch daran vorbei und kehrte beim „Insel-Café" ein, bekannt für seine große Kuchen- und Tortenauswahl.

Obwohl das Café in zwanzig Minuten schließen würde, entschied sich Chiara dort einen Cappuccino zu trinken und sich dazu ein Stück Sanddornkuchen zu gönnen. Eigentlich war Chiara kein großer Freund von Kuchen, aber die säuerliche Frische dieses Kuchens war einmalig und gehörte für sie bei jedem Spiekeroog-Besuch dazu.

Wie langweilig du doch bist, Ari, dachte sie über sich selbst. Du liebst es, immer an dieselben Orte zu reisen, immer denselben Kuchen zu essen, anstatt die große weite Welt zu erkunden.

Das stimmte nicht ganz. Chiara hatte auch schon mehrere afrikanische Länder bereist und vor allem die Safaris hatten ihr äußerst gut gefallen. Aber wenn sie ehrlich vor sich selbst war, waren es immer andere gewesen, Partner und Freundinnen, die sie dazu animiert hatten. Vielleicht war sie auch nur ein wenig faul, und hatte keine Lust, große Reisen zu organisieren. Außerdem fehlte es seit der Scheidung an Geld. Die Gutachten waren immer eine willkommene Finanzspritze, aber die Umzüge in den letzten Jahren, das Auto, Versorgung von Leonie, das alles kostete.

Während sie auf ihren Sanddornkuchen wartete und über sich selbst nachdachte, hörte sie das Empfangssignal einer Textnachricht. Sie nippte an ihrem Cappuccino und hatte gerade den ersten Schluck genossen, als auch schon der Sanddornkuchen kam.

Manchmal machte sie sich einen Spaß daraus zu testen, wie lange sie es wohl aushalten würde, eine eingetroffene Nachricht nicht zu lesen. Die Erfahrung war, dass sie dann gelegentlich total vergaß, dass sie eine erhalten hatte. Irgendwie hatte sie diesmal die Ahnung, dass es etwas sein könnte, dass sie von dem Genuss ihres Kuchens ablenkte. Als sie diesen zur Hälfte gegessen hatte, ergriff sie eine innere Unruhe. Sie wollte zumindest kurz nachschauen, von wem die Nachricht gekommen war.

Es war eine Nachricht von Luis.

Sofort schlug ihr Herz schneller und sie musste tief durchatmen. Ihr Blick fiel auf den Keks in Herzform, der auf der Untertasse des Cappuccino lag. Diesen von dem Café selbst gebackenen Keks gab es schon seit Jahrzehnten zu jedem Heißgetränk. Sie griff danach und ließ den buttrigen weichen Keks auf der Zunge zergehen. Dann verschluckte sie sich jedoch so kräftig daran, dass sie die Bedienung um ein Glas Wasser bitten musste. Die belustigte ältere Dame mit weißer Schürze fragte schelmisch „Na, geht es wieder oder brauchen sie noch eins?"

Chiara lehnte ab, hüstelte aber noch eine Weile vor sich hin und sah die Bedienung immer mal wieder grinsend zu ihr herüberschauen.

Der Appetit war ihr vergangen, lustlos schaufelte sie den Rest des Kuchens in sich hinein. Sie wollte die Nachricht von Luis hier nicht lesen sondern an einem ruhigen unbeobachteten Ort. Sie bezahlte, verließ das Café und ging Richtung Weiße Dünen.

Zwischen Dorf und Strand lag ein außergewöhnlich breiter, grün bewachsener Dünengürtel, den stellenweise Wäldchen durchzogen. Selbst in den Mulden zwischen den Dünen hatte man häufig kleine Baumgruppen mit Erlen und Birken gepflanzt.

In Kürze war sie bei den weißen Dünen angekommen. Diese eindrucksvollen Sanddünen nördlich des Kurzentrums waren teilweise über zwanzig Meter hoch. Sie galten als höchste Erhebung ganz Ostfrieslands.

Von dort aus konnte man die Sonne untergehen sehen, die alles in ein rötliches Licht tauchte. Jetzt war Chiara in der Stimmung die Nachricht von Luis zu lesen.

Sie war sehr kurz.

„Wo genau? Möchte dich sehen. Bin in der Nähe.“

Chiara nahm wahr, wie ihr Blutdruck plötzlich anstieg, sie meinte ihren Puls in den Ohren zu spüren. Was sollte das heißen, war er etwa auch auf der Insel? Sie wusste gar nicht, ob sie sich freuen sollte, schließlich war das so nicht abgesprochen.

Sie wunderte sich sehr über sich selbst. Eben noch hatte sie bewusst einen ruhigen romantischen Ort aufgesucht, um die Nachricht von ihm zu lesen. Doch jetzt versetzte sie die Information, dass er in der Nähe war in Panik.

Ihre Gedanken begannen immer schneller zu rasen, sie stellte plötzlich alles infrage.

Vielleicht war es ein großer Fehler gewesen, dass sie wieder angefangen hatten, einander zu schreiben. Bei dieser Art der Kommunikation waren Missverständnisse schließlich vorprogrammiert. Eigentlich wusste sie auch gar nicht, was sie wollte. War er weit weg, vermisste sie ihn, war er in der Nähe, wollte sie das auch nicht. Das konnte nur schiefgehen. Wie konnte er denn einfach davon ausgehen, dass sie sich über eine solche Überraschung freute?

Ihr Gedicht fiel ihr wieder ein. Hatte er das als Einladung verstanden?

Ari, Ari, was hast du da bloß angestellt! Natürlich war das Gedicht nur als Ausdruck ihrer Sehnsucht zu verstehen. War sie denn so wechselhaft, dass plötzlich alle Sehnsucht verflogen war?

Sie könnte natürlich einfach nicht antworten, dann wüsste er Bescheid. Aber wollte sie das denn? Wenn er wirklich extra für sie hierhergekommen war und sie würde ihn nicht sehen wollen, dann wäre das gewiss sein letzter Versuch der Kontaktaufnahme.

Nein, das wollte sie auch nicht. Verdammt nochmal, was wollte sie eigentlich?

Wie konnte er davon ausgehen, dass sie alleine hier war? Und schließlich war sie auch ab morgen Mittag nicht mehr alleine hier.

Die Sonne war jetzt untergegangen, Chiara stand immer noch

wie erstarrt an demselben Fleck, das Handy in der Hand. Sie setzte sich in den Sand und versuchte sich zu beruhigen, indem sie einfach bewusst und tief ein- und ausatmete. Diese Übung hatte sie im von der Klinik angebotenen Entspannungskurs gelernt und ziemlich albern gefunden. Aber jetzt half sie.

Nachdem sie eine ganze Weile einfach so dagesessen hatte, konnte sie allmählich wieder klarer denken. Sie begann, ihrer Angst zu misstrauen. Vielleicht war ihre starke Reaktion doch Ausdruck dafür, wieviel er ihr bedeutete. Sie war einfach nur überrumpelt gewesen. Es war auch überhaupt nicht klar, was er von ihr wollte, vielleicht ein abschließendes klärendes Gespräch. Nein, dafür würde er nicht extra hierherkommen. Aber wie nah war er überhaupt?

Sie versuchte, die Situation immer mehr zu versachlichen. Vielleicht könnten sie – falls er tatsächlich auf der Insel war – einfach bei einem guten Essen den Abend genießen und sich klarer darüber werden, was sie voneinander wollten. Schließlich hatte sie nur das Stück Kuchen gehabt und noch nicht zu Abend gegessen.

Sie würde natürlich keinesfalls mehr zulassen. Alles war besser, als erneut in einer on-off-Beziehung zu landen. Also schön sachte.

Sie tickerte die Nachricht „bist du auf der Insel? Wollen wir essen gehen?" ins Handy. Es dauerte etwas, weil ihre Finger vor Aufregung und wegen der zunehmenden Dunkelheit nicht immer die richtigen Tasten trafen.

Es dauerte keine Minute, bis von ihm die Antwort kam.

„Ja, bin auf der Insel. Sitze gerade auf einer Bank im Kurpark, Nähe Musikpavillon. Und du?"

„Bin bei den weißen Dünen. Magst du kommen?"

„Bin in 10 Minuten bei dir."

Chiara überlegte kurz, ob sie jetzt erneut antworten sollte, entschied sich jedoch dagegen. Die Zweifel wühlten wieder in ihr. Keiner hatte in den Kurznachrichten irgendetwas Emotionales ausgedrückt. Was bedeutete das? Sie saß einfach nur so da im Sand, spürte ihr Herz weiter hämmern und gab auf, zu ergründen, ob das nun Angst oder Vorfreude war.

Sie zuckte erschrocken zusammen, als Luis sie hinter ihrem Rücken mit „Hallo Chiara" ansprach. Im Sand hatte sie ihn nicht kommen gehört. Sie stand auf und drehte sich zu ihm. Da standen sie nun einander gegenüber. Es war ziemlich dunkel geworden, sie konnten einander nur durch das schwache Licht sehen, das vom beleuchteten Weg her hierher drang.

Er ging auf sie zu, nahm sie vorsichtig mit beiden Händen bei den Schultern und küsste sie zärtlich auf den Mund. Chiara spürte, wie ihr Tränen in die Augen schossen, zum Glück konnte er das in der Dunkelheit bestimmt nicht sehen. Am liebsten hätte sie sich an seine Brust geworfen und geweint, unterdrückte jedoch diesen Impuls. Er ließ ihre Schultern wieder los und machte einen kleinen Schritt zurück. So standen sie eine Weile wortlos einander gegenüber und versuchten einfach nur im Halbdunkel das Gesicht des anderen zu erkennen.

„Ich habe Hunger, lass uns was Essen gehen" schlug Chiara vor, die das Schweigen und die Spannung nicht länger ausgehalten hatte.

„Wohin?" war Luis kurze Antwort, aber in seinem Ton schwang Enttäuschung mit. Vielleicht wollte er den intensiven Moment noch länger auskosten. Aber er kannte sie, hatte schon unzählige Male erlebt, dass ihr solche Situationen schnell zu viel wurden und sie dann sehr schroff und sachlich werden konnte.

„Wie wär's mit dem Capitänshaus?" „O.K." war seine knappe Antwort. Sie gingen in Richtung des beleuchteten Weges, der Richtung Dorfkern und somit direkt zum Capitänshaus führte. Chiara hatte ihre Hände in die Jackentaschen gesteckt und legte einen flotten Schritt zu. Plötzlich blieb Luis stehen, sein Gesichtsausdruck wirkte fast ein bisschen trotzig.

Chiara blieb ebenfalls stehen. „Was ist?" wollte sie wissen. Er ging auf sie zu, nahm vorsichtig eine Hand aus ihrer Jackentasche und nahm sie in seine. Dann gingen sie etwas langsamer Hand in Hand weiter.

Chiara fühlte sich elektrisiert, so als wäre sie noch nie Hand in Hand mit einem Mann gegangen.

Das Gefühl wurde so stark, dass sie keine Worte für ein Gespräch fand.

„Interessiert dich gar nicht, warum ich hier hergekommen bin?"

Chiara hasste solche Fragen mit unterschwelligem Vorwurf und hätte am liebsten mit „Nein, interessiert mich nicht" geantwortet.

Stattdessen, schwieg sie einen Moment und rang sich dann zu einem „erzähl's doch einfach" durch.

Luis blieb wieder stehen, ließ Chiaras Hand los, um sie beim Erzählen ansehen zu können.

„Das Gedicht, das du mir geschickt hast, war wunderschön. Ich konnte es im Internet nicht finden, deshalb gehe ich davon aus, dass du es selbst verfasst hast. Ich habe dich sehr vermisst und das Gedicht hat mir die Hoffnung gemacht, dass du mich auch vermisst. Als sich dann überraschend ein kinderfreies Wochenende ergab, wollte ich dich unbedingt sehen. Deshalb hatte ich gefragt, wo du bist."

Chiara spürte, wie ihr Gesicht bebte und hoffte, die Helligkeit der Wegbeleuchtung würde nicht ausreichen, es zu erkennen.

„Ich habe dich auch vermisst." Manchmal gelang es ihr tatsächlich über Gefühle zu sprechen. Zumindest in kurzen Sätzen. So als müsste die Zeit, in der sich ihr intensives Gefühlsleben einen Weg nach außen bahnte, möglichst kurz bleiben. Damit es keinen Dammbruch geben konnte, der sie und andere überwältigte und überforderte.

Luis schien einen Moment zu warten, ob sie auf ihn zukommen würde. Dann ging er zu ihr und nahm sie in den Arm. Diesmal konnte sie die Tränen nicht zurückhalten, unterdrückte jedoch das Schluchzen, dass sie in ihrer Brust fühlte.

In ihren Fantasien hatte Chiara sich oft gesehen, wie sie ihren Kopf auf Luis Brust legen und sich anschmiegen würde. Da sie jedoch fast so groß wie er war, war das nur im Liegen möglich. Jetzt konnte sie nur ihren Kopf an seinen Hals und seine Schulter schmiegen. Sie spürte seine Hand an ihrem Hinterkopf, ein sehr vertrautes Gefühl. Sie löste sich, gab ihm einen Kuss auf den Mund und machte einen Schritt zurück, um sich zu fassen.

„Ich glaube, ich brauche etwas zum Essen", sagte sie, obwohl der Satz so gar nicht zu der Szene passen wollte, die sich gerade abgespielt hatte.

„Klar" entgegnete Luis, während er sie weiter fixierte. Sie gingen dann Hand in Hand zum Capitänshaus, ein im Dorfkern gelegenes Lokal mit maritimer Atmosphäre. Es war sehr voll und laut, sie mussten eine Weile im Eingangsbereich stehen bleiben, um auf freiwerdende Plätze zu warten. Auf dem kleinen Bistrotisch im Wartebereich stand eine Glasschüssel mit unterschiedlichen Lakritzbonbons. Luis suchte immer mal wieder eines heraus, von dem er wusste, dass Chiara es mochte und steckte es ihr vorsichtig in den Mund. Durch dieses Spiel löste sich allmählich ein wenig der Anspannung und sie begannen über dies und jenes aus den letzten Wochen zu plaudern.

Sie bestellten beide Kutterscholle mit Bratkartoffeln, der Klassiker im Capitänshaus. Dazu nahmen sie einen trockenen Weißwein. Chiaras Hungergefühl war schon fast wieder verschwunden, als das Essen endlich auf dem Tisch stand. Die Bedienung war ein attraktiver junger Mann, groß, dunkel, durchtrainiert. Von der Statur her so ziemlich das Gegenteil von Luis, der knapp unter einsachtzig, blond und eher schmal gebaut war. Chiara wusste, dass er seine Größe und seinen schmalen Körperbau eher als Makel empfand, konnte es aber trotzdem nicht lassen, ein wenig mit der Bedienung zu flirten. Luis sah sie skeptisch an, entschied sich aber, es mit Humor zu nehmen.

Chiara konzentrierte sich auf den Fisch, die Bratkartoffeln waren ihr ein wenig zu fettig. Die beiden tauschten sich über die Kinder und die beruflichen Ereignisse aus.

„Das klingt ja total spannend mit dem Mistgabelmord, belastet dich das nicht, mit einer Mordverdächtigen zu sprechen?"

„Nein, aber die ganze Sache ist anstrengend. Und ich hab mal wieder ein wenig nachgeforscht." Dann erzählte sie von den Gesprächen mit Astrid und Ali, unterbrach sich dann aber mit „so detailliert wollte ich dir das gar nicht erzählen. Bitte behalte es für dich."

Es folgte ein längeres Schweigen, inzwischen waren schon einige Gäste gegangen und es war etwas ruhiger im Capitänshaus geworden. Sie sahen sich immer mal wieder längere Zeit in die Augen, meistens war es Chiara, die dann den Blick abwandte.

Irgendwann ergriff Luis unter dem Tisch ihre Hand und hielt sie zwischen seinen Händen fest. Der Tisch war zwar schmal, aber trotzdem mussten sich beide dafür etwas nach vorne beugen, so dass sich ihre Gesichter näherkamen. Chiara versuchte anfangs, dieser Nähe durch weiteres Erzählen auszuweichen, aber nachdem er sie wieder auf den Mund geküsst hatte, fand sie keine Worte mehr.

Normalerweise bestand Chiara auf ihrer Hälfte der Rechnung, aber heute ließ sie sich von Luis einladen. Der Weißwein war ihr zu Kopfe gestiegen, sie hatte das erste Glas auf nüchternen Magen getrunken. Luis mochte es gerne, wenn Chiara ein wenig getrunken hatte.

Arm in Arm gingen sie Richtung Ferienwohnung, es war eine sternklare Nacht, wie sie auf den Inseln eher selten ist, der Mond stand kurz vorm Vollmond.

Chiara hatte Luis bereits erzählt, dass am folgenden Tag ihre Eltern mit Leonie kommen würden, doch das schien ihn irgendwie nicht zu interessieren. Er war einfach nur glücklich, diesen Abend und diese Nacht bei Chiara zu sein.

15. Kapitel

Die Klingel hatte einen fürchterlich lauten und schrillen Ton, der Chiara zusammenfahren ließ. Sie atmete tief durch, ging zur Wohnungstür und drückte auf den Summer.

Eigentlich hatte sie damit gerechnet, dass Leonie als erstes die Treppe hochstürmen würde, doch zu ihrer Verwunderung, kam erst einmal überhaupt niemand. Sie wartete eine Weile und ging dann herunter ins Erdgeschoß, um nachzusehen, was los war.

Als sie die Haustür öffnete, sah sie wie ihre Mutter dabei war, im Vorgarten mit einem Tuch an den Händen ein paar der hohen Brennnesseln auszurupfen. Eine Handvoll ausgerissener Pflanzen lag schon auf dem Weg.

„Hey, was machst du da?" fragte Chiara äußerst genervt.

Ihre Mutter richtete sich auf. Sie sah verschwitzt aus, ihre hochgesteckten Haare hatten sich teilweise gelöst. Sie machte einen Eindruck, als hätte sie gerade ein paar Stunden Gartenarbeit hinter sich.

„Ich bahne mir nur einen Weg durch das Gestrüpp. Ist ja wirklich nachlässig vom Vermieter, das den Gästen zuzumuten."

„Wollen wir uns vielleicht erstmal begrüßen? Und wo ist eigentlich Leonie?"

Chiara war innerlich schon auf hundertachtzig. Wie konnte man so etwas wichtiges wie eine Begrüßung so vermasseln. Das trug so gar nicht zu einer guten Stimmung zwischen zwei Menschen bei, die ohnehin eine schwierige Geschichte und ein angespanntes Verhältnis hatten. Tat sie das mit Absicht?

Die Mutter kam auf sie zu und umarmte sie fest. Dann gab es die obligatorischen zwei Bisous auf die Wangen. Es war wie immer, ein Wechsel zwischen erdrückender Nähe und Unaufmerksamkeit. Eigentlich hatte Chiara jetzt schon genug davon.

Zum Glück hatten sie Leonie mit dabei, auf sie freute Chiara sich ohne jede Ambivalenz.

„Wo ist Leonie?" wollte sie jetzt endlich wissen.

„Sie hatte eine schlechte Nacht und ist uns im Bollerwagen eingeschlafen. Dein Vater ist mit ihr im Kurpark. Er wartet dort, bis sie aufgewacht ist und kommt nach."

Chiaras Mutter redete, während sie sich die Haare wieder feststeckte, die sich gelöst hatten. Eine typische Geste. Sie nahm dabei die Haarnadeln in den Mund, um die Hände frei zu haben. Entsprechend nuschelig waren ihre Worte.

Am liebsten hätte Chiara jetzt eine Salve von vorwurfsvollen Fragen von sich gegeben. Warum hatte ihre Tochter, die eigentlich eine gute Schläferin war, eine schlechte Nacht bei ihren Großeltern gehabt? Warum musste eine Achtjährige auf einer kleinen Insel noch im Bollerwagen gefahren werden? Warum musste man sie dann so lange wie möglich schlafen lassen, mit dem Risiko, dass ihr Rhythmus total durcheinander kam?

Noch vor ein paar Jahren hätte Chiara das jetzt einfach rausgelassen. Aber sie hatte die Erfahrung gemacht, dass dann das Chaos ausbrach. So wie ihre Mutter tickte, hätte es dann sein können, dass sie eine Riesenszene machte, sich als armes Opfer darstellte und möglicherweise wieder abreiste. Und Leonie mittendrin, emotional total überfordert.

Also erinnerte Chiara sich daran, dass ihre eigene Nacht zwar sehr schön aber kurz gewesen war und sie möglicherweise deswegen auch überreagierte. Vielleicht war auch der Kontrast zwischen der intensiven Erfahrung von Nähe und Aufmerksamkeit gestern zu der Oberflächlichkeit ihrer Mutter zu groß.

Trotzdem konnte und wollte sie sich ein vorwurfsvolles „warum machst du das?" nicht verkneifen, als ihre Mutter sich wieder bückte, um die ausgerissenen Pflanzen aufzuheben.

Ohne zu antworten fuhr sie fort bis sie alle in der Hand hatte und fragte dann: „Wohin damit?"

Chiara kochte vor Wut und entgegnete gereizt „Keine Ahnung wo der Müll ist."

Um nicht weiter zu eskalieren, drehte Chiara sich um und ging in Richtung Treppenhaus. Ohne sich umzudrehen, rief sie „Ich geh schonmal Kaffee kochen, komm doch einfach nach, wenn du fertig bist."

Chiara hörte im Weggehen nur noch, dass ihre Mutter wütend vor sich hin schimpfte. Sie hatte die Fantasie, ihre Mutter würde die

Brennnesseln einfach mit einer wütenden Geste wieder zurück in den Vorgarten werfen.

Damit lag sie genau richtig.

Kaffee zuzubereiten war jetzt ideal, um sich innerlich wieder zu beruhigen. Luis hatte heute schon früh beim Bäcker Brötchen gekauft und auch frisches Kaffeepulver. Als sie die Packung öffnete, stieg ihr der Kaffeeduft in die Nase. Er erinnerte sie an die Nacht mit Luis und das gemeinsame Frühstück, welches immer wieder von Zärtlichkeiten unterbrochen worden war. Chiara musste beim Gedanken daran lächeln und spürte wie sich ihre Laune wieder verbesserte.

Als ihre Mutter auch in der Küche angekommen war, schenkte Chiara ihr ein Lächeln und zu ihrer Überraschung lächelte sie zurück und legte ihr kurz eine Hand auf die Schulter.

„Einen Kaffee kann ich jetzt gut vertragen" sagte sie und ließ sich auf einem der Küchenstühle nieder. Kaum saß sie, ging auch schon wieder die unangenehme Türklingel. Die Mutter fuhr vor Schreck zusammen und wollte sofort aufspringen, aber Chiara hielt sie zurück.

„Lass mal, ruh dich aus und beaufsichtige den Kaffee." Chiara wollte unbedingt die Begrüßung ihrer Tochter alleine genießen. Nachdem sie den Summer betätigt hatte, hörte sie, wie Leonie die Treppe hochrannte und ihr Herz tat einen Sprung vor Freude.

Wie immer ging sie dann in die Hocke und ließ sich von der stürmischem Begrüßung ihrer Tochter umwerfen. Beide lachten und quiekten vor Vergnügen.

Chiara wunderte sich, wie lange es dauerte, bis ihr Vater auch an der Wohnungstür angekommen war. Sie begrüßten sich mit einer angedeuteten Umarmung.

„Hi Paps, du siehst angestrengt aus. Geht's dir gut?" Chiara war das schmerzverzerrte Gesicht ihres Vaters nicht entgangen.

„Ich habe mir beim Tennisspielen einen Muskelfaserriss zugezogen, ziemlich schmerzhafte Angelegenheit. Das ist aber schön hier." Sagte er, während er sich umschaute und in alle Räume hineinsah. Chiara hoffte, dass ihm nicht auffiel, dass das Doppelbett im Schlafzimmer ganz offensichtlich nicht nur von einer Person benutzt wurde. Leider hatte sie vergessen, einfach die Tür zu schließen. Sie kannte diese Art ihres Vaters nur zu gut, auf ganz leise und unauffällige Weise seiner

Neugier nachzugehen. Sofort schloss sie die Tür zum Schlafzimmer, damit zumindest ihre Mutter nicht auch noch auf die Idee kommen würde, hineinzuschauen.

Kaum hatte sie die Tür geschlossen, kam sofort Leonie herbei und wollte unbedingt hineinsehen.

„Komm mein Schatz, ich zeige dir, wo du heute Nacht schlafen wirst." Sie zeigte ihr das Zustellbett und die Spielecke. Leonie war begeistert, vor allem davon, dass sogar ein Zeichenblock und Stifte auf dem Tischchen lagen. Sie fing sofort an zu malen.

Auf dem Weg zurück zur Küche konnte Chiara hören, dass sich ihre Eltern in gedämpftem Ton stritten. Durch die wenigen Stichworte, die sie verstehen konnte, war ihr sofort klar, dass es mal wieder um eines der Lieblingsthemen ging. Das Tennisspielen des Vaters, über das sich die Mutter ärgerte, weil sie aus diesem Thema ausgeschlossen war.

„Dein Vater hat es mal wieder übertrieben mit dem Tennis" bemerkte sie, als Chiara in die Küche kam. Weder der Vater noch Chiara reagierten auf diese Aussage.

„Und ich muss es dann wieder ausbaden" echauffierte sie sich und blickte Chiara dabei auffordernd an.

„Einkauf, Putzen, Garten bleibt mal wieder komplett an mir hängen."

Chiara entschied sich, dazu einfach zu schweigen. Stattdessen suchte sie in den Küchenschränken nach Kaffeetassen. Widerspruch führte nur dazu, dass sie ihre Überzeugungen um so vehementer vertrat. Obwohl alle Anwesenden wussten, dass ihre Behauptungen in keiner Weise der Realität entsprachen. Im Gegenteil. Chiaras Mutter war Meisterin darin, viel Wirbel um nichts zu machen. Man sah sie tatsächlich oft mit einem Putzlappen, Staubtuch oder Handfeger hektisch umherlaufen und hier und da etwas aufnehmen. Aber die wirkliche effektive Grundreinigung erfolgte durch den Vater, der schon seit vielen Jahren samstags die Wohnung systematisch wischte und saugte. Seine Putzaktion am Wochenende wurde dann von der Mutter meist mit einem „Prima, er kann schließlich auch mal etwas tun" kommentiert.

Chiara hatte das erst als Teenagerin durchblickt, woraufhin sie sich dann standhaft den häufigen Aufforderungen der Mutter ihr „zur Hand zu gehen" widersetzt hatte.

Bis heute ärgerte sich Chiara regelmäßig über die Passivität und Duldsamkeit ihres Vaters. Wie er das schaffte, alles so klag- und kommentarlos hinzunehmen, war Chiara ein Rätsel.

Wohin er wohl seine Wut packte? Vielleicht konnte er die beim Tennisspielen so richtig rauslassen.

Kein Wunder, dass dann gelegentlich mal eine Muskelfaser riss.

Als Chiara die Tassen gefunden und auf dem Tisch platziert hatte, stellte sie die Siebträgermaschine an und ließ den Kaffee in die ersten beiden Tassen laufen.

„Hmm, riecht gut. Der Vorteil einer French Press ist, dass man nicht jede einzelne Tasse machen muss, wie bei einer Siebträgermaschine. Das ist für den Gastgeber weniger anstrengend" bemerkte ihre Mutter.

Auch diese Bemerkung ließ Chiara unkommentiert, obwohl sie sich darüber ärgerte, dass ihre Mutter so gar nicht mit anpackte. Sie servierte den beiden die ersten beiden Tassen und bereitete sich dann eine weitere zu.

Sie wollte schon einfach mal „Wie geht's euch?" fragen, ließ es aber bleiben, weil ihre Mutter bestimmt sofort das Wort an sich reißen würde.

Stattdessen fragte sie ihren Vater „Wird es denn besser mit der Verletzung? Muss das behandelt werden?"

„Nein, ich soll nur eine Weile aussetzen und dreimal täglich mit einem Sportgel einreiben."

„Sind denn deine Verletzungen von dem Fahrradsturz ausgeheilt?" Dass der Vater ihr konkrete Fragen stellte, kam nicht besonders häufig vor, sie war verwundert und erfreut zugleich. Sie erzählte noch einmal, wie es zu dem Sturz gekommen war und dass es eine Weile gedauert hatte, bis sie wieder Joggen gehen konnte.

Chiara konnte spüren und aus dem Augenwinkel wahrnehmen, dass ihre Mutter unruhig auf ihrem Stuhl hin und her rutschte. Sie kannte dieses Phänomen. Es trat immer dann auf, wenn sie nicht im Mittelpunkt stand.

„Sagt mal, warum hat Leonie eigentlich schlecht geschlafen?" erkundigte sich Chiara. Sofort ergriff ihre Mutter das Wort.

„Sie wollte gestern Abend unbedingt noch diese Castingshow

sehen. Und heute Morgen mussten wir ziemlich früh frühstücken, um loszukommen. Damit sich der Inselbesuch auch lohnt."

Chiara hatte mehr als einmal erklärt, dass Leonie freitags immer sehr erschöpft von der Schulwoche war und es ihr nicht guttat, lange aufzubleiben. Besonders spätes Fernsehen führte meistens dazu, dass sie dann auch eher schlecht ein- und durchschlief.

Lebhaft konnte Chiara sich vorstellen, wie ihre Mutter heute früh schon alles in Aufbruchstimmung versetzt hatte. Wollte man in den Urlaub oder zu einem Ausflug, geriet sie schon Stunden vorher in Panik und Hektik, nur um dann zum vereinbarten Aufbruchszeitpunkt doch nicht fertig zu sein.

Chiara sah ihre Mutter an. Irgendwie war diese Art von ihr auch witzig. Sie besann sich, dass sie ohnehin nicht zu ändern sei und entschied sich für ein Lächeln.

„Und? Seid ihr pünktlich losgekommen?"

„Natürlich nicht" erwiderte der Vater mit einem verschwörerischen Lächeln in Richtung seiner Tochter.

„Wollen wir denn nach dem Aquarium ins Loretta's gehen?" fragte Chiara und sah dabei ihren Vater an, der sofort „Ja, gerne!" antwortete.

„Mir wäre ja eher nach einer guten Portion Fisch zumute, wenn wir hier schon mal an der See sind" entgegnete Chiaras Mutter. Allerdings mit einem resignierten Unterton, denn sie wusste, wenn sich Vater und Tochter verbündeten, hatte sie keine Chance.

„Könnt ihr mal reservieren, mein Handy ist gerade alle" bat Chiara und blickte wieder ihren Vater an, denn sie wusste dass die Mutter Reservieren grundsätzlich unnötig fand.

„Meins auch" stellte der Vater lächelnd fest und blickte seine Frau an.

„Ich reserviere nicht, das wisst ihr doch. Wir werden doch bestimmt schon gegen achtzehn Uhr dort sein. Da ist sowieso noch alles frei. Um diese Uhrzeit isst doch niemand."

Noch ein altbekanntes Thema. Vater wollte früh essen und Mutter so spät wie möglich. Chiara fragte sich, welche Szenen sich wohl diesbezüglich bei den beiden zuhause abends abspielten. Doch Chiara und ihr Vater hatten sowieso schon gewonnen, weil Leonie dabei war.

Endlich konnten sie aufbrechen. Chiara hatte durchgesetzt, dass Leonie sich nicht wieder im Bollerwagen fahren lassen würde, sondern zu Fuß ging. Auf dem Weg zum Aquarium brachten sie den Bollerwagen bei dem Touristenbüro vorbei, wo die Großeltern ihn ausgeliehen hatten.

Das Aquarium, eine Art Minizoo mit dem Schwerpunkt Meerestiere, befand sich im Westen der Insel. Es war sehr gut besucht, kein Wunder an einem Samstag in den Ferien. Als sie da so in der Warteschlange standen, betrachtete Chiara ihre Mutter, die sich mit ihrem Vater vor ihr und Leonie angestellt hatte. Wie sie da so stand, klein von Statur, mit dem schmalen Gesicht, und den hochgesteckten, immer grauer werdenden Haaren, tat sie ihr leid.

Sie tat ihr leid, weil sie immer so um Aufmerksamkeit kämpfen musste, eine so schwierige Ehe führte und ja, auch weil sie eine Tochter hatte, die sie so kritisch sah. Und Chiara, die gerade die Hand von Leonie in der ihrigen hielt, hoffte inständig, dass sie später mal ein besseres Verhältnis zu ihrer Tochter haben würde.

Als sie endlich an der Kasse angekommen waren, gab es das übliche Hick-Hack, das immer entstand, wenn es ums Bezahlen ging. Chiaras Vater war so sparsam, dass er am liebsten gar nichts ausgab. Bei ihrer Mutter war es so, dass sie großzügig war, wenn es um sie selbst ging, aber auch eher zurückhaltend, wenn es um andere ging. Und Chiara wollte solchen Situationen am liebsten ausweichen, indem jeder für sich zahlte, was natürlich innerhalb der Familie auch merkwürdig war.

Aber das war ihr diesmal egal. Als der Vater an der Reihe war, wurde er von der Kassiererin angesprochen: „Und Sie? Welches Ticket brauchen Sie? Wer gehört denn zu ihnen?"

Der Vater sah hilflos erst zu Chiara, dann zu seiner Frau. Chiara reichte es.

„Ihr beiden bezahlt für euch und ich für Leonie und mich."

Die Eltern waren offenbar froh, dass Chiara ihnen die Entscheidung abgenommen hatte. Die Kassiererin, eine Frau mittleren Alters mit einer brünetten Haarpracht und freundlichen braunen Augen, hatte jetzt offensichtlich verstanden, dass die vier zusammengehörten. Sie machte sie darauf aufmerksam, dass man bei einem Familienticket, welches auch für Großeltern galt, fünf Euro sparen konnte.

Als dann der Vater wieder fragende Blicke in die Runde schickte, ergriff Chiara genervt erneut die Initiative. Mit einem leicht gereizt klingenden „Danke, aber es bleibt dabei" klärte sie die zunehmend peinliche Situation. Die Kassiererin sah Chiara an und schmunzelte leicht. Sie hatte es verstanden.

Das Aquarium war wirklich immer wieder ein Vergnügen, obwohl Chiara es schon so oft besucht hatte. Es war von Zeit zu Zeit erweitert und erneuert worden, so dass es immer etwas Neues und Spannendes zu entdecken gab.

Diesmal war eine Abteilung zur Urzeit hinzugekommen, was Chiara begeisterte. Das erste Exponat war ein riesengroßer rundlicher Stein mit unterschiedlich gefärbten Anteilen. Der Texttafel war zu entnehmen, dass dieser Stein zig Millionen Jahre alt war und die unterschiedlichen Färbungen durch versteinerte Bakterien zustande gekommen waren.

Chiara ergriff ein Gefühl von Ehrfurcht, sie fühlte sich wie ein Nichts, wie ein Staubkorn im Universum. Einen Moment lang erschienen ihr alle Sorgen und schwierigen Gefühle unbedeutsam.

Mit großem Interesse sah sie sich auch noch weitere Versteinerungen an. Dabei musste sie an ihren Großvater denken, der auch von Fossilien begeistert war und sie manches mal mit in einen Steinbruch zum „Steinekloppen" genommen hatte. Sie hatte immer noch ein kleines Kästchen, in dem mehrere Haifischzähne lagen, die sie mit ihm aus dem Steinbruch herausgearbeitet hatte.

Erst als Leonie, die immer durch das Aquarium rannte statt zu gehen, wieder zu ihr zurückkam und ihr „Mama, Mama, ein Hai!" entgegenrief, war sie wieder im Hier und Jetzt angekommen.

Chiara ließ sich von ihr zu einem großen Meerwasserbecken führen, welches so angelegt war, dass man als Besucher durch eine Röhre durch das Wasser hindurch ging. Das war immer wieder faszinierend, weil man das Gefühl hatte, dass die Fische und anderen Meerestiere um einen herum schwammen. Dieses Becken gab es schon lange. Neu war jedoch, dass tatsächlich ein mindestens einsfünfzig Meter großer Hai dort seine Runden schwamm. Bisher hatte es nur die kleinen Katzenhaie gegeben.

Chiara stellte sich hinter ihre Tochter, schlang die Arme um sie und gemeinsam beobachteten sie eine ganze Weile lang das Raubtier mit den spitzen Zähnen und dem gefährlichen Gesichtsausdruck. Auch einem riesengroßen Stachelrochen sahen sie beeindruckt zu, wie er mit seinen großen wie Flügel wirkenden Flossen kreuz und quer schwamm.

Chiara wusste nicht, wo ihre Eltern waren, ob sie schon vorgegangen oder noch hinter ihnen waren. Sie genoss einfach die Zeit mit ihrer Tochter und die heilsame Wirkung, die Natur- und Tierbeobachtung auf sie ausübten.

In der Mitte des Aquarium-Rundgangs befand sich ein kleines Café. Als Chiara mit ihrer Tochter dort ankam, saßen die Großeltern bereits dort und nippten an einem Cappuccino.

„Chiara möchtest du auch einen? Ach komm, setz dich doch, ich hole dir einen" bot ihre Mutter ihr an und sprang auch schon auf, um ihr einen Cappuccino zu holen.

Geht doch, dachte Chiara. Es war eher selten, dass ihr Mutter fürsorglich war. Umso mehr genoss sie solche Momente.

Als Chiara saß, spürte sie die Müdigkeit in ihr hochkriechen. Dadurch wurde sie an die Nacht mit Luis erinnert. Es gab so viel Leidenschaft zwischen ihnen, dass sie sich einen Neustart der Beziehung wünschte. Gleichzeitig hatte sie riesengroße Angst davor, wieder zu scheitern.

Die Stimmung beim Abschied war allerdings etwas merkwürdig gewesen. Sie hatte die Erwartung, dass Luis den Wunsch nach einem Neustart der Beziehung ausdrücken würde. Weil sie wusste, dass es ihr selbst nicht möglich war. Er hatte dann nur zum Ausdruck gebracht, er wolle, dass sie ganz vorsichtig miteinander umgingen und sich jetzt nicht einfach wieder in die Beziehung hineinstürzten. Und dass sie mehr über das was zwischen ihnen war, reden würden. Chiara war da nicht ganz mitgekommen. Die vielen Worte hatte sie eher als Distanzierung erlebt. Für sie musste man eine Beziehung fühlen. Worte konnten dieses Gefühl empfindlich stören.

„Na Ari, wo steckst du mit deinen Gedanken? Schmeckt dir denn der Cappuccino?"

Klar, sie hatte vergessen sich für das Getränk zu bedanken, in diesem Punkt war ihre Mutter äußerst aufmerksam.

Nachdem sie den Rundgang im Aquarium beendet hatten, waren

alle ein wenig erschöpft aber guter Laune. Besonders Leonie, die immer wieder von dem Beo sprach, der die letzte Station im Aquarium gewesen war. Sie hatte den grellgelben Vogel lange beobachtet. Dann las sie die Texttafel vor. „Oh, er heißt Beo."

Der Vogel schaute zu ihr, legte seinen Kopf schief und wiederholte dann so laut „Beo", dass Leonie zusammenzuckte. Dann flog er aufgeregt in seinem Käfig umher und wiederholte immer wieder seinen Namen.

Das versuchte Leonie jetzt immer wieder nachzumachen, bis es allen auf die Nerven ging und die Oma „jetzt reicht's aber" sagte.

Auf dem Weg zum einzigen Italiener der Insel fing es an aus großen schwarzen Wolken zu regnen. Chiara und Leonie hatten Jacken mit Kapuzen und setzten diese auf. Ihr Vater zog sein Käppi an. Chiaras Mutter, die Jacken mit Kapuzen hasste, nahm wie immer eine sogenannte „Regenhaube" aus ihrer Handtasche, die sie sich umständlich um das hochgesteckte Haar band. Das sah fürchterlich altmodisch aus, fand Chiara.

Das „Loretta's" war ein kleines, rundliches weißes Gebäude mit großen Fenstern rundherum.

Von innen wirkte es noch kleiner, ein großer und mehrere kleine Tische bedrängten sich gegenseitig, die Raumluft war etwas stickig. Es war noch früh am Abend und das Restaurant war nur zur Hälfte belegt. Doch wenn man genauer hinsah, standen auf den freien Tischen überall „Reserviert"-Schildchen.

„Buonasera. Haben sie reserviert?" fragte eine junge Bedienung mit zu einem Zopf gebundenen schwarzen Haaren.

„Nein, leider nicht. Wir dachten, dass so früh noch ein Tisch frei sein könnte." Klar, dass Chiara mal wieder das Wort ergreifen musste, obwohl sie schließlich reservieren wollte.

„Warten sie einen Moment." Sie ging zu dem Bistrotisch mit dem großen schwarzen Buch, in dem wohl die Reservierungen eingetragen waren.

„Wieviel Personen sind sie? Vier? Der einzige Tisch, den ich ihnen anbieten kann, ist der dort hinten. Der ist eigentlich für drei. Aber sie können sich noch einen Stuhl dazustellen. Leider ist der Tisch aber ab 19.15 Uhr reserviert. Reicht ihnen das?"

„Ja klar" entgegnete Chiara, die es hasste, unter Zeitdruck zu essen, aber schließlich hatten sie keine Wahl.

Sie setzten sich an den eigentlich zu kleinen Tisch. Chiara spürte, wie ihr Stresspegel stieg, als sie sich auf das kleine Bänkchen vor dem Fenster zwängte. Auch ihre Mutter fühlte sich sichtlich unwohl, als sie sich einen Stuhl vom Nachbartisch nahm, ihn an die kurze Seite des Tisches stellte und sich setzte. Chiara hatte jetzt Sorge, dass die Stimmung eskalieren könnte, falls ihre Mutter – was sie ihr zutraute – jetzt anfangen sollte, über die Enge zu schimpfen.

Sie schien sich zusammenzureißen. Bis auf ein paar lautere Seufzer und ein unruhiges Hin- und Herrutschen auf ihrem Stuhl verhielt sie sich ruhig.

Die Stimmung besserte sich, nachdem alle in die Speisekarte geschaut hatten und tatsächlich für jeden etwas Passendes dabei war. Chiara bestellte Nudeln mit Lachs, Leonie und ihr Opa entschieden sich für eine Pizza Salami und Chiaras Mutter wählte eine gemischte Antipasti-Platte. Wie immer betonte sie, dass sie eigentlich kaum Appetit habe und somit dieser kleine Happen genau richtig sei. Chiara war es nicht entgangen, dass ihre „Wespentaille" auf die ihre Mutter immer so stolz war, in den letzten Jahren deutlich plumper geworden war. Anscheinend stimmte das mit den kleinen Happen nicht immer.

„Wie geht es eigentlich Emmy?" fragte Chiara, kurz nachdem sie die Bestellung bei der jungen schwarzhaarigen Bedienung mit dem Zopf aufgegeben hatten. Chiaras Mutter setzte eine ernste Miene auf.

„Es geht ihr ziemlich schlecht. Sie musste erneut ins Krankenhaus, weil der Tumor wieder gewachsen ist. Die Ärzte geben ihr nicht mehr lange."

Chiaras Magen zog sich zusammen. Zum Glück kamen jetzt die Getränke und sie konnte ein paar Schlucke zu sich nehmen. Sie hatte wieder einen Weißwein bestellt, weil der gestern Abend so gut geschmeckt hatte. Der Wein war etwas zu stark gekühlt, ihr Magen zog sich noch mehr zusammen und schmerzte jetzt.

Emmy war Chiaras Großtante, die Schwester von Gisela, ihrer Oma mütterlicherseits. Chiara hing sehr an ihr. Sie wohnte nur wenige Häuser von der Oma entfernt, war früh verwitwet und hatte nur einen Sohn, der in die USA ausgewandert war. Manchmal hatte Chiara das Gefühl, Tochterersatz zu sein, aber das fühlte sich trotzdem gut an.

Emmy konnte vor allem eines: Zuhören. Sie unterhielten sich oft und lange. Meistens auf Emmys Terrasse. Emmy liebte ihre überdachte Terrasse und verbrachte viel Zeit dort. Auch Besuch lotste sie meistens direkt auf die Terrasse. Erst später wurde Chiara klar, dass sie das auch deswegen tat, um von dem Chaos im Haus abzulenken. Schon bevor sie an einem Hirntumor erkrankt war, hatte sie es nicht mehr geschafft, Ordnung in ihrem Haus zu halten.

Innerhalb der Verwandtschaft wurde es dahingehend interpretiert, dass sie weder den frühen Tod ihres Mannes durch einen tragischen Verkehrsunfall noch die Auswanderung ihres einzigen Sohnes verkraftet hatte. Angeblich sei bei ihr früher immer alles „picobello" gewesen.

Emmy war eine einfache Frau. Chiara konnte mit ihr nicht philosophieren oder über komplizierte Dinge sprechen. Aber sie konnte einfach von sich erzählen, ohne bewertet zu werden. Manches mal hätte sie sich einen konkreten Ratschlag gewünscht, aber der war bei ihr nicht zu bekommen. Stattdessen sagte sie oft den Satz „Du machst das schon."

Und jetzt war Emmy todkrank. Daran zu denken fühlte sich wie der Blick in einen Abgrund an.

Chiaras Mutter sprach nicht gerne über Emmy. Offensichtlich war sie ein wenig eifersüchtig, weil ihr natürlich die enge Verbindung Emmys mit ihrer Tochter nicht entgangen war.

„Mama, wo ist das?" Leonie zeigte mit dem Finger auf eines der vielen Fotos, die zwischen den Fenstern an den Wänden hingen. Chiara war froh über diese Ablenkung.

„Das ist alles in Italien. Da wo die leckeren Sachen herkommen, die wir gleich essen werden."

„Mama wann fahren wir endlich nach Italien? Ich will unbedingt dahin, die Bilder sind soooo schön!" Leonie, die links über Eck von ihrer Mutter saß, rückte näher und legte ihren Kopf auf Chiaras Arm. Dann sah sie von unten mit ihren dunkelblauen Augen hoch, sah Chiara bittend an und machte einen Schmollmund. „Bitte, bitte, Mama!"

Anschließend wandte sie sich wieder den Bildern zu und rief „Hey schau mal, da ist ein schiefer Turm!"

„Ja, das ist der schiefe Turm von Pisa" bemerkte Chiaras Mutter als Aufhänger dafür, wieder das Wort zu ergreifen. Sie versuchte dann Leonie davon zu überzeugen, dass ihre Heimat Frankreich eigentlich noch viel schöner sei, dass es da auch einen großen Turm gebe, den Eiffelturm und dass der sogar gerade sei und man dort hinaufgehen könne."

Leonie schien ihr jedoch nicht zuzuhören, sie schaute sich weiter die farbenfrohen, vergrößerten Fotos von Italien an. Chiara freute sich insgeheim, dass die Frankreich-Werbung bei ihr nicht ankam.

Nun wurde das Essen gebracht und es herrschte eine Weile Stille, bis der erste Hunger gestillt war und das Gespräch wieder aufgenommen wurde. Sie sprachen noch über Chiaras Bruder, seine beruflichen Erfolge und seine neue Freundin.

Zuletzt beklagten sich beide Eltern darüber, dass er sich so selten melde und noch seltener vorbeikäme. Chiara wusste warum. Er hatte diese ständigen spontanen Kontaktaufnahmen der Mutter mit den unerfüllten Rückrufankündigungen und die Passivität des Vaters inzwischen so satt, dass er sich zurückgezogen hatte. Allerdings hatte er Chiara auch erzählt, dass ihm der familiäre Kontakt trotzdem fehlte.

Die Lachsnudeln waren herrlich. Die Soße hatte die richtige Konsistenz und Würze, die Lachsstückchen waren zahlreich und knusprig angebraten. Allmählich fühlte sich Chiaras Magen wieder normal an. Die Sättigung und die Wirkung des Weißweins brachten jedoch auch eine überwältigende Müdigkeit mit sich.

Chiara war froh, dass ihre Eltern nach dem Essen noch die letzte Fähre aufs Festland nehmen konnten und sie den Abend alleine mit Leonie haben würde.

Gegen Ende der Mahlzeit fiel ihr wieder das bevorstehende Bezahlchaos ein und um es zu umgehen, sagte sie frühzeitig, als noch alle die letzten Bissen kauten

„Ich lade euch heute ein, schließlich seid ihr extra gekommen." Insgeheim hatte sie auf Widerspruch gehofft, aber der blieb aus.

Sie begleiteten die Eltern noch Richtung Fähranlegestelle. Der Vater sah Leonie an.

„Geht ihr ruhig schon zurück, die kleine Maus ist doch ganz müde." Es folgte ein kurzer Abschied, Chiara hoffte, dass man ihr die Erleichterung nicht anmerkte.

„Schön, dass ihr gekommen sein. Und danke, dass ihr Leonie mitgenommen habt." Wie gut dass die Insel so klein ist, dachte Chiara auf dem Rückweg. Leonie blieb vor Müdigkeit immer mal wieder stehen und es dauerte eine ganze Weile, bis sie am „Märchenhaus" angekommen waren. Die Tatsache, dass das übliche „Nein, ich bin noch nicht müde" von Leonie ausblieb, zeigte, wie erschöpft sie war. Sie kuschelte sich in ihr kleines Beistellbettchen. Dann fiel ihr auf, dass sie ihr Kuscheltier Felix nicht mithatte, ein ziemlich zerfledderter Teddybär.

„Den hat Oma einfach vergessen!" sagte sie traurig. Chiara hatte schon einige dramatische Szenen erlebt, wenn Leonie ihren Teddy vermisste. Deshalb befürchtete sie Schlimmes, versuchte es aber mit „Nimm doch einfach den Till Eulenspiegel, der kann dich wunderbar beschützen." Sie legte den ziemlich harten Till wie ein Kuscheltier in Chiaras Arm.

Zu ihrem großen Erstaunen wurde die Figur scheinbar sofort akzeptiert. Zumindest kam von Leonie kein Widerspruch mehr, als Chiara das Licht ausmachte. Vielleicht war Leonie auch schon eingeschlafen, denn auf ihr „Gute Nacht mein Schatz" reagierte sie nicht mehr.

Chiara ging ins Wohnzimmer und ließ sich auf das Sofa nieder. Ihr kamen die Tränen, ohne dass sie wusste warum. Meistens war dies ein Zeichen von Überforderung. Sie ließ den Tag an sich vorbeiziehen. Eine Mischung aus schönen und anstrengenden Momenten. Das Anstrengende hatte jedoch überwogen. In vielen Situationen hatte sie ihren Ärger heruntergeschluckt. Sie wusste, dass ihr das nicht guttat, sah aber keinen Ausweg. Wenn sie einen einigermaßen harmonischen Tag mit der Familie haben wollte, musste sie Vieles wegdrücken. Schließlich war auch Leonie dabei, die sollte nicht diesen Dauerstress erleben, den sie als Kind erfahren hatte. Aber dieses Wegdrücken hinterließ in ihr ein tiefes Einsamkeitsgefühl, das sie kannte.

Als Kind hatte sie sich oft alleingelassen gefühlt. Zum Beispiel als Billy gestorben war, der Hund, den sie so geliebt hatte. Das passierte kurz vor einem Frankreichtrip zu zweit, den die Eltern geplant hatten. Sie sollte während der Abwesenheit der Eltern mit ihrem Bruder zur Großmutter. Chiara hatte wie ein Schlosshund geweint, aber der Urlaub fand trotzdem statt. Was noch schlimmer war, Emmy war zu der Zeit ebenfalls verreist. So war sie bei ihrer Großmutter, mit der sie wenig Verbindung hatte. Da musste sie auch so viel wegdrücken und hatte sich sehr einsam gefühlt.

Emmy, jetzt fiel ihr wieder ein, dass Emmy bald sterben würde. Sie musste sie unbedingt nochmal sehen. Egal, wie schlimm sich das anfühlen würde.

Auf der Suche nach innerem Halt dachte sie an Luis. Die gemeinsamen Stunden, die Nacht, die Zärtlichkeiten beim Frühstück. Plötzlich durchfuhr es sie wie ein Blitz.

Nein, nein und nochmals nein! Das konnte doch nicht wahr sein! Sie hatte vergessen, sich nochmal bei Luis zu melden! Heute Morgen beim Frühstück hatten sie vereinbart, noch einmal zu telefonieren. Chiara hatte vorgeschlagen, ihn anzurufen, wenn ihre Eltern abgereist waren. Er sagte, dass er nur bis 22 Uhr telefonieren könne, da er am nächsten Morgen um vier aufstehen müsse, um den ersten Zug nach München zu bekommen. Dort fand schon am Vormittag ein wichtiges Meeting statt.

Chiara sah auf die Uhr, es war jetzt schon fast 22.40 Uhr. Vielleicht war er trotzdem noch wach. Sie holte ihr Handy aus der Handtasche. Es hatte sich abgeschaltet, weil das Akku leer war. Und ihr Ladekabel hatte sie in Hannover gelassen. Kurz vor dem Aufbruch ins Aquarium hatte sie noch mit dem Ladekabel ihres Vaters ein wenig aufgeladen, aber das hatte anscheinend nicht lange gehalten. Wie konnte das passieren? Gerade jetzt, wo doch alles auf der Kippe stand und sie beschlossen hatten, vorsichtig miteinander umzugehen.

Chiara war wütend und verzweifelt und wusste nicht wohin mit sich. Zuhause hätte sie in diesem Zustand das getan, was in solchen Situationen oft half: Ausmisten.

Sie lief dann durch die Wohnung und suchte Dinge, die sie wegwerfen konnte. Diese warf sie mit Wucht in einen der noch zahlreich vorhandenen leeren Umzugskartons. Den Inhalt des Kartons schüttete sie dann unsortiert in den Restmüllcontainer. Hatte sie das Pech, dass dieser voll war, packte sie den Karton in ihren großen Fahrradkorb und suchte sich in der Nachbarschaft einen Container, der noch Platz bot. Es hatte wegen dieser Aktionen schon öfter Ärger gegeben. Die „Aufpasser-Spießer" wie Chiara sie nannte, hatten sie mehrfach angesprochen und eindringlich auf die Haus- und Müllordnung hingewiesen, die Mülltrennung vorschrieb.

Hier in der Ferienwohnung konnte sie natürlich nichts wegwerfen. Chiara schnappte sich eines der Sofakissen und prügelte damit auf das Sofa ein. Dabei schimpfte sie halblaut vor sich hin. Gerne hätte sie geschrien, aber sie wollte Leonie nicht wecken.

Das tat sie eine ganze Weile mit aller Kraft. Erst hatte sie das Gefühl, ihre Wut würde noch stärker werden, doch mit zunehmender Erschöpfung ließ sie nach. Irgendwann war sie nicht mehr spürbar. Als sie aufgehört hatte, war sie total verschwitzt und durstig.

Sie trank mehrere Gläser Wasser aus der Leitung, öffnete das Fenster und sah hinaus in die Dunkelheit. Die hereinströmende Kühle tat gut. Sie entschied sich, jetzt einfach schlafen zu gehen. Da fiel ihr ein, dass sie sich am Bahnhof die neueste Ausgabe ihrer Lieblingszeitschrift gekauft hatte. Eine Zeitschrift über wirklich geschehene Verbrechen. Sie liebte die Spannung, die beim Lesen entstand und sie wunderbar von ihren Problemen ablenkte. Das wirkte regelrecht wie ein Reset-Knopf.

Diesmal war das Thema ganz besonders gruselig. Im Artikel ging es um ein Interview mit der Inhaftierten Christiane K. aus Solingen, die wegen Mordes an fünf ihrer sechs Kinder verurteilt wurde. Total unvorstellbar. Und sie beteuerte auch im Interview weiter ihre Unschuld. Angeblich habe ein fremder Mann sie zum Töten der Kinder gezwungen. Chiara musste an Silvia Oldendorf denken. Eine aufregende Woche würde ihr bevorstehen.

16. Kapitel

Chiara atmete tief durch und straffte sich, bevor sie den langen Flur entlangging, an dessen Ende das Untersuchungszimmer lag. Wieder stand ein bewaffneter Beamter vor der Tür. Diesmal war es ein junger Mann mit einem kantigen Gesicht und auffallend vollen Lippen. Chiara musste zugeben, dass die Uniform ihm ausgesprochen gut stand.

Er stand völlig unbeweglich da, doch als Chiara herannahte, weiteten sich seine Augen. Dann verzog sich sein Mund zu einem immer breiter werdenden Lächeln, das am Ende seine perfekten strahlend weißen Zähne freigab. Als sie bei ihm angekommen war, ging er einen Schritt zur Seite und nickte ihr zu. Es war, als wollte er sie aufbauen und ihr Mut machen.

Sie hatte sich entgegen ihrer sonstigen Gewohnheit möglichst förmlich angezogen. Der blaue Businessanzug, den sie trug, war ihr teuerstes Kleidungsstück. Immer wenn sie ihn bisher getragen hatte, erntete sie Lob dafür, dass er perfekt zu ihrer Figur, ihren hellblonden Haaren und blauen Augen passte.

Heute hatte sie ihn jedoch nur für sich selbst angezogen. Die Kleidung sollte sie darin unterstützen, dass sie bewusst in der professionellen Rolle blieb und sich von Silvia Oldendorf nicht einschüchtern oder einwickeln ließ.

Silvia hatte gerade aus dem Fenster geschaut, als Chiara eintrat. Nur langsam drehte sie den Kopf zu ihr.

„Guten Tag, Frau Oldendorf, wie geht es ihnen?"

Chiara ärgerte sich über sich selbst. Schlechter Start. Wieso hatte sie bloß mit dieser typischen Psychotherapeutenfrage angefangen. Es ging hier schließlich nicht um aktuelle Befindlichkeiten.

„Wie soll es mir schon gehen? Schlecht natürlich. Aber sie sind doch bestimmt nicht gekommen, um zu wissen, wie es mir geht."

Da hatte sie recht. Man konnte sehen, dass sie an Gewicht verloren hatte, die Wangen waren regelrecht eingefallen. Die Haare wirkten noch dünner als beim letzten Mal und völlig glanzlos.

„Nein, natürlich bin ich auch gekommen, um noch ein paar Fragen zu klären, die nach unserem letzten Gespräch offen geblieben sind."

Silvia sah sie jetzt aufmerksam an. Dabei fiel Chiara auf, wie blass sie war. Man konnte ihre Gesichtsfarbe nur als aschfahl bezeichnen. Diese Blässe erinnerte Chiara an Emmy nach ihrer ersten Hirntumor-Operation. Jetzt bloß nicht schwach werden. Behalte das Heft in der Hand.

„Frau Oldendorf, sie hatten von ihrem Großvater erzählt, der unberechenbar und gemein sein konnte. Und dass da etwas mit Tieren gewesen war. Als sie das erzählten, merkte man, dass da schlimme Erinnerungen sind. Ich würde gerne wissen, was genau mit dem Großvater und den Tieren war. Bisher hatten sie nur von Ratten und Hasen gesprochen. Was geschah mit denen?"

Chiara war auf das Schlimmste gefasst. Sie rechnete damit, dass Silvia wieder in einen emotionalen Zustand geriet, der zu einem Themawechsel zwang. Aber auch diesmal überraschte sie Chiara.

„Ich habe zwar keine Ahnung, warum sie das interessiert, aber wenn sie es genau wissen wollen: Er hat die Ratten getötet. Das war noch nicht das Schlimmste. Er hat auch die Katzenjungen getötet. Sie waren auch mal ein Mädchen. Vielleicht können sie sich vorstellen, was das für ein Kind bedeutet, wenn man in die kleinen Kätzchen vernarrt ist und sie dann plötzlich weg sind."

Silvia war völlig ruhig geblieben und zeigte keine emotionale Regung. Während des Erzählens hatte sie Chiara fest in die Augen geschaut, fast ohne zu blinzeln. Chiara spürte aber, dass sie dem Entscheidenden auswich und legte nach.

„Wie hat er sie denn getötet?" Jetzt fixierte Chiara sie mit ihrem Blick, um jede Regung wahrzunehmen.

„Er hat die kleinen Kätzchen ertränkt. Einfach in einen Eimer mit Wasser geworfen und dann mit einem Besen sie immer wieder heruntergedrückt." Jetzt musste Silvia doch schlucken und sah zu Boden.

Plötzlich kam Chiara die ganze Situation absurd vor. Da saß sie einer Frau gegenüber, die im Verdacht stand, einen Mord begangen zu haben. Und sie redeten über das Töten von Kätzchen, eine Sache, die in den Dörfern auf den Bauernhöfen durchaus üblich war. Worum ging es hier? Und doch hatte Chiara die feste Überzeugung, dass sie auf einer wichtigen Fährte war. Sie machte einfach weiter.

„Und die Ratten, wie hat er die getötet?"

„Die hat er auch ertränkt", antwortete sie etwas zu schnell und sah weiter zu Boden.

Am liebsten hätte Chiara jetzt erwähnt, was sie von Ali wusste, doch damit hätte sie sich in Teufels Küche gebracht. Sie schwieg einen Moment. Sie musste Zeit gewinnen, um zu überlegen, wie sie jetzt weiter vorging. Silvia kam ihr zuvor.

„Schlimm war, dass ich beim Schlachten der Hasen zusehen musste."

Das kam so schnell aus ihr heraus, dass Chiaras Eindruck war, sie hatte es eigentlich nicht erzählen wollen.

„Er hat sie dazu gezwungen?" Chiara sah jetzt ihre kleine Leonie vor sich und stellte sich vor, sie müsse beim Schlachten eines Hasen dabei sein.

„Ja, er behauptete, dass sei wichtig. Schließlich esse man das Fleisch, dann solle man das auch sehen. Und er hat behauptet, dass würde stark machen."

Chiara lief ein Schauer über den Rücken, sie fand das widerlich. Sie brauchte einen Moment, um sich wieder zu sortieren.

„Aber nicht nur bei den Hasen, auch beim Töten der Ratten und der Kätzchen sollte ich dabei sein. Und er hat mich dabei immer genau angeschaut, wie ich reagiert habe. Anfangs habe ich sehr geweint. Dann hat er mit mir geschimpft. Später konnte ich meine Gefühle unterdrücken, dann hat er mich gelobt."

Chiara was sprachlos. Offensichtlich war der Großvater ein lupenreiner Sadist gewesen. Hat es genossen, die Kleine leiden zu sehen. Wieder stellte sich diese innere Verwirrung bei Chiara ein. Sie empfand großes Mitgefühl mit Silvia und stellte sie sich unwillkürlich als kleines Mädchen vor. Fast hätte sie geweint vor Mitgefühl. Sie konzentrierte sich einen Moment auf ihren Atem, um sich zu beruhigen. Dann stellte sie sich diese Gesprächsszene von außen vor und erinnerte sich noch einmal daran, dass es sich hier um die Begutachtung einer Mordverdächtigen handelte.

Silvia kratzte sich jetzt wieder an den Unterarmen, wie schon im ersten Gespräch. Dabei schaukelte sie ganz leicht vor und zurück. Die Bewegung war so minimal, dass Chiara sie nur durch genaue Beobachtung wahrnehmen konnte. Chiara vermutete, dass es sich bei dem Kratzen in Verbindung mit dem Schaukeln um eine Form der Selbstberuhigung handelte.

Chiara zog innerlich kurz Bilanz. Sie hatte jetzt zwar die Gewissheit, dass Silvia durch den sadistischen Großvater immer wieder traumatischen Erlebnissen ausgesetzt war. Aber es gab noch überhaupt keinen Zusammenhang mit der ihr angelasteten Tat. Wenn sie jetzt nachgab, wäre der ganze Aufwand und das ganze Risiko ihrer Nachforschungen umsonst gewesen.

„Noch mal zu den Ratten. Hat ihr Großvater die wirklich immer ertränkt oder gab es noch andere Arten, sie zu töten? So eine Ratte lässt sich schließlich nicht wie ein kleines Kätzchen einfangen und ins Wasser werfen."

Das war gewagt. Ihr Tonfall war fast ein bisschen vorwurfsvoll gewesen und Silvia musste gemerkt haben, dass sie ihr unterstellte, nicht die ganze Wahrheit zu sagen.

Silvia wirkte schockiert. Erst sah sie Chiara mit großen Augen an. Anschließend verengten sich ihre Augen zu kleinen Schlitzen und ihr hageres Gesicht verzerrte sich.

Dann sprang sie auf, schlug mit der flachen Hand auf den Tisch und schrie:

„Was wollen sie von mir? Warum reden wir hier die ganze Zeit von Ratten? Wollen sie mich quälen oder was?"

Obwohl sofort der Beamte in der Tür stand, schlug sie noch einmal mit der flachen Hand auf den Tisch, dass es nur so schallte. Chiara war sofort vom Tisch abgerückt in der Angst, der nächste Schlag könnte sie selbst treffen. Ihr Herz raste.

Der Beamte fragte, ob sie Hilfe brauchte, oder er im Raum bleiben solle, aber Chiara verneinte. Frau Oldendorf setzte sich wieder.

Chiara hatte trotz des Schrecks ein triumphierendes Gefühl. Frau Oldendorf hatte mit diesem Ausraster gleich zwei Dinge unwillentlich offenbart. Zum einen, wie sehr sie das Thema mit den Ratten mitnahm, zum anderen wie impulsiv und unberechenbar sie war. Und das sogar in einer Situation, in der sie unter direkter Beobachtung stand und wusste, dass alles aufgezeichnet wurde. Es musste dieses trügerische Gefühl von Überlegenheit gewesen sein, das Chiara dazu verleitete etwas zu tun, was sie sich strikt verboten hatte.

„Warum rasten sie so aus? Ich will ihnen sagen warum. Weil sie lügen. Ich könnte mir vorstellen, dass er sie nämlich noch brutaler getötet hat. Vielleicht sogar mit einer Mistgabel."

Chiara war über sich selbst erschrocken. Wie konnte sie nur? Das war hier keine Vernehmung. Sie musste niemanden überführen, das stand ihr nicht zu.

Sie hatte sich selbst jetzt in die Defensive manövriert. Nun nahm sie die Videokamera in der Raumecke gegenüber wahr, welche sie die ganze Zeit ausgeblendet hatte.

Silvia sah sie länger an. In ihrem Blick war jetzt keine Wut mehr, sondern eher Hass.

Dann Misstrauen. Dann Resignation. Sie sah eine Weile aus dem Fenster. Der bedeckte Himmel draußen hatte eine ähnliche Farbe wie ihr Gesicht. Dann schien sie nachzudenken.

Während Chiara sich noch von dem Schreck über ihre eigenen Worte erholte, ergriff Silvia das Wort.

„Sie sind so durchsichtig, und das als Psychiaterin. Mir war klar, dass sie bei dem zweiten Termin bei meinem Großvater nachbohren würden. Und sicher wollten sie auch noch nachfragen, warum ich meinen Vater nicht mochte. Für ihr Protokoll: Auch er konnte sehr gemein sein, das hatte er wohl von seinem Vater übernommen. Aber nicht mit Tieren, mehr so auf der Psycho-Ebene. Abwertende Sprüche und so."

Sie machte eine kurze Pause, doch ehe Chiara darauf eingehen konnte, fuhr sie fort.

„Und das muss ihnen jetzt reichen. Mehr werde ich nicht erzählen, da können sie noch so sehr nachbohren. Das reicht doch bestimmt, damit sie ein schönes Bild von meiner kranken Persönlichkeit zeichnen können, oder?"

Sie schien selbst zu merken, dass sie sich schon wieder in Rage redete und verstummte. Mit dieser Aussage hatte sie sich natürlich nicht gerade als kooperativ erwiesen. Sie schien das Risiko in Kauf zu nehmen, dass ihr das angelastet werden könnte.

Es folgte ein längeres Schweigen. Chiara fühlte sich wie mit dem Rücken zur Wand.

Und es war ihre eigene Schuld, dass sie dort gelandet war. Hätte sie sich doch bloß zurückgehalten und verständnisvoll auf den Wutausbruch von Silvia reagiert. Vielleicht hätte sich ihr Gegenüber dann noch mehr geöffnet und sie hätte wesentlich mehr Informationen erhalten. Aber war es nicht auch einfach menschlich, dass man nach so einem bedrohlichen Ausbruch selbst unter Strom stand und die Kontrolle verlor?

Jetzt hatte sie dicht gemacht. Aber es musste Silvia auch klar sein, dass sie nicht ohne Folgen einen Begutachtungstermin einfach abbrechen konnte. Also entschied sich Chiara dafür, jetzt wieder auf Verständnis umzuschalten, ihr Zeit zu geben und sich dann einfach anderen Themen zuzuwenden.

„Es tut mir leid, dass ich so viele schmerzhafte Themen ansprechen muss und ich kann verstehen, dass sie das emotional mitnimmt. Trotzdem wollte ich nochmal auf ihre Beziehung zu Ted zurückkommen. Seine Exfrau ist ausführlich befragt worden. Im Gegensatz zu ihnen, gab sie an, dass *sie* sich getrennt hatte, weil Ted immer wieder Affären hatte. Angeblich habe er dann seinen Geliebten immer Hoffnung darauf gemacht, dass er sich von seiner Frau trennen würde. Das habe er dann aber immer hinausgeschoben. Er schien Gefallen daran zu haben, dass die Frauen litten. Das konnte manchmal Jahre so gehen, bis sie völlig runter waren. Getrennt habe er sich nie. Seiner Exfrau habe er auch immer Hoffnung gemacht, dass das mit den Affären nur so eine Lebensphase sei, die er irgendwann überwinden würde."

Chiara verknüpfte bewusst keine Frage mit ihrer Schilderung. Sie wollte einfach nur beobachten, wie Silvia darauf reagierte.

Silvia knetete ihre Hände. Beim Betrachten fiel Chiara auf, dass ihre Fingerkuppen bläulich verfärbt waren.

„Wie ich ihnen schon sagte, wollte ich sowieso an meiner Ehe festhalten. Es stimmt, dass Ted immer mal wieder antestete, ob ich mir denn mehr vorstellen könnte."

„Und? Gab es denn solche Wünsche auch bei ihnen?"

Das war wieder dünnes Eis. Schließlich hatte Chiara diese Frage schon beim ersten Termin gestellt und Silvia hatte sie klar verneint.

„Es war merkwürdig. Die ganze Zeit versuchte er, mich zu bearbeiten mit gemeinsamer Zukunft und so. Aber als ich dann eine Phase hatte, als es gerade mit Josef sehr schwierig war, wo doch mal Gedanken aufkamen, wie es wäre, wenn Ted und ich was Ernstes draus machen würden, da kippte es bei ihm."

Ihr Gesichtsausdruck wurde jetzt härter und ihre Stimme etwas lauter. Silvia sah Chiara jetzt direkt in die Augen. Sie schien regelrecht auf weitere Nachfragen zu warten.

Chiara spürte, dass jetzt die Tür einen Spalt aufging, Silvia bereit war, mehr zu erzählen. Sie versuchte möglichst sachlich und ruhig zu bleiben, innerlich bebte sie jedoch vor Spannung.

„Was meinen sie mit ‚es kippte bei ihm'?"

„Da war er sich dann plötzlich nicht mehr so sicher. Hatte er vorher noch beteuert, er wäre sofort bereit, mit mir zusammenzuziehen, so zweifelte er plötzlich an unserer Zukunft. Das ist ja alles noch einigermaßen normal."

Silvias Spannung stieg wieder, sie blickte unruhig hin und her, blinzelte nervös und knetete wieder ihre Hände.

„Da gab es noch andere Dinge, die nicht normal waren?" Jetzt bloß vorsichtig sein, sonst ist die Tür wieder zu. Chiara sprach jetzt bewusst leise.

„Ja, es gab immer wieder Phasen, in denen er sehr unfair wurde." Silvias Ton passte sich der leisen Stimmlage von Chiara an.

„Wie meinen sie das?"

Beide Frauen neigten sich nun leicht nach vorne, um einander besser zu verstehen.

„Er machte dann so Nähe-Distanz-Spielchen. Mal waren wir uns ganz nahe, dann ignorierte er mich eine Weile. In diesen Phasen ging es mir immer sehr schlecht. Es fühlte sich dann so an, als würde er mich weichkochen. Bis ich irgendwie angekrochen kam, um zu fragen was denn sei und um seine Nähe zu betteln."

Chiara hatte tausend Fragen und Vermutungen, biss sich aber auf die Lippen. Sie wollte verhindern, dass die Tür wieder krachend ins Schloss fiel.

„Ich weiß, was sie jetzt denken. Nein, das eine ist, dass nicht alles gut war zwischen uns. Aber das heißt noch lange nicht, dass man deswegen jemand etwas antut. Ich habe ihn sehr geliebt."

Beim letzten Wort verzog sie das Gesicht und verbarg es dann schluchzend in ihren Händen.

Chiaras Gedanken ratterten. Auf dem Hintergrund von Silvias Kindheitserfahrungen mit einem sadistischen Großvater wäre es durchaus erklärbar, warum sie auf gemeine Beziehungsspielchen unkontrolliert reagiert. Als Kind konnte sie sich nicht zur Wehr setzen, als Erwachsene schon. Es wäre sogar denkbar, dass sie sich in der Person von Ted auch stellvertretend an ihrem Großvater hatte rächen wollen. Und vielleicht sogar an ihrem Vater, der ihren Angaben zufolge auf der Psycho-Ebene ebenfalls abwertend wenn nicht gar sadistisch war. Wahrscheinlich war Silvia sich dessen gar nicht bewusst, wieviel sie jetzt preisgegeben hatte.

Silvia zog ein Papiertaschentuch aus ihrer Hosentasche und tupfte ihr blasses Gesicht trocken. Chiara hatte sich fest vorgenommen, auch noch mehr über die Ehe von Frau Oldendorf zu erfahren. Allerdings zweifelte sie daran, ob sie jetzt noch weiter fragen könne. Sie wollte so vorsichtig wie möglich sein, um nicht wieder einen Wutanfall oder Dichtmachen zu triggern.

„Ich sehe dass sie sehr betroffen sind. Trotzdem möchte ich ihnen noch eine Frage zu ihrer Ehe stellen. Sie haben letztes Mal erzählt, dass ihr Mann immer mit Rückzug in die Arbeit reagierte, wenn es in der Beziehung Spannungen gab. Hat ihnen das viel ausgemacht?"

Chiara hatte sich am Tag vor der zweiten Begutachtung intensiv vorbereitet. Sie hatte ihre Aufzeichnungen nochmal durchgesehen. Dabei war ihr die Fantasie gekommen, dass es möglicherweise parallel in beiden Beziehungen zu einer Eskalation gekommen war, aus der Silvia keinen Ausweg sah. Die Bedrohung, von beiden Männern verlassen zu werden hätte ihr den Boden unter den Füßen wegziehen können. Außerdem hatte Chiara brennend interessiert, ob nur eine Beziehung sadistische Züge trug oder beide, was für die Stärke des Musters sprechen würde.

„Ja, das hat mir immer sehr viel ausgemacht. Er wusste das. War er auf Dienstreise, hat er sich dann tagelang nicht gemeldet. Obwohl ich ihm oft gesagt habe, dass sich das für mich wie ‚Höchststrafe' anfühlte. Und er wusste auch, dass ich nicht gut alleine sein konnte, dann zu Angstzuständen neigte."

Jetzt wurde Silvias Stimme wieder kräftiger, sie war offensichtlich wütend. Chiara fiel auf, dass sie im Gegensatz zum letzten Termin selbst bei wütender Emotion keine Farbe im Gesicht hatte.

Jetzt fühlte Chiara wieder eine Welle von Mitgefühl. Wie ungerecht war es, dass es manchen Menschen anscheinend verwehrt war, eine gute Beziehung zu führen. Warum nur waren bestimmte schlimme Erfahrungen so prägend, dass sie eine Kette von weiteren negativen Erfahrungen nach sich zogen? Und sie selbst? Gehörte sie auch dazu? War sie auch dazu verdammt, dass es immer schiefgehen musste mit ihren Beziehungen?

Zum Glück gab es auch Beziehungen, die stabil waren. Zum Beispiel die Beziehung zu ihrer Tochter. Dieser Gedanke gab ihr ein wenig Halt.

Silvia war zwischenzeitlich in sich zusammengesackt, so als würde sie gleich einschlafen.

„Haben sie eigentlich noch Beziehungen zu dem Reitstall von früher in – wie hieß der Ort noch – Selbach?"

Das stand so nicht auf dem Programm, das war einfach Chiaras Neugier entschlüpft.

Silvia war plötzlich wieder wach. Sie sah ihr Gegenüber misstrauisch an. Chiara spürte, wie sie errötete.

„Warum wollen sie das wissen? Das ist viele Jahre her. Was hat das mit meiner Psyche zu tun?"

Chiara hielt es für besser einfach zu schweigen.

„Ich habe noch Kontakt zu John, einem Pferdebesitzer. Dessen Wallach hat denselben Zuchthengst zum Vater wie meine Stute, die ich mir in Hamburg gekauft habe. Wir haben uns dort bei einem Tag der offenen Tür im Gestüt wiedergesehen und haben uns danach hier und da geschrieben."

Chiara war total überrascht, dass Silvia ihre Frage trotz der anfänglichen Abwehr beantwortet hatte. Doch dann wurde ihr plötzlich mulmig zumute. Sie spürte den Wunsch, in Ruhe darüber nachzudenken, was diese Information bedeutete. Aber dafür war mitten im Gespräch keine Zeit.

Sie wechselte dann nochmal das Thema, um mehr Informationen über die körperlichen Übergriffe des Bruders zu bekommen. Wie beim ersten Gespräch wirkte Silvia bei der Schilderung von schockierenden Prügelszenen völlig emotionslos. Wieder verharmloste sie die Ereignisse und äußerte Verständnis für die Probleme des Bruders und Mitleid mit seinem ‚verpfuschten Leben'. Hier war Chiara nun keinen Millimeter weitergekommen.

Am Ende verabschiedete sich Chiara von Silvia Oldendorf und spürte dabei eine große Traurigkeit. Was auch immer die Wahrheit war, Silvia, deren Leben bis hierher schon schwer war, würde noch schwerer werden.

Als sie den Raum verließ, blickte sie noch einmal kurz zurück. Silvia schaute aus dem vergitterten Fenster, genauso, wie Chiara sie zu Beginn des Termins angetroffen hatte.

Wie immer nach solchen Terminen fühlte Chiara eine große Erleichterung und ging erst einmal auf Toilette, um sich ein wenig frisch zu machen. Als sie in den Spiegel blickte, nahm sie wahr, dass sie am Morgen wohl vergessen hatte, ihre Ränder unter den Augen mit etwas Schminke abzudecken. Sie sah ziemlich übernächtigt aus.

Das brachte die auffallende Blässe von Silvia in Erinnerung. Sie verließ die Toilette, setzte sich auf eine der harten Holzbänke auf dem Flur und schrieb mit ihrem Handy eine Nachricht an Herrn Hilke. Der war hier im Untersuchungsgefängnis für Silvia Oldendorf zuständig und mit dem hatte Chiara schon vor dem Termin einiges abgesprochen. Sie schrieb, dass ihr bei der Begutachtung eine extreme Blässe und bläuliche Fingerverfärbungen bei der Inhaftierten aufgefallen waren und sie eine zeitnahe ärztliche Untersuchung inclusive Blutbild bei ihr für dringend erforderlich halte.

17. Kapitel

Der Geruch der in Olivenöl mit Knoblauch gerösteten Weißbrotwürfel hatte Leonie in die Küche gelockt. Mit ihren zerzausten blonden Locken stand sie in der Tür und beobachtete ihre Mutter, die sie wegen des Rauschens der Dunstabzugshaube nicht bemerkt hatte.

„Hey Mama, warum guckst du so ernst?"

Jetzt sah Chiara auf und stellte den Abzug auf eine deutlich leisere Stufe herunter. Dann nahm sie Leonie in den Arm.

„Guten Morgen mein Goldlöckchen. Ich hab dich einfach mal ausschlafen lassen, musste aber schon mal anfangen, die Sachen für die Party vorzubereiten. Was möchtest du frühstücken?"

„Das kannst du dir doch denken!" sagte sie keck und sah in Richtung der Pfanne mit dem gerösteten Weißbrotwürfeln.

„Knoblauch zum Frühstück? Na gut, wenn du das möchtest. Ich mache dir eine Brotwürfeltüte, wie immer."

Der italienische Brotsalat fehlte nie auf Chiaras Salatbüffet. Und Leonie war immer scharf auf die frischen noch warmen Knoblauchbrotwürfel. Chiara nahm eine Pausenbrottüte aus dem Schrank und schaufelte ein ordentliche Portion der Würfel hinein.

„Na dann lass dir dein Knoblauchfrühstück mal schmecken. Ich mache mir einen Kaffee und setze mich dazu."

„Nein, Mama, ich möchte heute mal ganz alleine auf dem Balkon frühstücken", sagte sie, drehte sich mit ihrer Tüte um und ging Richtung Balkon.

„Na schön, dann guten Appetit" rief Chiara ihr hinterher. Das war ihr ganz recht, denn eigentlich hatte sie keine Zeit für eine Pause. Es war schon später Vormittag und am Abend würden die Gäste ab achtzehn Uhr kommen. Obwohl sie schon seit sieben Uhr auf den Beinen war, hatte sie noch einiges vorzubereiten. Ein italienischer Nudelsalat mit dreifarbigen, schmetterlingsförmigen Farfallenudeln, Cocktailtomaten und gerösteten Pinienkernen stand schon fertig im Kühlschrank. Ebenfalls eine Platte mit Antipasti, bestehend aus im Ofen gegrilltem Gemüse, großen mit Mandeln gefüllten OIiven und karamellisierten kleinen Zwiebeln. Für den Brotsalat mussten jetzt auch nur noch die Würfel abkühlen, bevor Chiara sie untermischen konnte.

Jetzt würde sie sich gleich an die Bratlinge machen. Geplant war eine große Platte mit kleinen Hackfleischbällchen, sowie eine mit kleinen Falaffelbällchen. Dazu zwei Dips, einen aus Pannacotta mit kleingeschnittenen in Öl eingelegten getrockneten Tomaten und den zweiten aus Pistazienpesto mit ein paar Löffeln von Chiaras selbstgemachtem Joghurt.

Den Nachtisch hatte Mette übernommen. Sie war im Freundeskreis die Tiramisu-Zauberin. Besonders die ungewöhnlichen Varianten wurden dann immer von allen bewundert. Chiara hatte sich von ihr Erdbeertiramisu gewünscht. Sie bestand darauf, dass das dann das Geschenk sei und Mette auf keinen Fall noch etwas dazu schenken dürfe.

Dann würde sie noch die Gartenmöbel säubern sowie zusätzliche Stühle aus dem Keller holen. Leonie würde ihr sicher gerne bei der Deko helfen. Sie könnte die kleinen Lampions in die Büsche hängen und ein paar der kleinen roten Röschen in Vasen verteilt auf den Tischen platzieren. Ein Problem waren die Getränke. Der Kühlschrank war voll mit Salaten und Platten, nur im Seitenfach könnte sie noch drei, vier Flaschen zum Kühlen unterbringen. Vielleicht hätte sie das Glück, im völlig überfüllten und chaotischen Kellerraum noch die alte Kühltasche zu finden, um darin zusätzliche Flaschen kühlen zu können.

Hoffentlich wäre das alles zu schaffen. Zumindest war Chiaras Stimmung heute wieder im Lot und sie freute sich trotz aller Arbeit auf das Zusammensein mit ihren Freunden.

Gestern war ein schwarzer Tag gewesen. Der Gutachtentermin am Donnerstag hatte viel Energie gekostet. Auf ihrem Spaziergang danach war ihr erst die Tragweite ihres Fehlers klargeworden. Sie war aufgetreten wie eine Polizistin bei einer Vernehmung, das konnte Folgen haben.

In Panik hatte sie dann Mirko angerufen, einen Kollegen, der lange in der Forensik gearbeitet hatte und eine Spezialisierung für psychiatrisch-forensische Gutachten besaß. Sie hatte ihn gefragt, wie das sei mit der Kameraaufzeichnung, ob sich die jemand genau ansehe und ihr einen Strick aus ihrem Vorgehen drehen könnte.

Das Problem war, dass sie diese Frage nur Mirkos Mailbox stellen konnte. Es hatte bis gestern Mittag gedauert, bis der Rückruf erfolgt war. Dann kam die ersehnte Entwarnung. Die Kamera, die bei einer Begutachtung lief, diente lediglich Sicherheitszwecken. Der Inhalt durfte nicht verwertet werden. Was inhaltlich zählte, war allein das von dem Untersucher verfasste schriftliche Gutachten.

Aber das war vielleicht das kleinere Problem. Die Tatsache, dass Silvia berichtete, noch Kontakt zu John zu haben, hatte Chiara schockiert. Sie konnte sich noch gut an John erinnern. Ein Typ wie ein Bär, groß, sehr kräftig, rundliches, etwas grobes Gesicht und eine so sonore Stimme, dass man sich auch nach Jahren noch daran erinnerte. Aber insgesamt ein sympathischer Mensch. Sie konnte sich kaum vorstellen, wie er dazu kam, mit Silvia in Kontakt zu sein. Nach ihrem Empfinden passte das überhaupt nicht.

Woran sie sich auch noch ziemlich genau erinnern konnte, war, dass er viel Kontakt mit Ali hatte. Auf dem Spaziergang um den Maschsee, den Chiara gestern machte, sickerte es allmählich in ihr Bewusstsein, was das bedeuten konnte.

Wenn John immer noch im Selbacher Verein ritt, wovon bei einem so bodenständigen Typen wie ihm fast auszugehen war, dann hatte er immer noch mit Ali Kontakt.

Gut möglich, dass Ali ihm sogar von seinem Treffen mit ihr im Piazza und Chiaras Anliegen erzählt hatte. Es könnte natürlich sein, dass John den Kontakt zu Silvia Odendorf abgebrochen hatte, nachdem er erfahren hatte, dass sie unter Mordverdacht stand.

Und sie hatte sich dann gefragt, ob jemand, der im Untersuchungsgefängnis saß, überhaupt Handykontakte mit anderen haben durfte. Wie wenig sie doch wusste!

Voller Angst hatte sie die Maschseerunde im Laufschritt beendet und war anschließend nachhause geradelt, um dann nochmal bei Mirko anzurufen. Mit seiner für ihn typischen stoischen Ruhe hatte er sie beruhigt mit der Information, dass es in U-Haft natürlich nur überwachte Kontakte gebe.

Das hatte sie jedoch nicht nachhaltig beruhigen können. Wie eine fixe Idee kam ihr immer wieder die Frage in den Sinn, was denn wäre, wenn Silvia erfahren hätte, dass sie von Ali die Information über den „Rattenvorfall" in Selbach hatte. Nur mit Mühe hatte sie gestern der Versuchung widerstehen können, bei John anzurufen.

Gerade noch rechtzeitig wurde ihr klar, dass sie sich immer mehr in die Sache verstricken würde. Sollte alles ans Tageslicht kommen, würde sie mit der neuerlichen Aktion alles noch viel schlimmer machen. Also musste sie nun mit dem übrig gebliebenen Zweifel leben.

Abends alleine zuhause – bevor Tim Leonie vorbeibrachte – kochte das Ganze in ihr dann noch mal so richtig hoch. Ihre Fantasien galoppierten davon bis hin zu der Befürchtung, Silvia habe es erfahren, habe Kontakte zu kriminellen Kreisen und wolle sich jetzt an ihr rächen.

Wie abwegig das war, wurde ihr erst klar, als sie einen ganz normalen Abend mit Leonie hatte und allmählich wieder in der Realität des Hier und Jetzt angekommen war.

Sie hatte sich darauf gefreut, heute viel in der Küche zu werkeln, denn das war die perfekte Ablenkung und Erdung. Spätestens heute Abend, wenn ihre Freunde kämen, würden die letzten verbliebenen Gedanken an den Schlamassel verblassen.

Luis hatte ihr zwar angeboten, sie bei der Vorbereitung der Gartenparty zu unterstützen, doch sie hatte abgelehnt. Das hatte zwei Gründe gehabt. Zum einen wollte sie die Vorbereitungsarbeiten zum inneren Abschalten nutzen. Das funktionierte bei ihr nur, wenn sie alleine war. Zum anderen wollte sie klarstellen, dass es ihre Feier war und er Gast war. Schließlich befanden sie sich immer noch in einer Phase, die man am ehesten „Wiederannäherung" nennen könnte. Er hatte das als Ablehnung erlebt und ihr übel genommen. Wie unberechenbar er doch manchmal war. Der vergessene Anruf auf Spiekeroog, den Chiara sich nicht verzeihen mochte, hatte er total gelassen genommen. Aber dass er nicht helfen durfte, kränkte ihn. Männer.

Chiara gab das Hackfleisch, das sie wegen der Hitze gestern vorsichtshalber eingefroren hatte, in die Schüssel. Nachdem sie Gewürze, die kleingeschnittene Zwiebel, das Ei und Semmelbrösel hinzugeben hatte, begann sie das Ganze mit den Händen zu vermischen. Verdammt, es war noch so kalt, dass ihre rechte Hand zu schmerzen begann. Sie hielt die Hand hoch, um den Schmerz zu lindern. Dann sah sie auf die Uhr, sagte sich „Sorry Ari, da musst du durch" und knetete tapfer weiter.

Als es um viertel vor sechs klingelte, sah Chiara aus dem Küchenfenster. Man konnte von dort aus sehen, wer vor der Tür stand. Es war Liz, eine von Chiaras engsten Freundinnen. Eigentlich hatte Chiara damit gerechnet, dass Luis als erster kommt. Anscheinend wollte auch er jetzt ein Zeichen setzen, nachdem sie ihn – in seinen Augen – zurückgewiesen hatte. Wie sehr Chiara doch diese Spielchen hasste, obwohl sie auch Teil des Spiels war.

Liz war wie immer überpünktlich. War man mit ihr verabredet, war es kaum möglich, ihr zuvorzukommen. Das konnte manchmal nerven. Aber Chiara bewunderte es auch und verzieh ihr diese Macke. Überhaupt verzieh Chiara ihr fast alles. Weil sie mit ihr schon durch Dick und Dünn gegangen war. Ihr herzliche Art, ihre Wärme, ihre Fähigkeit zuzuhören, hatten sie schon oft in Tiefpunkten aufgefangen.

Das einzige, was Chiara manchmal störte, war die Tatsache, dass Liz die Neigung hatte, sich selbst ein wenig zu vernachlässigen. Das sah man auch. Nicht dass sie ungepflegt wäre, im Gegenteil, aber sie war stark übergewichtig. Schon seit Jahren sprach sie davon, mit Sport anfangen zu wollen, aber immer kam etwas dazwischen. Meistens musste sie wieder Probleme lösen, die mit ihrer Herkunftsfamilie zusammenhingen. Aus Chiaras Sicht ein asozialer Haufen aus Menschen, die sich durch Liz' Hilfsbereitschaft am Leben hielten. Klar, dass sie nicht dazu kam, sich um sich selbst zu kümmern oder gar eine Partnerschaft aufzubauen. Liz ertrug das tapfer, ohne groß zu lamentieren. Nachdem sie wahrgenommen hatte, wie sehr Chiara sich über die Familie aufregte, erzählte sie nur noch wenig davon.

Die beiden kannten sich schon seit Studienzeiten. Liz war in ihrer Familie die erste gewesen, die studiert hatte, und musste im Studium ganz schön kämpfen. Sie hatten eine Weile auch in einer WG miteinander gewohnt. Viele Stunden hatten sie dort auf der Dachterrasse gesessen und über Gott und die Welt gelästert. Vor allem über die dritte Person in der WG, einen Studenten, der vor Arroganz nur so strotzte.

„Hi Chiara, schön dich zu sehen!"

Die beiden umarmten sich an der Eingangstür. Chiara ging einen Schritt zurück und betrachtete ihre Freundin von oben nach unten. Sie war braun gebrannt und hatte ein blassblaues Sommerkleid an, das die überschüssigen Pfunde geschickt verbarg. Als Kontrast trug sie dazu – alles in knalligem Rot – Lippenstift, Kette und elegante Schuhe mit einem hohen Absatz.

„Hi Lizzy, du siehst gut aus!"

Liz betrachtete Chiara ebenfalls, sie wollte auch etwas Positives sagen, doch sie zögerte.

„Nein, keine Sorge, so bleibe ich nicht. Ich bin noch nicht umgezogen. Du bist zu früh, meine Liebe" sagte Chiara in gespielt tadelndem Ton.

„Tut mir leid, vielleicht kann ich es hiermit wiedergutmachen."

Liz hielt ihr eine Pralinenschachtel hin. Chiara nahm sie an sich und betrachtete sie intensiv.

„Wahnsinn, deine Pralinen werden immer professioneller. Diesmal sieht sogar die Packung super edel aus. Du solltest eine Firma gründen und die Dinger verkaufen."

„Man kann solche Packungen im Internet bestellen, aber die Beschriftung und das Coverbild sind natürlich von mir. Wo ist eigentlich die kleine Maus? Kann ich dir bei irgendetwas helfen?" fragte Liz und schaute in die Küche, die ziemlich chaotisch aussah.

„Nein, danke. Ich muss mich jetzt schnell umziehen. Leonie ist in ihrem Zimmer" rief Chiara ihr auf dem Weg Richtung Schlafzimmer zu.

Sie stand vor ihrem Kleiderschrank und konnte sich nicht entscheiden, was sie anziehen sollte. Sie wählte das knallrote, schulterfreie Kleid. Dazu wollte sie denselben Kontrast wählen wie Liz, nur umgekehrt. Zum roten Kleid würde sie ihre Kette aus hellblauen kleinen Steinchen tragen, sowie die blauen Pumps. Nachdem sie sich das Kleid übergestreift hatte, betrachtete sie sich von allen Seiten im Ganzkörperspiegel, der neben dem Kleiderschrank hing. Ihr fiel ein Kommentar ihrer Mutter zu diesem Kleid ein.

„Schöne Farbe. Aber da müsste mehr drin stecken, vor allem vorne." Chiara, die das Kleid damals das erste Mal getragen hatte, war sauer gewesen. Sie hatte widersprochen und selbstbewusst vertreten, dass sie es wunderbar passend für ihre Figur fand. Zu dumm, dass solche kritischen Sprüche trotzdem irgendwie hängenblieben.

Sie richtete sich vor dem Spiegel auf und setzte eine selbstbewusste Miene auf. Dann presste sie laut ein „Ph" hervor und versuchte mit einer wegwerfenden Handbewegung diesen Spruch der Mutter hinter sich zu lassen.

Als sie aus dem Schlafzimmer kam, hörte sie, dass Liz sich mit Leonie im Kinderzimmer unterhielt. Beim Blick in die Küche sah sie, dass ihre Freundin in Windeseile die Küche grob aufgeräumt hatte. Sie musste schmunzeln. Typisch.

Es klingelte wieder. Als sie aus dem Küchenfenster auf den Eingang sah, nahm sie enttäuscht wahr, dass es wieder nicht Luis war.

Ihre Kollegin Nora stand vor der Tür. Von oben sah man nur ihre schwarzen Haare, die sie heute hochgesteckt hatte. An den Seiten fielen ein paar gelockte Strähnen heraus.

„Hallo Chiara, du siehst klasse aus, geiles Kleid." Nora hatte Jeansshorts an. Die waren so kurz und betonten so unverschämt ihre braunen makellosen Beine, dass Chiara wünschte, Luis möge sie nicht zu Gesicht bekommen. Verdammte Eifersucht.

Jetzt kamen auch Liz und Leonie aus dem Kinderzimmer und begrüßten Nora. Liz kannte Nora von den Feiern bei Chiara. Liz war Hausärztin, hatte eine große Praxis im Zentrum von Hannover.

„Sören kommt übrigens nach, der hat noch Notdienst." Chiara kannte den Kinderarzt Sören, den neuen Freund von Nora noch nicht, hatte ihn jedoch aus Höflichkeit und auch aus Neugier mit eingeladen.

Sofort hatten Nora und Liz ein Gesprächsthema, die Notdienste, die den Niedergelassenen aufgedrückt wurden und die von allen verhasst waren.

„Ich brauche jetzt eure Hilfe" unterbrach sie Chiara. „Wenn jeder mit anpackt, können wir jetzt alles in den Garten bringen."

Sie verteilte Salatschüsseln, Platten, sowie einen Korb mit Baguettes, Servietten, Geschirr und Besteck. Sie selbst griff die mit den Getränken befüllte Kühltasche.

Auf dem Weg in den Garten befestigte sie noch einen Zettel am Klingelschild mit der Aufschrift „Liebe Gäste, bitte direkt in den

Garten kommen". Und für Sören, den einzigen, der noch nie bei ihr war, zeichnete sie auf dem Zettel auch noch einen Pfeil zum Garten. Gemeinsam mit den Gästen baute Chiara das Buffet auf dem kleinen Gartentisch auf. Leonie hatte am Nachmittag mit Begeisterung dekoriert. Auf dem größeren der beiden Gartentische, der heute als Esstisch dienen sollte, hatte sie kleine Vasen mit abgeschnittenen roten Heckenröschen platziert, sowie einen Stapel mit Servietten unterschiedlicher Farben. In der Mitte des Tisches standen Wasser-, Wein- und Sektgläser. Leonie hatte die Idee gehabt, zwei Sektkelche mit buten Weingummis zu füllen und ebenfalls zu verteilen. Nicht ganz uneigennützig, denn ein Teil der Deko verschwand auf wundersame Weise.

Während sich Chiara mit ihren Gästen unterhielt, schielte sie immer wieder zum Garteneingang und hoffte, Luis würde bald kommen. Doch als nächstes kam Joschka.

Er war fast einsneunzig, spielte in seiner Freizeit Basketball, entsprechend durchtrainiert war sein Körper. Er war sehr sportlich angezogen, das T-Shirt sah fast aus wie ein Basketballtrickot, die khakifarbene Hose war knielang, er trug Turnschuhe.

Sie reagierte immer auf die gleiche Weise auf das Erscheinen von Joschka. Zuerst erschrak sie sich ein wenig, dann kam ihr sofort die Frage in den Sinn, die in alle Ewigkeit ungelöst bleiben würde: War die Tür eigentlich abgeschlossen gewesen?

Es war schon einige Jahre her, sie befand sich gerade am Ende einer ihrer beiden energieraubenden On-Off-Beziehungen. Bei einem Kaffee in der Eisdiele nahe der Klinik, in der sie nach einem Nachtdienst noch ein wenig mit Joschka plauderte, hatte der Kollege ihr völlig überraschend gestanden, dass er in sie verliebt sei. Chiara fühlte sich dermaßen überrumpelt, dass sie vor lauter Schreck ihm einen Kuss auf den Mund gab. Danach fühlte sie immer eine erotische Spannung, wenn sie ihm begegnete, die sie vorher überhaupt nicht wahrgenommen hatte. Das ging so eine Weile, bis es dann irgendwann zu einer Begegnung der besonders intensiven Art kam, und zwar am hellichten Tag in seinem Arztzimmer.

Chiara vermied es meist, daran zu denken. Nicht weil es unangenehm war, im Gegenteil. Sondern weil dann wieder die bange Frage auftauchte, ob denn die Tür verschlossen war. Seit neuestem gesellte sich auch noch die Frage dazu, ob denn wirklich niemand ins Fenster blicken konnte. Obwohl das Ganze sich an der Offenbarung seiner Verliebtheit entzündet hatte, empfand Chiara doch ein wenig Enttäuschung, als sie erfuhr, dass er heiraten würde und seine Freundin ein Kind erwartete. Zumindest hatte sie damals durch Joschka den Mut gewonnen, sich von Gregor zu trennen, was überfällig gewesen war. Joschka besann sich dann doch auf seine ehelichen und väterlichen Pflichten und beide gingen sich lange aus dem Weg. Eine Wiederannäherung gab es, weil sie beide gemeinsam zu Assistentensprechern gewählt worden waren und sich öfter austauschen mussten. Chiara hätte es erst nicht für möglich gehalten, aber es war tatsächlich eine Freundschaft daraus geworden. Seine Frau kannte sie nicht, deshalb lud sie ihn alleine ein. Und vielleicht auch wegen des Anfluges eines schlechten Gewissens ihr gegenüber.

Als sie Joschka mit einer Umarmung begrüßte, sah sie Luis im Garteneingang. Er trug eine große Schüssel mit einem Trifle, einem englischen Nachtisch mit in Sherry getränkten Biscuitkeksen, Vanilla Custard, Kirschen und Schlagsahne, den er ihr als Beitrag zur Feier versprochen hatte.

Es war ihr unangenehm, dass er genau in dem Moment auftauchte, als sie Joschka umarmte, schließlich kannte er die Vorgeschichte. Nicht im Detail, aber in groben Zügen.

Entsprechend kühl war auch sein Blick, als er zu ihr kam. Sie nahm ihm die Riesenschüssel mit dem Trifle ab, bedankte sich und stellte sie auf das letzte freie Plätzchen des Buffettisches.

Sie gaben sich zwar zur Begrüßung einen Kuss auf den Mund, aber trotzdem war Distanz spürbar. Chiara nahm wahr, dass die Umstehenden die Begrüßungsszene genau beobachteten. Sie meinte zu wissen warum. Schließlich waren ihre Freunde in den letzten Jahren Beziehungschaos bei ihr gewohnt. Sie trauten sich manchmal gar nicht mehr direkt nachzufragen, wie denn der Stand der Dinge sei. Da blieb ihnen manchmal nur, sich durch genaue Beobachtung zu orientieren. Chiara verteilte an alle einen Prosecco, sie prosteten sich zu.

Dann kam Mette. Sie war weder zu übersehen noch zu überhören. Mit ihrem Temperament durfte sie auf keiner Party fehlen. Von Beruf war sie Flugbegleiterin und eine echte Schönheit. Mittelgroß, schlank, dicke braune Haare und große Rehaugen, dazu immer perfekt gestylt. Manchmal erinnerte sie Chiara an ihre Mutter, beide liebten den großen Auftritt. Der Unterschied war jedoch, dass Mette eine gute Portion Selbstironie besaß. Sie wusste, dass sie manchmal mit ihrer Extrovertiertheit nervte und konnte über sich selbst herziehen. Das machte sie sympathisch. Und sie war sehr großzügig. Das sah man auch jetzt, als sie mit einem Riesentablett ankam, auf dem sich sage und schreibe drei Schüsseln Erdbeertiramisu befanden.

„Hey Mette, du übertreibst mal wieder maßlos" begrüßte sie Chiara und nahm ihr das Tablett ab, das ihr fast aus den Händen geglitten wäre. Die anderen Gäste hatten die Szene mit der Beinahe-Katastrophe gesehen und applaudierten. Da kein Platz mehr auf dem Buffet war, musste Chiara die Schüsseln auf dem Esstisch verteilen, der inzwischen ziemlich überladen war.

Nachdem auch Luis einen Prosecco getrunken hatte, wurde er etwas lockerer, seine Gesichtszüge entspannten sich. Chiara ging auf ihn zu und schlang ihren Arm um seine Hüfte. Er machte eine anerkennende Bemerkung zu ihrem Kleid und strich ihr über den Bauch.

Chiara löste sich, denn jetzt kamen gleich mehrere Gäste gleichzeitig. Es waren ehemalige Nachbarn, die sie während der Zeit in ihrer geliebten vorherigen Wohnung kennen- und schätzen gelernt hatte. Sie hatten sich anscheinend vorher getroffen. Vorweg lief Katrin mit dem Geschenkekorb. Dahinter Luka und Antje, Marissa und Elon mit seinem zehnjährigen Sohn Marc.

In dem Korb befanden sich lauter leckere italienische Spezialitäten. Ausgefallene bunte Nudelsorten, edle grüne und rote Pesto, sowie Himbeer-Balsamico und Limetten-Olivenöl. Auch eine Packung mit besonders großen Cantuccini-Keksen. Chiara war begeistert.

„Ihr wollt nur wieder zum Essen eingeladen werden, stimmt's?" scherzte sie. Mit ihren ehemaligen Nachbarn traf sie sich regelmäßig. Jeder war mal mit Kochen dran. Bei Chiara gab es natürlich immer etwas Italienisches.

Leonie kam auf Chiara zugelaufen und versteckte sich hinter ihr. „Was ist denn los, mein Schatz?" Chiara drehte sich um und sah in Leonies wütendes Gesicht. „Der blöde Marc ist da." Es hatte schon mehrere Zwischenfälle zwischen Marc und Leonie gegeben. Er war für einen Zehnjährigen sehr groß und kräftig und dazu auch ziemlich grob. Der Vater, Elon, ein echt netter und sensibler Mensch, der seit einem Jahr alleinerziehend war, schien mit ihm ziemlich überfordert. Es fiel ihm schwer, Grenzen zu setzen, Marc nutzte das aus und Leonie musste es gelegentlich ausbaden.

„Du musst nicht mit ihm spielen" versuchte Chiara sie zu trösten, wohl wissend, dass das fast unmöglich sein würde, schließlich waren sie die einzigen Kinder hier.

Chiara eröffnete das Buffet und genoss die „Ah's" und „Oh's" der Anerkennung für die angebotenen Leckereien. Sie hatte inzwischen schon die zweite Weißweinflasche geöffnet, es war einfach das perfekte Getränk an einem warmen Sommerabend.

Zwischenzeitlich hatte Petra, die Nachbarin über ihr, eine alleinstehende Frau, von ihrem Balkon heruntergerufen „Hallo Chiara, vielen Dank für die Einladung, ich komme auch gleich."

Chiara hatte entschieden, dass sie hier endlich ankommen wollte. Sie hatte bisher noch nicht so richtig Kontakt im Haus gefunden. Lediglich mit Petra hatte sie von Balkon zu Balkon ab und zu gesprochen. Soweit das von unten nach oben möglich ist. Petra hatte sich manchmal so stark über ihren Balkon gebeugt, dass Chiara Angst bekam, sie könne herabstürzen. Einen Tag vor der Feier hatte Chiara dann entschieden, Petra auch noch einzuladen. Das konnte sie leider nicht persönlich tun, da sie nicht anzutreffen war. So hatte sie ihr einfach einen Zettel in den Briefkasten geworfen. Ein wenig halbherzig, aber irgendwann musste man schließlich den ersten Schritt tun.

Das gute Essen und der Wein ließ die Stimmung steigen, im Hintergrund hatte Chiara über ihr Handy und zwei Lautsprecher für Musik gesorgt. Petra war inzwischen auch gekommen. Sie war sehr zurückhaltend und blieb immer an Chiaras Seite. Offensichtlich fiel es ihr schwer, zu den anderen Kontakt aufzunehmen. Trotzdem war zu spüren, dass sie sich über die Einladung freute. Chiara fragte sie nach ihrem Beruf, sie war Juristin. Passt, dachte Chiara. Sie hatte schon vermutet, dass sie einen einigermaßen gut bezahlten Beruf haben müsste, da sie alleine in einer Vierzimmerwohnung wohnte.

Eigentlich war Chiara davon ausgegangen, dass nun alle Gäste da waren, als plötzlich eine weitere Person in den Garten kam. Chiaras erster Gedanke war „was will der denn hier?", als ein Mann, schick bis förmlich gekleidet und mit einem Blumenstrauß in der Hand auf sie zu kam. Beziehungsweise auf Nora, die sich an Chiara vorbeizwängte und auf ihn zulief.

Stimmt ja, Sören, der Unbekannte, fehlte noch. Er war Chiara auf Anhieb unsympathisch ohne dass sie genau sagen konnte, warum. Er wirkte steif und ziemlich arrogant. Sie konnte gar nicht verstehen, dass Nora Gefallen an ihm hatte. Nora, die sonst so witzig und frech war, schien total auf ihn fixiert und angespannt. Merkwürdiges Paar. Nachdem Nora ihn begrüßt hatte, ging er auf Chiara zu und gratulierte ihr. Chiara erklärte, dass ihr Geburtstag schon ein Weile her sei und sie einfach Lust auf eine Gartenparty gehabt hatte. Sofort wandte er sich ab und suchte mit vorwurfsvollem Blick seine Freundin. Er ging auf sie zu und zischte sie an.

Chiara hoffte sehr, dass ihre Freundschaft mit Nora deren Beziehung zu diesem Miesepeter überdauern würde.

Es war wirklich ein sehr schöner Abend, alle schienen sich gut zu unterhalten. Sogar Petra taute im weiteren Verlauf des Abends etwas auf. Sie schien sich gut mit Liz zu unterhalten. Die hatte wahrgenommen, dass es ihr guttun könnte, wenn man aktiv das Gespräch mit ihr suchte. Die Stimmung zwischen Chiara und Luis war sehr gelöst. Sie berührten sich immer mal wieder im Vorbeigehen und küssten sich auch gelegentlich. Umso größer war die Enttäuschung, dass Luis nicht bis zum Ende blieb. Er hatte das mit dem „Gast sein" wohl sehr ernst genommen. Als die vorletzten Gäste aufbrachen, Nora und ihr komischer Sören, stand er mit auf. Sie blieben zwar noch ein Weile vor dem Gartentor stehen und küssten sich, doch dann flüsterte er ins Ohr „Nimm es mir nicht übel, aber ich bleibe heute nicht bei dir."

Chiara war froh, dass Mette noch da war. Die war zwar ziemlich angetrunken, aber sie konnten noch eine Weile über Gott und die Welt plaudern. Am Ende bestellte Mette ein Taxi, da es schon Zwei durch war. „Soll ich dir noch aufräumen helfen" fragte sie, als das Taxi schon bestellt war. Chiara hatte angesichts von Mettes Zustand jedoch Angst um ihr Geschirr und lehnte dankend ab. Sie packte ihr die drei komplett geleerten Tiramisu-Schüsseln in eine Tüte und drückte sie ihr in die Hand.

Zum Abschied sagte sie noch mit schwerer Zunge „Luis und du, das bleibt mir ein Rätsel." Dann ging sie Richtung Taxi. Beziehungsweise ungefähr in die Richtung.

Chiara ärgerte sich über diese letzte Bemerkung. Soll sie doch lieber weniger trinken, dann muss sie nicht solche Sprüche machen. Aber im Grunde genommen hatte sie recht. Sie wurde schließlich noch nicht einmal selbst schlau aus dieser Beziehung. Wenn es denn eine war. Chiara sah im Dunkel auf das Schlachtfeld. Sie war dankbar. Nein, heute würde sie sich nicht von Luis diese wirklich gelungene Feier verderben lassen. Auf keinen Fall. Sie checkte kurz, was noch in den Kühlschrank musste und welche Aufräumarbeiten bis morgen warten könnten. Dann sah sie hoch auf ihren Balkon. Das Wohnzimmer war dunkel, nur eine kleine Lichtquelle konnte man sehen. Das Nachtlicht von Leonie, damit sie im Dunkeln die Toilette fand. Sie hatten vereinbart, dass sie im Wohnzimmer Licht machte, falls sie wach wurde. Anscheinend war sie gut eingeschlafen. Liz war um zehn mit ihr hochgegangen, Leonie wollte von ihr ins Bett gebracht werden. Wie liebevoll Liz doch war. Sie sollte unbedingt selbst Kinder haben, die hätten den Himmel auf Erden. Bei Petra brannte noch Licht, was sie wohl um diese Zeit machte?

Als Chiara endlich todmüde in ihr Schlafzimmer ging, lag Leonie in ihrem Bett. Anscheinend war sie doch noch einmal wach geworden und rübergegangen. Das Mondlicht schien sanft auf ihr hübsches Gesicht. Sie legte sich daneben und roch an ihrem Hals ohne sie zu berühren. Auch das ein Himmel auf Erden.

18. Kapitel

Auf der 21 A war heute die Hölle los. Schon am Vormittag hatte es drei Aufnahmen gegeben. Die erste war eine Frau gewesen, die von einem Hochhaus springen wollte. Eine Hausbewohnerin, die gerade den romantischen Sonnenuntergang auf der Dachterrasse mit einem Glas Wein genießen wollte, sah sie auf der Kante stehen. Wie im Film. Überhaupt erlebte man hier auf der Geschlossenen einiges, was filmreif war. Die Hausbewohnerin hatte einen gesunden Menschenverstand auch ohne psychologische Schulung und tat genau das Richtige. Sie verwickelte die lebensmüde Frau in ein Gespräch über Gott und die Welt und versuchte dann mehr oder weniger direkt zu erfahren, warum sie ihrem Leben ein Ende setzen wollte. Das Ganze zog sich lange hin. Am Ende tranken die Frauen die Flasche Wein gemeinsam. Allerdings gab es immer wieder Phasen im Gespräch, in denen die Verzweifelte aufstehen und es doch tun wollte. Schließlich konnte sie überredet werden, bei ihrer Nachbarin zu übernachten. Zum Glück hatte die Frau ein gutes Gespür dafür, dass noch Gefahr bestand und alarmierte heimlich in den frühen Morgenstunden den Notdienst. Dieser veranlasste nach den Schilderungen der Frau die Zwangseinweisung. Der Aufenthalt auf der Geschlossenen sollte so lange dauern bis geklärt war, ob sie sich von ihren Selbstmordimpulsen distanzieren konnte.

Die zweite Notaufnahme war eine Frau mittleren Alters mit einer Psychose, einer tiefgreifenden psychischen Störung, die dazu führt, dass man die Realität nicht mehr wahrnehmen kann. Bei dieser Frau hatte die Erkrankung einen chronischen Verlauf. Es gab Phasen in denen sie relativ normal ihren Alltag bewältigte und Phasen, in denen sie völlig von wahnhaften Gedanken getrieben war. Bei ihr war es eine Art Verfolgungswahn. Sie verdächtigte dann alle Nachbarn, sie würden sie beobachten und wollten sie entführen. Jeder Blick, jede Geste wurde dann in diese Richtung interpretiert. Zur Noteinweisung war es gekommen, weil am frühen Morgen ein Rettungshubschrauber über ihrem Stadtviertel kreiste. Für sie war jetzt das Ende gekommen, jetzt würde man sie entführen. Sie schrie aus vollem Halse und schlug mit den Fäusten gegen die Wände, bis alle Hausbewohner wach waren und die Polizei alarmierten. Frau Stieber war hier in der Klinik schon bekannt, sie brauchte meist nur eine Woche mit hochdosierter antipsychotischer Medikation, dann war sie wieder völlig sortiert und konnte entlassen werden .

Gegen Mittag, das Stationsteam war schon ziemlich erschöpft und Chiara wollte endlich Mittagspause machen, kam die dritte Notaufnahme.

Es war ein hochaggressiver junger Mann. Er war im Einkaufszentrum aufgefallen, weil er laut umherschrie, er habe Aids und wolle jetzt so viele Menschen wie möglich anstecken. Er wurde in Handschellen von drei Polizisten auf Station gebracht. Ein Polizist mit verbundener Hand berichtete, er sei von ihm in die Hand gebissen worden, ein anderer konnte nur knapp einem Tritt ausweichen. Da der Mann in der Klinik nicht bekannt war, konnte man zum jetzigen Zeitpunkt noch nicht sagen, ob er unter Drogen stand oder auch eine Psychose hatte. Er musste fixiert werden, das bedeutete im Bett liegend an beiden Handgelenken und Fußgelenken festgebunden werden.

Chiara hasste diese Fixierungsaktionen. Es war immer ein gewaltsamer Akt, auch wenn es manchmal zum Schutz des Betroffenen oder der Umgebung notwendig war.

In diesem Fall leistete der junge Mann so heftig Gegenwehr, dass die Polizeibeamten mit anfassen mussten.

Chiara war am Ende des Vormittags total erschöpft. Nora, auf deren Station weniger los gewesen war, hatte auf der A aushelfen müssen. Beide schlurften zur Kantine. Da ging plötzlich Chiaras Piper los. An der angezeigten Nummer sah sie, dass es Frau Schömburg war.

„Frau Deichgraf, bitte 6-0-0 zurückrufen, 6-0-0 bitte!"

Oh nein, sie hatte den Termin bei ihr vergessen. Kein Wunder. Das war's mit Essen gehen.

Chiara blieb stehen und sah Nora ratlos an. „Mist, ich habe den Termin bei der Chefin vergessen. Lass du es dir wenigstens schmecken."

Da sie nicht weit vom Chefzimmer entfernt war, rief sie nicht zurück sondern lief direkt zum Sekretariat. Die Tür zu Frau Talmann stand schon offen. Sie saß an ihrem Schreibtisch und sortierte hektisch

Unterlagen. Sie war ein „Sitzriese", bestimmt war sie einsachtzig groß, aber im Sitzen würde man sie noch größer schätzen.

Chiara rechnete mit einem scharfen Blick und einem flotten Spruch aber nichts passierte. Frau Talmann machte ohne Blickkontakt lediglich eine Bewegung mit ihrem Kinn Richtung Chefzimmer. Irgendeine Laus musste ihr über die Leber gelaufen sein.

Chiara klopfte und trat dann ein, als sie das „Herein" hörte.

Frau Schömburg wirkte sichtlich angespannt, das Begrüßungslächeln blieb aus.

„Es tut mir leid, wir hatten drei Aufnahmen heute Vormittag, eine mit Polizei und Fixierung, da hab ich den Termin völlig vergessen."

Chiara war noch außer Atem von dem Sprint zum Termin.

„Kann vorkommen" entgegnete sie knapp, es schien erst, als wollte sie noch mehr dazu sagen, doch dann sah sie auf und lächelte kurz.

„Wie war der zweite Termin mit Silvia Oldendorf? Haben sie jetzt ein klareres Bild von ihrer Persönlichkeit?"

„Ja. Es hat sich auf jeden Fall bestätigt, dass sowohl der Vater als auch der Großvater Sadisten waren. Der Großvater hatte sie gezwungen, mit anzusehen, wie er Hasen schlachtete, die sie lieb gewonnen hatte. Und sie durfte dann nicht weinen oder Gefühle zeigen, sonst hat er sie gemaßregelt. Und der Vater soll immer sehr abwertende Sprüche gemacht haben. Er hat sie regelmäßig gedemütigt. Beide hatten Gefallen daran, sie leiden zu sehen."

Frau Schömburg hörte sehr aufmerksam zu, schien aber nicht ganz zufrieden.

„Hat sie ein Beispiel genannt was die abwertenden Sprüche angeht?"

Chiara versuchte sich zu erinnern. Mist, sie hatte sich wohl nicht getraut konkret danach zu fragen.

„Leider nein. Im Gespräch war ein ständiger Wechsel von Mitteilungsbereitschaft und Abschottung."

Die Chefin schien zu überlegen. Dann sah sie Chiara sehr eindringlich an.

„Was hat das mit ihnen gemacht und wie sind sie damit umgegangen?"

Chiara fühlte sich jetzt ganz schön in die Mangel genommen. Meistens wollte die Chefin mit diesem Nachhaken ihr etwas vermitteln.

„Ich habe versucht zu wechseln zwischen Verständnis zeigen, ihre Weigerung akzeptieren und dann doch wieder nachhaken und sie aus der Reserve locken."

Frau Schömburg lehnte sich zurück, sah Chiara mit einem Gesichtsausdruck an, den sie als Zufriedenheit interpretierte.

„Das klingt gut, Flexibilität brauchen sie in solchen Situationen dringend. Aber passen sie bloß auf, dass sie immer ganz in ihrer Gutachterrolle bleiben. Die Gefahr ist groß, dass man irgendwann detektivisch wird und die Untersuchungssituation in den Stil einer polizeilichen Vernehmung abgleitet. Das ist fatal. Dann haben sie das Vertrauen verloren. Wir als Psychiaterinnen sollen nicht vernehmen oder überführen, sondern uns ein Bild von der Persönlichkeit machen, das ist ganz zentral."

Chiara spürte wie sie errötete. Der Gedanke schoss ihr durch den Kopf, ob die Chefin doch auf irgendeine Weise die Aufzeichnung des Gespräches gesehen hatte. Doch dann verwarf sie den Gedanken wieder, sie wusste schließlich aus verlässlicher Quelle, dass die Kamera nur Sicherheitszwecken diente. Wenn das stimmte, was Frau Schömburg sagte, war sie nicht die Einzige, die solche Fehler machte. Chiara nickte zustimmend.

Nun wurde das Gesicht der Chefin noch ernster. Mit zusammengekniffenen Augen fixierte sie Chiara, die mal wieder das Gefühl hatte, vor ihr zu schrumpfen.

„Und vergessen Sie eines nicht Frau Deichgraf" sie lehnte sich etwas nach vorne und machte eine kurze Pause, um dem Folgenden mehr Gewicht zu verleihen.

„Machen sie bitte nicht noch einmal den Fehler, irgendwelche Nachforschungen zu unternehmen. Sie haben gesehen, wohin das führt."

Chiaras Gesicht glühte jetzt, was ihr unendlich peinlich war. Zum Glück hatte die Chefin nach dem letzten Satz erst einmal den Blick von ihr abgewandt, sie suchte anscheinend jetzt etwas auf ihrem Schreibtisch. Chiaras Blick fiel wieder auf den Antilopenfuß, ob sie das Tier wohl selbst geschossen hatte? Ja, Frau Schömburg konnte einen ganz schön zerlegen.

Eigentlich hatte Chiara damit gerechnet, dass jetzt noch mehr Nachfragen zu Silvia kommen würden. Vor allem zu der Frage, ob es einen Zusammenhang zwischen den Kindheitserfahrungen und der ihr angelasteten Tat geben könnte oder wie die Beziehungsdynamik zum Getöteten war. Aber da Chiara die schriftliche Ausarbeitung des Gutachtens bis Ende nächster Woche abliefern musste, schien Frau Schömburgs Neugier jetzt erst einmal befriedigt.

Chiara wollte schon fast aufstehen, da hatte Frau Schömburg offenbar das gesuchte Schriftstück gefunden.

„Übrigens, Frau Deichgraf, Glückwunsch" sagte sie und blickte in das verdutzte Gesicht der Ärztin.

„Sie hatten einen guten Riecher, als sie ein ärztliches Check-Up für Frau Oldendorf empfohlen hatten. Es gibt gravierende Auffälligkeiten im Blutbild, die für eine chronische Leukämie sprechen."

„Oh, nein" rutschte es Chiara heraus. Eigentlich wollte sie ihrer Chefin nicht zeigen, dass sie Mitleid mit Silvia empfand.

„Na dann wünsche ich ihnen noch einen ruhigeren Nachmittag."

Damit beendete sie das Gespräch und griff auch gleich zum Telefon.

„Ich hab ja nur noch zwei Stunden" antwortete Chiara und erntete einen verwunderten Blick. Teilzeitarbeit, Kinderbetreuung, das war wirklich nicht Schömburgs Welt.

19. Kapitel

Chiara saß an ihrem Schreibtisch im Wohnzimmer mit Blick in den Garten. Der Himmel war heute Nachmittag grau, nur vereinzelt riss die Wolkendecke ein wenig auf und zeigte kleine blassblaue Flecken. Bei dem Wetter fiel es nicht schwer, in der Wohnung zu bleiben.

Sie hatte in der Woche schon einige Seiten des Gutachtens geschrieben, aber heute war die Konzentration miserabel. Vielleicht lag es daran, dass sie sich dem Kapitel „Zusammenfassung und abschließenden Beurteilung" näherte. Sie spürte den zunehmenden Druck, dass es jetzt drauf ankomme, sehr präzise, fachlich fundiert und nachvollziehbar Schlüsse zu ziehen.

Wie immer, wenn sie an einem Gutachten schrieb, durften bestimmte Dinge auf ihrem Schreibtisch nicht fehlen. Eine Literflasche Cola, auf jeden Fall das Original mit echtem Zucker, eine Tafel Schokolade mit Knusperflakes und eine Kanne schwarzer Tee. Das war ihrer Erfahrung nach genau der Cocktail, den ihr Gehirn für diese Höchstleistung brauchte. In den Pausen, die sie regelmäßig einlegte, bereitete sie sich dann einen Crema oder Cappuccino zu, damit der Koffeinpegel auf keinen Fall sank.

Sie musste an das letzte Gespräch mit Silvia denken, besonders an ihr Worte „das muss ihnen doch jetzt reichen, damit sie ein schönes Bild von meiner kranken Persönlichkeit zeichnen können!" Sie sah noch ihr wütendes Gesicht vor sich. Auch der abfällige Satz „Sie sind so durchsichtig und das als Psychiaterin" war hängengeblieben. Sie konnte ganz schön abwertend sein und Menschen an ihren wunden Punkten treffen. Offensichtlich hatte sie das gut gelernt.

Insgesamt hatte sie sicher kein gutes Fundament in puncto Selbstwertgefühl. Und sie löste innere Konflikte durch einfache Muster wie jemanden erst zu idealisieren und dann zu entwerten. Sie hatte früh in Beziehungsmustern gelebt, in denen emotionale Wärme fehlte. Stattdessen musste sie sadistische Verhaltensweisen in traumatischer Weise erleben.

Das würde allerdings nicht für die Feststellung einer eingeschränkten Schuldfähigkeit reichen. Denn sie war offensichtlich in der Lage, ihren Beruf auszuüben und auch Beziehungen aufzubauen. Trotzdem war sie alles andere als stabil und litt unter einer diffusen Angststörung. Erstaunlicherweise hatte sie nur jedoch nur wenige Fehlzeiten in der Schule.

Sie war impulsiv und neigte zu Ausrastern. Oft schien es ihr jedoch zu gelingen, dies zu unterdrücken, so dass nur wenige Mitmenschen solche Szenen erlebten.

Sollten sich jetzt die Indizien weiter so verdichten, dass sie verurteilt würde, dann wäre sie trotz allem voll schuldfähig. In den letzten Wochen sah es immer schlechter für sie aus, weil der Zeuge, der behauptete sie im Auto in der Nähe des Tatorts am Tattag gesehen zu haben, als glaubwürdig eingeschätzt wurde.

Ein schrecklich schriller Handyklingelton riss sie aus ihren Gedanken. Leonie hatte sich anscheinend mal wieder einen Spaß daraus gemacht, heimlich Chiaras Klingelton zu verändern.

„Hi, hier ist Chiara." Keine Antwort.

„Hallo, wer ist denn da?" Jetzt konnte Chiara jemanden atmen hören.

„Lass deine Finger weg von dem Fall, sonst verbrennst du sie dir, verstanden?"

Dann war nur noch das Klickgeräusch zu hören, der Anrufer hatte aufgelegt.

Chiara war wie benommen. In ihren Ohren rauschte es. Als sie das Handy auf dem Tisch ablegte, kam sie gegen das bis zum Rand mit Cola gefüllte Glas. Es kippte und die Cola ergoss sich über die Unterlagen und einen Teil des Laptops.

„Verdammter Mist" fluchte sie und holte schnell einen Lappen aus der Küche, um den Schaden zu beseitigen. Dabei fingen ihre Gedanken an zu rasen. Wer war das gewesen? Ali auf keinen Fall, denn der hatte einen anderen Tonfall und auch einen leichten Akzent.

John? Es war nicht die auffallend sonore Stimme gewesen, die sie in Erinnerung hatte. Aber man konnte Stimmen auch verstellen oder sogar technisch verzerren.

In dem Knäuel von Fragen und Gedanken fand sie weder Anfang noch Ende. Nachdem sie eine Weile wie betäubt starr auf ihrem Schreibtischstuhl gesessen hatte, beschloss sie, rauszugehen, am besten in den Stadtwald, der in wenigen Minuten erreichbar war.

Auf der Treppe nach unten stolperte sie und konnte sich gerade noch am Treppengeländer festhalten. Sie blieb einen Moment stehen und atmete tief durch. Jetzt ganz ruhig bleiben. Es wird sich alles aufklären.

Es hatte leicht zu regnen angefangen. Chiara hatte sich nur ihre Handtasche geschnappt und keine Jacke angezogen, aber das war ihr jetzt egal. Während sie an der Ampel wartete, warf sie einen Blick auf die Anrufliste, obwohl sie vorher schon ahnte, dass die natürlich nur „Unbekannt" anzeigte.

Als sie im Stadtwald angekommen war, wurde der Regen stärker. Das Blätterdach fing zwar einiges ab, aber trotzdem wurde Chiara immer nasser. Im Gehen versuchte sie, ihre Gedanken zu sortieren.

Sie stieß eigentlich nur auf eine einzige schlüssige Erklärung für diesen Anruf. Wahrscheinlich hatte Ali noch Kontakt zu John. Und Ali hatte ihm von dem Treffen mit Chiara erzählt. John wiederum stand – zumindest bis zur Verhaftung – in Kontakt mit Silvia.

John hatte dann wahrscheinlich Silvia mitgeteilt, dass Chiara Ali über sie ausgefragt hatte. Bis hierhin schien die Sache klar. Doch dann taten sich die nächsten Fragen auf, es fiel Chiara zunehmend schwer, das alles zu sortieren.

Unklar blieb, was genau aus dem Gespräch im Piazza Ali John mitgeteilt hatte. Wusste denn John auch von dem „Rattenvorfall"? Hatte Ali ihm das erzählt? Falls ja, müsste John doch auch eins und eins zusammengezählt haben und das verdächtig finden. Falls nein, warum sollte er ihr dann drohen, was befürchtete er?

Vielleicht war John doch nicht der nette Typ, als den sie ihn in Erinnerung hatte.

Wollte er eine Mörderin decken? Falls ja, warum? Und Ali? Hatte er ihr denn die Wahrheit gesagt? Chiara konnte sich nur auf ihre Intuition verlassen und die sagte ihr, dass Ali ihr gegenüber ehrlich gewesen war. Chiara bemerkte, dass sie bei ihren Überlegungen davon ausging, dass Silvia schuldig war. Vielleicht war es aber auch nur ein verrückter Zufall, dass ihr Großvater und sie selbst Ratten auf die gleiche Weise getötet hatten, wie der wahre Täter sein Opfer. Es fühlte sich jetzt so an, als ob Chiara auf immer dünner werdendem Eis gehen würde. Plötzlich kam ihr auch noch eine ganz neue Idee. Vielleicht hatte der wahre Mörder diese Art des Tötens gewählt, um den Verdacht auf Silvia zu lenken. Dann müsste es jemand sein, der ihre Biografie kennt.

Jetzt war Chiara wirklich schwindelig. Sie war ihre übliche Stadtwaldrunde zur Hälfte gelaufen und kam gerade am „Boxenstopp" vorbei, einem kleinen Häuschen mitten im Stadtwald, in dem man Getränke und etwas zu essen kaufen konnte. Durchnässt wie sie war ging sie hinein und bestellte sich einen schwarzen Tee. Auf der Toilette trocknete sie sich ihre Haare mit einer Handvoll Papiertaschentüchern. Als sie in den Spiegel sah, sah sie aus wie Struwwelpeter, nur mit deutlich kürzeren Haaren. Sie glättete ihr Haar grob mit den Händen und ging wieder in den Gastraum.

Mit ein paar warmen Schlucken Tee im Magen konnte sie sich nun der bedrohlichsten aller Fragen zuwenden. War sie real in Gefahr? Wahrscheinlich nicht. Schließlich hatte sie gar nicht vor, sich noch mehr zu verstricken, im Gegenteil. Sie würde gar nichts tun. Also könnte ihr auch nichts passieren.

Sie nahm noch ein paar Schlucke Tee. Oder doch? Was, wenn Ali sich nach dem Treffen mit ihr im Internet über Details des Mistgabelmordes schlau gemacht hatte und sich dann verpflichtet fühlte, den „Rattenvorfall" der Polizei mitzuteilen? Die würden dann nachfragen, warum er sich nicht früher gemeldet hatte. Ali würde dann aussagen, dass er erst durch das Gespräch mit Chiara auf einen möglichen Zusammenhang gestoßen sei.

All ihre Überlegungen mündeten in einen riesengroßen Selbstvorwurf. Warum nur hatte sie sich in diese Lage gebracht?

Sie sah sich im Gastraum um. Hier saßen überwiegend Männer unterschiedlicher Altersstufen. Die meisten tranken Alkohol. Der frühe Zeitpunkt am Tag sprach dafür, dass zumindest einige davon ein Problem damit hatten. Typisch Psychiaterin, immer eine psychologische Analyse im Kopf.

Ari, Ari, könntest du doch nur dich selbst genauso gut analysieren, oder noch besser, kontrollieren!

Chiara spürte eine riesengroße Anspannung in ihrem Körper. Alle Versuche, sich mit Gedanken zu beruhigen und zu sortieren schienen fehlgeschlagen zu sein. Sie musste unbedingt mit jemandem darüber reden. Heute Abend würde Luis kommen. Eigentlich hatte sie sich geschworen, ihm von ihren neuerlichen Nachforschungen nichts zu erzählen. Er wusste, dass sie sich schon einmal durch so eine Aktion in Schwierigkeiten gebracht hatte. Aber wenn sie der Beziehung weiterhin eine Chance geben wollte – und da war sie sich ganz sicher – dann konnte sie diese Katastrophe unmöglich für sich behalten. Er würde sofort merken, dass sie neben sich stand und würde es möglicherweise sogar auf sich selbst beziehen.

Jetzt gab es keinen anderen Ausweg mehr, als auszupacken.

20. Kapitel

Ein Sonnenstrahl kitzelte Chiara beim Aufwachen an der Nase. Sie musste niesen. Wie schön es doch war, neben Luis aufzuwachen. Er hatte sich seitlich an ihren Rücken geschmiegt und war erstaunlicherweise von Chiaras Niesen nicht wach geworden. Sie blieb noch eine ganze Weile liegen und genoss seine Nähe.

Sie fühlte eine riesengroße Erleichterung. Luis hatte ihr gestern Abend keine Vorwürfe gemacht, sondern sie vor allem getröstet und beruhigt. Zumindest hatte er das versucht. Nachdem sie ihm alles erzählt hatte, musste sie lange weinen und konnte sich kaum beruhigen.

Den Zeitpunkt hatte sie leider nicht gut gewählt. Sie hatten gemeinsam gekocht, Spinatgnocci und Zanderfilet, was alles ziemlich aufwendig war. Kaum hatten sie ein paar Gabeln genommen, da brach es aus ihr heraus. Danach war beiden komplett der Appetit vergangen. Und da das Trösten irgendwann in Zärtlichkeiten übergegangen war, hatten sie dann auch noch vergessen, die Reste in den Kühlschrank zu stellen.

Doch das schien jetzt alles egal. Hauptsache Chiaras detektivische Abenteuer gefährdeten nicht auch noch ihre Beziehung.

Jetzt drehte sich Luis auf den Rücken und fing an zu Blinzeln. Chiara musste noch zweimal niesen. Vielleicht hatte sie sich gestern doch eine Erkältung eingefangen.

Als Luis die Augen aufhatte, sah er sie an und lächelte. Allerdings nahm Chiara wahr, dass sowohl sein Lächeln als auch der darauffolgende Kuss sehr kurz waren. Danach stand er auf und ging ins Bad. Kurz darauf kam er komplett angezogen aus dem Bad, ging ohne Chiara anzusehen in Richtung Küche und rief Chiara ein „Ich mache uns einen Kaffee" zu.

Chiara blieb noch eine Weile liegen, machte sich ebenfalls kurz im Bad frisch und zog sich das lockere fliederfarbene Leinenkleid an, denn es sollte ein heißer Tag werden.

Luis kam mit dem kleinen metallenen Tablett, auf dem zwei Kaffee Crema standen, ins Wohnzimmer. Wenn er bei diesem Traumwetter den ersten Kaffee mit ihr nicht auf dem Balkon sondern im Wohnzimmer trinken wollte, dann gab es Schwieriges zu besprechen.

„Ich muss sagen, ich bin schon ganz schön entsetzt darüber, wie du dich schon wieder in Schwierigkeiten gebracht hast. Kannst du nicht einfach mal zur Ruhe kommen? Einfach mal nur deinen Job machen?" Er hatte sich weit von ihr weggesetzt, blickte vor sich hin.

Chiara fühlte sich komplett von seiner Reaktion überrumpelt.

„Vielen Dank auch für den schönen Start in den Tag. Ich habe dir doch schon gestern gesagt, dass es mir leidtut. Was soll ich denn sonst noch sagen?" Sie hatte an dem Crema nur einmal genippt und ihn dann wieder auf den Tisch gestellt.

Luis verschränkte die Arme. „Vielleicht solltest du auch mal daran denken, dass du eine Tochter hast. Indirekt bekommt sie den Stress doch auch ab, auch wenn sie nichts Konkretes weiß."

„Das ist jetzt nicht dein Ernst. Glaubst du wirklich, du musst mich an meine Mutterplichten erinnern? Ich glaube du solltest dich eher um dein eigenes Kind kümmern."

Chiara kochte jetzt vor Wut. Ohne Frühstück im Magen war sie äußerst reizbar.

„Tut mir leid. Ich meine vielleicht auch, du solltest an *uns* denken. Wir sind doch gerade dabei, wieder etwas aufzubauen. Dieser Stress ist auch für uns als Paar Gift."

Chiara war inzwischen aufgestanden, sie konnte nicht gut im Sitzen streiten.

„Und weißt du, was mich total an dir nervt? Dass deine Reaktionen immer so spät kommen. Dann wenn man nicht mehr damit rechnet und denkt, alles ist in Ordnung. Warum hast du gestern nicht gesagt, dass du wütend bist?" Sie stand jetzt vor dem großen Wohnzimmerfenster und blickte nach draußen, um ihn nicht ansehen zu müssen.

„Es ist schwierig auf jemanden wütend zu sein, der gerade weint und aufgelöst ist. Es tat mir ja auch leid. Aber heute Nacht lag ich eine Weile wach und da kam die Wut."

Er nahm einen Schluck Kaffee, hielt dann die Tasse mit beiden Händen fest und starrte hinein.

„Und jetzt? Was soll ich jetzt machen? Ich kann es nicht ungeschehen machen. Außerdem bin ich ganz allein diejenige, die die Folgen tragen muss. Überlasse es doch einfach mir."

Er stellte die Tasse weg, stand auf und ging auf sie zu. Er wollte sie sanft zu sich drehen, doch sie ließ es nicht zu. Hinter ihr stehend sprach er leise zu ihr „Chiara, das stimmt doch nicht. Wenn du mir wichtig bist, berührt mich das doch auch."

Chiara spürte, dass sie sich verschlossen hatte. Da kam sie nicht so schnell wieder raus.

Sie blieb mit dem Rücken zu Luis und schwieg. Auch als sie hörte, wie er seine Sachen zusammensammelte.

„Ich gehe jetzt, weil wir gerade nicht weiterkommen. Aber auch weil ich heute einen wichtigen Termin habe. Mach's gut."

Luis kannte solche Situationen mit Chiara. Anfangs hatte er dann immer versucht, ihre Blockade zu durchbrechen, was nur zu Eskalationen führte. Dann war er dazu übergegangen, aus der Situation rauszugehen und die Distanz auszuhalten.

21. Kapitel

Der Sommer schien eine Pause eingelegt zu haben. Schon seit Tagen war der Himmel verhangen, das eintönige Hellgrau verdichtete sich immer wieder zu einem dunkleren Ton und ließ dann heftige Schauer herabregnen.

Eine sehr ansteckende Sommergrippe hatte immer wieder zu Lücken in der Stationsbesetzung der Psychiatrischen Klinik geführt. Die auch unter normalen Umständen hohe Arbeitsbelastung war ins schier Unerträgliche gestiegen. Chiara hatte gerade den vierten Nachtdienst in einer Woche hinter sich. Und dieser war der blanke Horror gewesen. Nach einem kurzen Schläfchen um Mitternacht kam eine Notaufnahme nach der anderen. Zuerst zwei Patienten mit Alkoholintoxikation, die im Haus gut bekannt waren. Einer davon war gerade erst am Vormittag von der Entgiftungsstation entlassen worden. Die andere hatte eigentlich am Folgetag einen Aufnahmetermin auf gleicher Station. Anscheinend wollte sie sich noch ein letztes mal so richtig die Kante geben.

Und dann der ewige Streit mit anderen Krankenhäusern. Patienten mit akuter Alkoholintoxikation wurden oft hin und her geschoben. Die inneren Abteilungen sahen die Psychiater als zuständig, die Psychiater wiederum betonten die internistische Problematik dieses Zustandes und wollte die Patienten gerne in die Innere Abteilung anderer Krankenhäuser verlegen.

Als Chiara in der ärztlichen Morgenrunde von ihrem Nachtdienst berichtete, sah sie in der Runde große Augen. Diejenigen, die ihr nahestanden, sahen sie mitfühlend an. In einigen Gesichtern konnte sie eine gewisse Genugtuung ablesen, dass sie selbst diesen Dienst nicht bewältigen mussten.

Nora nahm sie nach der Besprechung in den Arm.

„Na dann erhol dich gut, meine Liebe."

Chiara lächelte säuerlich. „Danke. Leider kann ich noch nicht nachhause. Ich bin heute Nacht vor lauter Trubel nicht dazu gekommen, die Aufnahmeberichte zu diktieren. Das muss ich jetzt noch nachholen. Ich verzieh mich ins Bereitschaftszimmer."

Nora wollte Chiara gerade noch einmal umarmen, stoppte aber, da sie über Chiaras Schulter hinweg die Chefärztin auf sie zueilen sah. „Achtung Chiara, ich glaube die Chefin will noch etwas von dir. Viel Glück." Noch bevor die Chefin angekommen war, hatte sich Nora Richtung Station verzogen.

„Gut, dass ich sie noch erwische, Frau Deichgraf. Ich muss sie ganz dringend sprechen. Können Sie in zehn Minuten in mein Büro kommen?"

Chiara konnte es nicht fassen, dass die Chefin, die ebenfalls in der Morgenrunde gesessen und den Nachtdienstbericht gehört hatte, sich erdreistete, noch etwas von ihr zu wollen. Sie konnte wirklich gnadenlos sein.

„Ja klar" hörte Chiara sich pflichtbewusst sagen und schon war die Chefin auch schon wieder verschwunden.

Verdammt, jetzt würde es sich nicht mehr lohnen, für zehn Minuten mit dem Diktieren anzufangen. Chiara wollte nur noch eines, endlich schlafen, aber das könnte jetzt noch dauern.

„Frau Deichgraf, ich wollte sie nur auf den neuesten Stand bringen was den Gutachtenfall Silvia Oldendorf angeht."

Chiara sah in das sehr ernste Gesicht der Chefin, die Blickkontakt vermied. Sie befürchtete, dass nun alles aufgeflogen war. Innerlich spürte sie ein Zittern. Die Müdigkeit in ihrem Körper lähmte sie.

„Ich bin gestern informiert worden, dass Frau Oldendorf bereits seit vier Tagen im Krankenhaus liegt. Die Blutwerte hatten sich rapide verschlechtert. Die Ärzte waren zuversichtlich, mit entsprechenden Medikamenten die leukämische Krise in den Griff zu bekommen. Doch es geht ihr nach wie vor sehr schlecht."

In Chiara überschlugen sich die Gedanken. Zuerst empfand sie eine Welle von Mitgefühl. Egal, ob Silvia nun schuldig war oder nicht, hatte sie in ihrem Leben nicht schon genug gelitten? Warum musste sie jetzt noch eine bösartige Erkrankung heimsuchen? Und warum schlug bei ihr die Behandlung nicht an, obwohl sie doch noch relativ jung war?

Dann musste Chiara an die Angehörigen von Ted denken. Was würde es für sie bedeuten, wenn Silvia jetzt starb und der Fall nicht mehr aufzuklären war? Zuletzt schlich sich noch der Gedanke ein, dass Silvias möglicher Tod für Chiara selbst eine Entlastung sein könnte. Es bestünde dann wohl kaum noch Gefahr, dass ihre Nachforschungen ans Licht kämen.

Sie blickte auf und merkte erst jetzt, dass Frau Schömburgs Augen auf sie gerichtet waren. Da durchzuckte Chiara die bange Frage, was denn die Chefin nun von ihr erwartete.

„Das ist schlimm. Was bedeutet das für unser Gutachten?" war das einzige, das Chiara einfiel. Sie hatte das Gefühl, auf dem Schlauch zu stehen, irgendetwas Wichtiges an diesen neuen Informationen nicht zu erkennen.

Frau Schömburg sah jetzt aus dem Fenster. Ihre Gesichtszüge waren weich geworden. Chiara meinte zu spüren, dass auch ihre Chefin Mitgefühl mit Frau Oldendorf hatte.

Dann setzte sie wieder ihre geschäftsmäßige Miene auf und sah unruhig auf ihrem Schreibtisch umher.

„Trotz der akuten Krise gehe ich davon aus, dass sie überlebt. Schließlich ist sie noch recht jung und bekommt in der Klinik eine exzellente Behandlung. Die Erfahrung, dem Tod so nah zu sein, weckt oft in Menschen das Bedürfnis reinen Tisch zu machen. Vielleicht macht es Sinn, noch einen erneuten Gutachtentermin anzusetzen, es könnte sein, dass sie dann offener ist."

Vielleicht lag es auch an der durchgearbeiteten Nacht, dass Chiara das Gefühl hatte, einem weiteren Termin mit Silvia Oldendorf auf keinen Fall gewachsen zu sein. Ihr wurde schwindelig, sie hatte das Gefühl, als könnte sie gleich vom Stuhl fallen. In ihrem Kopf tauchten in rascher Folge Bilder auf. Aufgespießte Ratten, tote Kätzchen, Teds Kopf mit der durch sein Gesicht laufenden Blutspur, die bleiche Silvia, Silvias wütendes Gesicht, dass sie anschrie. Sie hielt sich mit beiden Händen am Stuhl fest.

Chiaras innerer Stress schien der Chefin nicht ganz entgangen zu sein. Sie wandte sich ihr zu und sah sie aufmunternd an.

„Ihr Gutachten hat mir sehr gefallen, Frau Deichgraf. Nach ihrer Beschreibung bekommt man wirklich einen guten Eindruck von Frau Oldendorfs Persönlichkeit. An manchen Stellen merkt man, dass sie nicht allzu viel Informationen bekommen haben. Dafür können sie nichts, wenn sie dichtgemacht hat und nicht mehr preisgegeben hat. Aber wenn wir noch eine Chance hätten, ein wenig nachzulegen, das Ganze noch in Form einer Gutachtenergänzung zu unterfüttern, dann wäre das exzellent."

Frau Schömburg musste gemerkt haben, dass diese Aussage Chiara nicht beruhigen konnte. Sie hielt inne und musterte Chiara, die sich immer noch am Stuhl festhielt, von oben bis unten.

„Jetzt erholen sie sich erstmal vom Dienst. Sie sehen ja total bleich aus."

In diesem Moment hätte Chiara ihr am liebsten ins Gesicht geschrien, dass das mit der Erholung wohl ein Hohn sei, da sie noch die Aufnahmen diktieren müsse. Und dass sie keine Ahnung hätte, wieviel Kraft ein Gespräch mit so einer Silvia Oldendorf koste.

Doch das würde alles nur noch schlimmer machen. Also erhob sie sich vorsichtig, murmelte noch ein „Danke" ohne zu wissen wofür und ging zur Tür hinaus. Immer noch wackelig auf den Beinen, steuerte sie das Bereitschaftsdienstzimmer an. Das Bett war schon von der Reinigungskraft für den nächsten nachtdiensthabenden Arzt frisch bezogen worden. Aber in dem Raum stand noch eine Untersuchungsliege. Chiara legte sich erschöpft darauf, um kurz zu warten, bis sich ihr Kreislauf wieder stabilisierte. Dann würde sie sich einen großen Pott von dem grässlichen Stationskaffee holen, um wach zu werden. Wahrscheinlich wäre sie in einer Stunde fertig mit dem Diktieren. In eineinhalb Stunden war sie mit Luis zum Brunchen verabredet. Das könnte also noch alles klappen. Noch während sie darüber nachdachte schlief sie tief und fest ein.

22. Kapitel

Chiara und Luis saßen im Pavillon, einem einfachen aber atmosphärisch sehr angenehmen Café und Bistro mitten in der Stadt. Es befand sich in demselben flachen Gebäude wie das Veranstaltungszentrum, das ebenfalls „Pavillon" hieß und in dem regelmäßig kulturelle Events stattfanden.

Sie saßen draußen, der Sommer war zurück und ein heißer wolkenloser Tag war angekündigt worden. Sie hatten sich den reservierten Tisch und die Stühle so umgestellt, dass ihr Blick nicht auf die Straße, sondern auf den Weiße-Kreuz-Platz fiel. Dieser Platz, auf dem sich immer wieder kleine Grüppchen von alkoholisierten Personen befanden, stellte den Beginn der Fußgängerzone in Hannovers beliebtem Stadtteil List dar.

Die Bedienung, eine junge Frau mit extrem hochtoupiertem blondem Haar, ließ ihren Blick kritisch über den von den Gästen umgestellten Tisch wandern, sagte aber nichts.

„Jetzt hätten wir gerne zweimal das Fitness-Frühstück, für mich bitte mit Schinken statt Salami."

„Und für mich bitte ganz ohne Wurst, dafür zusätzlich Camembert."

Die Bedienung verzog etwas die Miene, während sie die Wünsche auf ihrem Block notierte. Das waren ihr wohl zu viel Sonderwünsche und Eigensinn. Das „Aber gerne doch" geriet ihr etwas schnippisch.

Luis und Chiara saßen schon seit mehr als einer Stunde im Pavillon. Sie wollten erst einmal ihre Spannungen ausräumen, bevor sie frühstückten. Deswegen hatten beide bisher nur einen Kaffee Crema bestellt. Die Bedienung hatte schon zweimal nachgefragt, ob sie etwas essen wollten. Angesichts der Tatsache, dass inzwischen alle Tische belegt waren, hatte sie sich wohl darüber geärgert, dass die beiden den Tisch nur für einen Kaffee so lange blockierten.

„Haben wir uns jetzt alles gesagt? Oder gibt es noch irgendetwas, das du mir nachträgst?"

Chiara wollte endlich zum gemütlichen Teil des Treffens übergehen. Sie nahm Luis' Hand und sah ihm in die Augen.

„Für den Moment nicht" schmunzelte Luis. „Meine Wut ist verraucht. Und ein Gutes hatte ja, dass du mich vorgestern versetzt hast: heute ist besseres Wetter und wir können draußen sitzen." Chiara fühlte sich seit langem mal wieder total entspannt. Die anstrengende Arbeitswoche lag hinter ihr. Am Vortag war Leonie bei ihr gewesen und die beiden hatten eine sehr harmonische und intensive Zeit zusammen gehabt. Sie hatten auf Leonies Wunsch hin einen kompletten Tag im Lister Bad, dem größten Freibad Hannovers verbracht. Beide liebten Picknick und hatten einen Korb mit hartgekochten Eiern, Brezeln, Cabanossis, sauren Gurken und Cocktailtomaten mitgenommen. Sie waren so lange im Wasser geblieben, dass Chiara heute eine leichte Blasenreizung spürte. So emotional aufgetankt mit Tochterzeit konnte sie sich heute Morgen recht gut von ihr trennen und freute sich nun auf einen langen gemeinsamen Tag mit Luis.

Während sie sich noch von der Woche erzählten, kam die Bedienung mit dem doppelten Fitnessfrühstück. Sie trug in jeder Hand eine Etagère und stellte diese auf den Tisch. Auf den zwei Etagen war alles was das Herz begehrte. Es war wunderbar angerichtet und mit Johannisbeerstängeln, Blaubeeren, Erdbeeren, Trauben und Melonenscheiben dekoriert. Chiara lief das Wasser im Mund zusammen.

„Ich lade dich heute ein, Chiara." Damit hatte sie nicht gerechnet, wo sie ihn doch letztes mal versetzt hatte. Außerdem bestand sie sonst immer darauf, selbst zu zahlen. Aber es passte einfach zu diesem perfekten Tag auch noch beschenkt zu werden.

„Danke, vielen Dank" sagte sie kauend und drückte seine Hand.

Sie war gerade dabei ein Stück Wassermelone abzuknabbern, als ihr Handy klingelte. Sie tupfte sich den Mund mit der Serviette trocken, nahm das Handy aus ihrer Handtasche und schaute auf das Display. Zwischendurch sah sie Luis prüfend an, wie er reagieren würde, denn er hasste solche Störungen beim Essen. Chiara wartete, bis der Klingelton endete und ein Brummton eine Nachricht auf der Mailbox ankündigte.

„Die Chefin. Und das am Wochenende, muss wohl was Dringendes sein."

Chiara legte das Handy beiseite. Sie nahm sich demonstrativ ein weiteres Croissant, um Luis zu zeigen ,dass sie sich nicht von dem wunderbaren gemeinsamen Frühstück ablenken ließ.

In ihr ratterten allerdings die Gedanken. Was könnte die Schömburg von ihr am Wochenende wollen?

Luis sprach aus, was sie dachte. „Wahrscheinlich ist wieder ein Dienst zu vergeben, weil ein Kollege ausgefallen ist. Ruf bloß nicht zurück, dann ist unser Tag vermasselt. Wäre nicht das erste Mal."

„Natürlich rufe ich nicht zurück" entgegnete Chiara. Allerdings dachte sie bei sich, dass sie auf jeden Fall beim nächsten Toilettengang die Mailbox abhören würde.

Ihre innere Ablenkung versuchte Chiara dadurch zu überspielen, dass sie Luis viele Fragen zu seiner aktuellen beruflichen Situation in der Werbeagentur stellte. Dann steckte sie möglichst beiläufig ihr Handy in die Handtasche und ging damit auf die Toilette. Sie rief die Mailbox an.

„Guten Tag Frau Deichgraf, hier spricht Annette Schömburg. Es tut mir leid, dass ich sie am Wochenende störe. Ich wollte ihnen mitteilen, dass Silvia Oldendorf gestern Nacht im Krankenhaus verstorben ist. Die Umstände sind noch etwas unklar, da der behandelnde Arzt sie eigentlich auf dem Weg der Besserung wähnte. Bitte kommen sie gleich Montag um 8 Uhr in mein Büro. Bis dahin alles Gute."

Chiara war schockiert. Tränen stiegen ihr in die Augen. Warum nur stiegen ihr jetzt Tränen in die Augen? Eine Frau unter Mordverdacht war gestorben. Vielleicht war es besser so. Es hätte sie in ihrem Leben vielleicht nichts Gutes mehr erwartet. Vielleicht wollte sie sterben? Hatte Chiara etwas falsch gemacht? Hatte sie irgendwie dazu beigetragen, dass Silvia Oldendorf gestorben war? Was für eine absurde Frage! Natürlich nicht, sie hatte einfach nur ihre Pflicht getan und versucht, sich ein Bild von ihr zu machen. Hatte Silvia irgendwie von ihren Nachforschungen erfahren? Jetzt müsste sie zumindest keinen dritten Gutachtentermin mehr durchstehen. Was für ein egoistischer Gedanke!

Chiara musste sich dringend irgendwohin setzen, deshalb ging sie auf die Toilette, setzte sich auf den Toilettendeckel und verbarg ihr Gesicht in den Händen.

Was mache ich hier eigentlich? Warum dieses ewige Versteckspiel vor anderen? Das funktioniert doch sowieso nicht. Du gehst jetzt raus und erzählst es Luis. Wovor hast du eigentlich Angst?

23. Kapitel

Der Schock der Nachricht von Silvias Tod und der dann doch nicht ganz so entspannte Tag mit Luis waren offensichtlich nicht gut für Chiaras Immunsystem gewesen. Die leichte Blasenreizung hatte sich über Nacht in eine ausgewachsene Blasenentzündung entwickelt. Der ständige Harndrang raubte Chiara den Schlaf. Luis zwang sich zu Fürsorge und Mitgefühl, seine Enttäuschung über die verpatzte romantische Nacht konnte er allerdings nur mühsam verbergen.

Als Chiara am Morgen Blut im Urin feststellte, musste sie sich wohl oder übel krankmelden und einen Arzttermin vereinbaren. Sich krank zu melden fühlte sich für Chiara immer wie ein persönliches Versagen an. Aber diesmal war sie irgendwie auch froh, das Gespräch mit Frau Schömburg verschieben zu können. Die ganze Sache erdrückte sie, es war wohl besser, erst einmal keine Details zu erfahren.

Als Chiara mit einer Wärmflasche auf dem Bauch und einer Thermoskanne scheußlich schmeckendem Blasentees nach der Verabschiedung von Luis alleine auf ihrem Sofa lag, befiel sie eine quälende innere Unruhe. Wie eine lästige Fliege, die man verscheucht, die sich aber immer wieder ins Gesicht setzt, tauchte ständig derselbe Gedanke auf.

Was, wenn Ali doch zur Polizei gegangen war? Wenn er der Polizei berichtet hatte, dass Chiara ihn über Silvia ausgefragt hatte? Vielleicht hatte er sich verpflichtet gefühlt, auf die merkwürdige Parallele zwischen Silvias Art Ratten den Garaus zu machen und der Tötung von Ted hinzuweisen.

Vielleicht würde über einige Umwege dann doch herauskommen, dass Chiara im Gutachtengespräch wie eine Kommissarin Silvia indirekt mit diesem Detail konfrontiert hatte. Ihr eigener Satz hallte noch in ihr nach „Ich könnte mir vorstellen, dass ihr Großvater die Ratten noch brutaler getötet hatte. Vielleicht sogar mit einer Mistgabel?" Wie gerne würde sie dies ungeschehen machen! Aber es war nun mal passiert mit allem, was daraus folgen konnte.

Vielleich würde man doch den Film der Überwachungskamera anschauen, die eigentlich nur zu Sicherheitszwecken aufzeichnete. Wenn sie selbst sich nicht an die Grenzen ihrer Kompetenzen und Aufgaben hielt, wieso ging sie dann davon aus, dass das andere täten? Sie spürte wie sie in Panik geriet. Vielleicht wollte Frau Schömburg sie gar nicht nur auf den aktuellen Stand bringen. Vielleicht wusste sie inzwischen von dem unverzeihlichen Fehlverhalten ihrer Assistenzärztin und wollte gleichzeitig die Kündigung aussprechen. Sie musste noch einmal an den Fall mit der Tagesmutter denken. Wie ernsthaft sie sich damals geschworen hatte, nie wieder auf eigene Faust Nachforschungen anzustellen und sich damit in derartige Schwierigkeiten zu bringen.

Sie konnte jetzt noch Frau Schömburgs wütendes Gesicht von damals vor sich sehen. Die sonst so kontrollierte und nüchterne Frau war ziemlich laut geworden. Aber das war nicht das Schlimmste gewesen. Besonders niederschmetternd war die Enttäuschung, die sie ausgedrückt hatte. Es hatte ziemlich lange gedauert bis die Wut und Enttäuschung ihrer Chefin verraucht waren. Sie konnte sich zwar nicht mehr an jedes Wort erinnern, aber daran, dass sie auch klargemacht hatte, dass dies nicht noch einmal passieren dürfe.

Jetzt war es nötig, sich dringend abzulenken. Chiara schaltete den Fernseher ein. Sie wählte ein Sportprogramm, in dem gerade ein Reitturnier übertragen wurde. Wunderbar, das war genau das Richtige. Schon als Kind hatte sie gerne bei Reitturnieren, vor allem beim Springen zugeschaut. Es gab zuhause einen Reitplatz ganz in der Nähe, zu dem sie als Kind mit dem Fahrrad fahren konnte. Wenn sie wusste, dass wieder mal ein Turnier war, was in der Kleinstadt in Läden mit Plakaten angekündigt wurde, dann fuhr sie so oft wie möglich hin.

Die Anmut der Pferde, die Einheit von Pferd und Reiter, beim Zusehen war ihr fast, als könnte sie den vertrauten Pferdegeruch wieder riechen. Warum hatte sie eigentlich aufgehört zu reiten? Vielleicht war es an der Zeit, wieder anzufangen.

24. Kapitel

„Das ist total lieb von dir, Chiara, dass du mich einlädst." Nora berührte Chiara sachte am Arm und sah sie an. Tränen stiegen ihr in die Augen.

„Meinen Vierzigsten hatte ich mir nun wirklich anders vorgestellt. Nicht frisch getrennt und fix und fertig." Nora schluckte.

Chiara sah sie mitfühlend an. „Das kann ich mir vorstellen. Aber du weißt, dass ich immer fand, dass Sören dich nicht verdient hat. Tut mir leid, dass ich dir das schon wieder unter die Nase reibe."

Sie saßen im Eiscafé Venezia in der Nähe der Klinik. Chiara hatte schon bei der ärztlichen Morgenbesprechung wahrgenommen, dass es Nora schlecht ging. Als die Chefin ihr in der großen Runde einen Blumenstrauß überreichte, war Nora kurz vorm Weinen gewesen. Eigentlich war das ein schöner Brauch, dass die Kolleginnen und Kollegen zu den runden Geburtstagen Blumen bekamen. Chiara hatte kurzerhand beschlossen, sie nach der Arbeit zu einem „Geburtstagseis" einzuladen.

„Und du, Chiara, wie war das Gespräch mit der Chefin, was wollte sie von dir?"

Das war genau das, was Chiara an Nora mochte. Egal wie schlecht es ihr ging, sie vergaß nie, auch nach Chiaras Befinden zu fragen. Und man spürte, dass ihr Interesse echt war.

„Sie hat mir die näheren Umstände von Silvia Oldendorfs Tod mitgeteilt. Man hat in ihrer Matratze ein winziges Loch gefunden, in das sie heimlich alle Medikamente gesteckt hat. Sie wusste, dass das ihr ziemlich sicheres Ende bedeuten würde, wenn sie die nicht nahm. Keiner hat das bemerkt. Es haben sich nur alle gewundert, dass die Blutwerte sich nicht besserten.

Was Rätsel aufgibt ist die Tatsache, dass sie am Tag vor ihrem Tod den dringenden Wunsch äußerte, mit ihrer Stieftochter zu sprechen. Man hat sie informiert und sie ist dann auch von Zürich aus angereist, kam aber leider zu spät."

Inzwischen brachte die Bedienung, ein junger Mann mit fahler

Haut und eingefallenen Wangen den prächtigen „Freundschaftsbecher."

„Sie hatte eine Tochter?" Nora nahm eine der großen Melonenscheiben und biss hinein.

„Ja, wie ich sagte, eine Stieftochter, sie ist Anfang zwanzig. Aus der ersten Ehe ihres Mannes. Die beiden hatten wohl ein gutes Verhältnis. Ich habe mich auch sehr gewundert, dass Silvia die nicht erwähnt hatte. Die Schömburg ist überzeugt, dass Silvia Oldendorf ihre Stieftochter deshalb herbat, weil sie gestehen wollte. Die Chefin hat immer wieder darauf herumgeritten, dass der innere Druck zu gestehen nach Beziehungstaten wohl groß ist."

Chiara nahm sich einen so großen Löffel von der Sahne, dass sie teilweise auf den Tisch kleckste. Sie fluchte, nahm den Klecks einfach mit ihrem Finger auf und leckte ihn ab.

„Ih, du Ekel, wenn das unser Stationsdrache Renate sehen würde! Sie hat mir mal einen Vortrag gehalten, wie viele Bakterien auf Esstischen hausen" flachste Nora und lächelte. Ihre spitze Nase war in den letzten Wochen noch schmaler und spitzer geworden, da sie vor Kummer abgenommen hatte.

Chiara spielte das Spiel mit, ließ noch einen Klacks Sahne auf den Tisch fallen und nahm ihn wieder mit dem Finger auf „der ist für Renate."

Beide mussten lachen.

„Aber du bist gut drauf, Chiara, das wundert mich. Die letzten Tage hatte ich den Eindruck, dass dich der Tod von Silvia doch berührt hat."

Chiaras wurde ernst.

„Um ganz ehrlich zu sein, Nora, ich hatte einfach panische Angst, dass die Sache mit meinen Nachforschungen herauskommt, von denen ich dir erzählt habe. Das ging so weit, dass ich schon fantasiert habe, dass die Schömburg mir kündigt. Und entsprechend erleichtert war ich heute, dass sie mich wirklich nur über die Hintergründe informieren wollte. Mir ist ein Fels von der Seele gerollt."

„Die Schömburg und dir kündigen? Das glaubst du doch selbst nicht, wenn du ehrlich bist. Alle wissen doch, dass du bei ihr ein Stein im Brett hast." Nora suchte gerade mit Hilfe des langstieligen Löffels unter der dicken Sahneschicht nach Eis.

„Ja, du hast ja recht" erwiderte Chiara mit einem zufriedenen Lächeln. Auch sie stocherte jetzt nach Eis.

„Die haben ganz schön am Eis gespart. Viel Sahne, wenig Eis, das erhöht die Gewinnmarge."

Chiara sah mit gespielter Entrüstung zur Bedienung. Der junge Mann hatte jedoch den Gästen den Rücken zugekehrt und war mit seinem Handy beschäftigt.

Nora nahm den Faden wieder auf. „Pass auf Chiara. Es gibt inzwischen einige Neider im Kollegium. Die beschweren sich, dass sie immer die langweiligen Gutachten zugeschoben bekommen."

Chiara legte den Löffel auf das Tablett und lehnte sich seufzend zurück.

„Das habe ich auch schon gemerkt. Gerade deswegen ist das so eine Sache mit dem Stein im Brett. Das hat mach auch ganz schnell verspielt. Und dann wars das mit den spannenden Gutachten. Ich habe dir doch von dem Fall mit der kriminellen Tagesmutter erzählt. Du hättest die Schömburg damals erleben sollen, als das herauskam. Sie hatte mir klipp und klar gesagt, das darf nicht noch einmal vorkommen, dass ich die Grenzen meiner Gutachterrolle überschreite."

„Mal was ganz anderes. Meintest du das ernst, dass du wieder mit dem Reiten anfangen möchtest?"

Nora wollte bewusst Chiara auf andere Gedanken bringen. Außerdem war ihr nicht danach zumute, noch intensiver Probleme zu wälzen, davon hatte sie zurzeit genug.

„Ja, warum nicht? Erzählen wir das nicht ständig unseren Patienten, dass sie sich was Gutes tun sollen? Wir hingegen verausgaben uns hier total in der Klinik. Selbstfürsorge und der ganze Kram, das sind für uns doch hohle Worte."

„Stimmt" bemerkte Nora und fischte ein Paar Trauben aus dem Freundschaftsbecher. „Ich habe in den letzten Monaten auch nicht geschafft, ins Fitnessstudio zu gehen. Vielleicht sollte ich einfach wieder anfangen."

Chiara fasst sie am Oberarm und drückte leicht zu, so als wollte sie den Umfang ihres Armes messen. „Unbedingt. Und du musst wieder mehr essen, meine Liebe, du bist so schmal geworden. Das Eis ist der Anfang. Nächste Woche kommst du zu mir und dann werde ich dich so nach Strich und Faden bekochen, dass dir Hören und Sehen vergeht."

„Oh, echt? Da sage ich nicht nein" erwiderte Nora und fing an zu strahlen.

Sie wusste, dass Chiara solche Drohungen zu gerne wahrmachte.

25. Kapitel

„Gibst du mir bitte noch ein Croissant?"
Luis musste sich mit seinem Stuhl zur Seite drehen, um an den Brotkorb zu kommen, den sie aus Platzmangel auf den Boden des Balkons gestellt hatten.

Mit seinem Ellenbogen kam er gegen das Sektglas mit Orangensaft auf dem Balkontisch und warf es um. Zum Glück war nur noch ein kleiner Schluck Saft darin gewesen. Luis wischte mit seiner Serviette über die kleine Lache.

Chiara prustete unterdrückt, dann musste sie lachen.

„Sorry, ist eben doch ein bisschen eng auf meinem Luxusbalkon."

Luis lächelte säuerlich. Eigentlich hasste er diese Eigenschaft von Chiara, Missgeschicke von anderen lustig zu finden. Aber heute gelang es ihm, den kleinen Anflug von Ärger vorbeiziehen zu lassen.

Als er sich wieder etwas Orangensagt nachgießen wollte, bemerkte er gerade noch rechtzeitig, dass das Glas einen Sprung hatte.

„Super Qualität, dein Sektglas, einmal umgekippt, schon kaputt" bemerkte er mit einem ironischen Lächeln.

Chiara nahm das gesprungene Sektglas und klopfte damit einmal kräftig gegen ihren Frühstücksteller, bis sich aus dem Glas eine Scherbe löste.

„Scherben bringen Glück" sagte sie und musste lachen.

„Du bist ja völlig überdreht, meine liebe Chiara" bemerkte er mit gespielter Strenge.

„Und wo ist jetzt das Croissant, mein Schatz?"

Als Luis sich wieder drehen und zum Brotkorb bücken wollte, hätte er diesmal fast die Karaffe mit Orangensaft umgeworfen. Doch er hielt rechtzeitig inne schob sie zu Chiara, die angesichts des nächsten drohenden Missgeschicks schon wieder prusten musste.

Dann schnappte er sich das Croissant und warf es schnell in ihre Richtung in der Hoffnung, es würde ihr aus den Händen fallen. Doch Chiara fing es auf. Sie tunkte es in die große Schale mit Milchkaffee, die Luis für die beiden zubereitet hatte und biss genüsslich ab.

„Sag mal, stimmt es, was Leonie gestern erzählt hat, dass du ihr versprochen hast, im nächsten Jahr nach Italien zu reisen?" fragte Luis während er sich drei zusammengerollte Scheiben dünn geschnittenen Parmaschinkens auf seine Brötchenhälfte legte.

„Ja stimmt. Leonie mit ihrem Elefantengedächtnis. Als wir in einem Restaurant auf Spiekeroog waren, hingen da überall Fotos von Italien. Sie war so begeistert von den Landschaftsaufnahmen, dass sie mir das Versprechen abgerungen hat, im nächsten Jahr nach Italien zu fahren. Ich hatte gehofft, dass sie es vergisst. Aber sie fragt seitdem regelmäßig nach, ob ich zu meinem Versprechen stehe. Das wird leider teuer, den wir können schließlich nur in den Ferien reisen."

„Aber du bist doch Ärztin" bemerkte Luis augenzwinkernd und nahm einen Riesenbissen von seinem großzügig belegten Brötchen. Er wusste, dass Chiara an dem Scheidungskredit noch ordentlich abzuzahlen hatte, wollte sie einfach nur necken.

Chiara war absolut nicht in der Stimmung, sich zu ärgern. Sie war seit dem Gespräch mit der Chefin so erleichtert und gelöst, dass nichts ihr die Stimmung verhageln konnte. Außerdem war sie glücklich über die Nähe, die sich mit Luis wieder eingestellt hatte.

Es entstand eine Gesprächspause, in der Luis dem Blickkontakt auswich. Chiara hatte eine Ahnung, worauf er wartete. Erst zögerte sie etwas, gab sich dann aber innerlich einen Schubs.

„Möchtest du mit Lukas mitkommen?" Sie hatte das Fiasko mit dem kurzfristig abgesagten Spiekeroogurlaub noch nicht vergessen.

Luis sah sie an und lächelte. Dann stand er auf, ging vorsichtig um den Balkontisch herum und zog sie vom Stuhl hoch, um sie zu umarmen und zu küssen.

In diesem Moment hörten sie, dass auf dem Balkon über ihnen jemand Stühle verschob. Petra würde sicher auch bei diesem Wetter auf dem Balkon frühstücken wollen. Aus dem Kontakt zwischen Chiara und ihr hatte sich seit der Gartenparty eine beginnende Freundschaft entwickelt. Waren beide auf dem Balkon hielten sie immer ein kurzes Schwätzchen von oben nach unten. Allerdings fand Chiara Petras Neigung zu depressiven Stimmungen manchmal anstrengend, heute war ihr nicht nach Kontakt mit ihr zumute.

Chiara sah Luis an, dann legte sie einen Finger auf ihre Lippen, nahm seine Hand und führte ihn leisen Fußes vom Balkon herunter in Richtung Schlafzimmer.

26. Kapitel

Das Restaurant „Am Reitstall" war fast leer. John und Ali saßen an einem Tisch direkt an der großen Scheibe zur Reithalle. Nur am anderen Ende des geräumigen, eher karg eingerichteten Gastraums saß ein älterer Herr. Er wohnte im Ort und kam fast jeden Abend hierher um sein Abendbier zu trinken. Er hatte offensichtlich eine orthopädische Erkrankung, seine Haltung war extrem gebeugt. Schultern und Kopf waren so stark nach vorne geneigt, dass er direkt auf die Tischplatte zu blicken schien.

Ali hatte seinen Stuhl weit vom Tisch abgerückt und die Arme vor der Brust verschränkt. Er sah sein Gegenüber skeptisch an.

„Was willst du von mir? Warum wolltest du mich so dringend unter vier Augen sprechen?"

John sah sich erst um, dann rückte er näher an den Tisch heran, auf dem zwei Biere standen.

„Es kursieren Gerüchte im Stall."

Ali war verärgert. Erst zitierte ihn John hierher, dann sprach er in Rätseln.

„Und welche?" fragte er genervt.

Nachdem sich John ein weiteres mal umgesehen hatte, fixierte er Ali mit seinem Blick.

„Man munkelt, es würden gerade alte Geschichten hochgekocht werden." Er sprach leise, was seine sonore Stimme noch tiefer erscheinen ließ.

Ali hatte jetzt stark den Eindruck, dass John mit diesen Andeutungen Spannung aufbauen wollte. Er hatte keine Lust weiter zu fragen, wartete schweigend ab und trank an seinem alkoholfreien Bier.

„Astrid hat mir erzählt, dass Gerüchte über ein ehemaliges Vereinsmitglied kursieren."

John ließ eine bedeutungsvolle Pause entstehen, wohl in der Hoffnung Ali würde jetzt preisgeben, was er wusste.

Ali spürte wie sein Herz schneller schlug, aber er wollte sich auf keinen Fall unter Druck setzen oder aushorchen lassen.

„Welche?"

„Ach komm, tu doch nicht so. Das musst du mitbekommen haben. Silly, die kennst du doch noch, ihr hattet doch mal ein gutes Verhältnis. Inzwischen weiß jeder, dass sie zu Unrecht in Untersuchungshaft sitzt, wegen des Mistgabelmordes. Wer sie kennt, weiß, dass sie keiner Fliege etwas zuleide tun kann. Irgendein Arschloch hier im Verein verbreitet Fantasiegeschichten über sie."

Den letzten Satz hatte John besonders langsam und deutlich gesprochen und Ali dabei mit zusammengekniffenen Augen fixiert. Alis Herz raste jetzt. Er versuchte es mit betonter Coolness zu überspielen.

„Wer denn?" fragte er und rückte wieder etwas an den Tisch heran um zu signalisieren, er habe keine Angst.

„Keine Ahnung" entgegnete John in einer deutlich höheren Tonlage, die Ironie verriet.

Ali entschied sich, sicherheitshalber weiter den Ahnungslosen zu spielen.

„Was behauptet derjenige denn?" das klang ebenfalls ironisch.

John rückte jetzt noch näher und sah sich noch einmal um bevor er fortfuhr.

„Er behauptet, Silvia habe Ratten mit der Mistgabel aufgespießt und möchte damit den Verdacht auf sie lenken, das Arschloch."

Ali war schockiert, diese ihm bisher unbekannte Seite von John zu erleben. Er hatte ihn bisher immer als jovialen Typen erlebt, zwar etwas zu viel von sich überzeugt, aber meist locker und witzig.

Er musste schlucken, bevor er sprechen konnte.

„Kann es nicht vielleicht auch sein, dass das stimmt?" Er wusste natürlich genau, dass er selbst mit dem Arschloch gemeint war. Es schien ihm jedoch sicherer, das jetzt im Unklaren zu lassen.

John machte jetzt wieder eine Pause, um der nächsten Aussage besonderes Gewicht zu verleihen. Er rückte noch näher heran, so dass Ali, der nicht zurückweichen wollte, in seine bedrohlich funkelnden Augen sehen musste.

„Nein, das kann ganz bestimmt nicht sein. Wer das behauptet, muss aufpassen, dass er nicht in Schwierigkeiten gerät, hast du gehört, Schwie-rig-kei-ten."

Ali nahm mit dem Blick auf John wahr, dass sein Herz jetzt nicht nur raste, sondern auch gelegentlich stolperte. Er suchte fieberhaft nach einer passenden Antwort. Eine mit der er nicht in die direkte Konfrontation ging, sich aber trotzdem behauptete.

John rückte jetzt vom Tisch ab, holte eine Zigarettenschachtel aus seiner Jackentasche und zündete sich eine an.

Das war natürlich streng verboten, aber wenn Margit gerade nicht zu sehen war, kam es immer mal wieder vor, dass jemand eine durchzog. Bei den intensiven Stallgerüchen, die hier überall in der Luft hingen, fiel das kaum auf.

Alis Kopf war wie leergefegt, er sah durch die große Scheibe in die Reithalle. Dort hatten gerade ein paar jugendliche Reiterinnen ihre Pferde in die Mitte der Halle geführt und fingen an auf die Pferde zu steigen.

Noch bevor Ali etwas entgegnen konnte, ging die Tür zur Gaststube auf. Margit schaute herein, und schien erfreut, Ali zu erblicken.

„Ali, kannst du mal kommen, bitte?"

Ali verzichtete darauf, noch etwas zu John zu sagen, stand auf und ließ ihn einfach sitzen.

Er würde schon sehen, dass er sich nicht einschüchtern ließ.

27. Kapitel

Als Chiara den Klingelknopf am Hauseingang drückte, fühlte es sich an, als würde sie einen Notfallknopf betätigen. Der Summer öffnete die Eingangstür. Sie schleppte sich die drei Etagen nach oben, wo Liz schon in der geöffneten Wohnungstür stand. Als sich die beiden zur Begrüßung umarmten, konnte Chiara ihre Tränen nicht mehr zurückhalten. Wie gut es sich anfühlte, den warmen weichen Körper von Liz zu spüren. Am liebsten hätte sie noch länger so gestanden, doch sie befürchtete, dann ihr Weinen gar nicht mehr in den Griff zu bekommen. Also löste sie sich aus der Umarmung und sah ihre Freundin an.

„Ich bin dir so dankbar, dass du dir spontan Zeit für mich genommen hast." Liz sah angestrengt aus. Nicht so strahlend und braungebrannt wie bei ihrer letzten Begegnung auf der Gartenparty. Die Haare waren etwas zerzaust, das T-Shirt saß unvorteilhaft eng und betonte die überflüssigen Pfunde.

„Das ist doch selbstverständlich, Chiara. Du wirktest ziemlich aufgelöst bei unserem Telefonat vorhin. Nun komm erst mal rein, ich mach uns einen Rotwein auf."

Liz ging voran ins Wohnzimmer. Ihre Wohnung war sehr modern und schick eingerichtet. Im Wohnzimmer standen zwei beigefarbene Sofas über Eck aus feinem, weichem Leder. An einer Wand waren viele kleine Bücherregale in einem interessanten Muster um eine goldene Lichtquelle herum angeordnet. An der gegenüberliegenden Wand stand ein Hochglanz-Sideboard mit einem riesigen Fernseher. Auf dem Wohnzimmertisch, einer sehr dünnen Holzplatte auf dünnen matten Metallbeinen, stand bereits eine Flasche Rotwein mit zwei Gläsern. Chiara nahm Platz und fühlte sich an diesem Ort, an dem sie schon manchen Kummer geteilt hatte, sofort geborgen.

Liz strahlte wie immer Ruhe aus. Ohne Worte zündete sie eine dicke Kerze an, öffnete die Rotweinflasche und schenkte beiden ein. Dann dimmte sie das Licht herunter und setzte sich auf das Sofa über Eck zu Chiara. Erst jetzt kam die Frage „Erzähl, was ist los?"

Chiara suchte nach Worten.

„Es ist aus und vorbei. Ich bin geliefert. Ich hätte ahnen müssen, dass es so kommt. Wie naiv ich doch bin." Sie verbarg ihr Gesicht in den Händen und schluchzte. Liz stand auf und setzte sich neben Chiara. Sie strich ihr mit der Hand über den Rücken.

Als das Schluchzen allmählich verebbte und Chiara ihren Kopf wieder hob, sprach Liz, während sie weiter Chiaras Rücken sanft streichelte.

„Du bist eine so tolle und starke Frau, Chiara. Du hast schon so viel durchgestanden. Du schaffst das auch diesmal wieder. Irgendwann wirst du jemanden finden, der wirklich zu dir passt."

Chiara richtete sich jetzt auf und nahm einen Schluck Rotwein. Sie starrte vor sich hin.

„Nein Liz, es hat nichts mit Luis zu tun. Mit ihm läuft es gerade ganz gut. Nein, ich habe beruflich einen Riesenfehler gemacht. Und ich weiß noch nicht, ob mich das meine Stelle kostet."

Liz schien ein wenig beruhigt zu sein und setzte sich nun wieder über Eck, um Chiara besser anschauen zu können beim Gespräch.

„Ach so, beruflich. Was ist denn passiert?" jetzt nahm auch sie einen großen Schluck Wein.

„Ich hatte dir doch von dem Gutachten erzählt und den Nachforschungen. Ich habe das dann konsequent gestoppt und wähnte mich in der trügerischen Sicherheit, dass es niemand erfahren würde."

„Stimmt, du hattest das beim letzten Telefonat erwähnt und warst sehr erleichtert."

Chiara sah Liz mit einem Ausdruck von Verzweiflung an bevor sie in etwas lauterem Ton weitersprach.

„Und dann hat mich die Chefin heute noch vor der Ärztebesprechnung zu sich zitiert und mich zur Schnecke gemacht."

„Jetzt verstehe ich gar nichts mehr. Wie ist es denn herausgekommen?" Liz nahm noch einen Schluck Wein und behielt das Glas in der Hand.

„Der Typ, den ich über Silvia ausgefragt hatte, hat sich doch tatsächlich an die Polizei gewandt. Ist ein sensibler, hatte wohl Gewissensbisse, dass er da auf einer Information sitzt, die relevant sein könnte. Natürlich hat die Polizei nachgefragt, warum er erst zum jetzigen Zeitpunkt damit kommt und dann erzählte er von unserem Treffen. Verdammter Mist! Wie konnte ich nur so dumm sein."

„Und warum weiß das deine Chefin?"

„Weil sie so besessen von diesen Gutachten über Verbrecher ist. Sie verfolgt jedes Detail und hat überall Verbindungen, über die sie an solche Informationen herankommt. Die Frau ist doch krank, wahrscheinlich macht sie auch in ihrer Freizeit nichts anderes als sich mit Kriminalfällen zu beschäftigen."

Liz lehnte sich mit dem Glas in der Hand zurück und betrachtete Chiara wohlwollend.

„Aber was kann sie dir denn? Die braucht doch jeden Arzt in der Klinik. Und dich sowieso. Du bist bestimmt eine tolle Psychiaterin."

„Das ist total lieb, dass du mich so aufbaust. Aber du kennst sie nicht. Sie ist knallhart. Wenn sie etwas ankündigt, tut sie es auch. Und sie hat klipp und klar gesagt, dass ich kein Gerichtsgutachten mehr bekomme. Wahrscheinlich muss ich jetzt auch diese stinklangweiligen Rentengutachten erstellen, ich könnte kotzen." Sie stellte das Weinglas so kräftig auf den Tisch, dass der Wein fasst überschwappte.

Liz ließ sich wie immer nicht aus der Ruhe bringen. Sie drehte das Glas so in der Hand, dass der Wein darin kreiste und beobachtete das Kreisen, als würde sie darin eine Wahrheit finden. Dann sah sie auf.

„Weißt du was, Chiara, nimm es mir nicht übel, aber ich finde, so dramatisch ist das Ganze nun auch wieder nicht. Selbst wenn sie dir kündigen würde, was ich für unwahrscheinlich halte, würdest du woanders eine neue Stelle finden. Und vielleicht tut es dir auch ganz gut, mal keine oder weniger Gutachten zu bekommen, die stressen dich doch auch ganz schön, wenn du ehrlich bist."

Chiara merkte wie sie wütend wurde. Gleichzeitig wusste sie jedoch, dass Liz zum Teil recht hatte.

„So einfach ist das nicht. Die Gerichtsgutachten sind zwar aufwändig, bringen aber auch dementsprechend mehr Geld. Du weißt doch, der Scheidungskredit drückt mich. Urlaube kann ich nur durch die Gutachten finanzieren. Ich habe Leonie versprochen, nächstes Frühjahr in den Osterferien mit ihr nach Italien zu reisen."

Sofort, nachdem Chiara das ausgesprochen hatte, bereute sie es. Denn natürlich kam jetzt das, was kommen musste.

„Ich kann dir etwas auslegen, wenn du möchtest. Die Hausarztpraxis läuft echt gut, ich habe genug über.“

Typisch Liz, ihre Hilfsbereitschaft kannte einfach keine Grenzen. Chiara musste sie anlächeln.

„Das ist super lieb von dir. Aber ich möchte das nicht, ich möchte dir nichts schulden. Trotzdem vielen Dank.“

„Sag mal Chiara, warum ist dir die Meinung deiner Chefin eigentlich so wichtig? Ich habe das Gefühl, es geht hier nicht nur um die Gutachten und das Geld, sondern auch die Anerkennung.“

Es war nicht das erste Mal, dass Chiara dachte, dass die beiden vielleicht ihre Jobs tauschen sollten. Eigentlich war Liz die geborene Therapeutin, sie war empathisch und hatte oft den richtigen Riecher für psychologische Zusammenhänge. Und Chiara hätte als Hausärztin endlich mehr Geld.

„Kannst schon recht haben. Ist vielleicht mein Mutterkomplex. Die Stories über meine Mutter kennst du schließlich zur Genüge und hast sie auch schon live erlebt.“

Beide mussten schmunzeln. Chiara spürte, wie sie durch das Gespräch mit Liz allmählich ein wenig Abstand zu ihrer Misere bekam.

„Du weißt, ich bin gerne für dich da, aber es erstaunt mich, dass du dich zuerst an mich und nicht an Luis gewandt hast. Wie kommt das?“

Chiara seufzte und nahm noch einen Schluck Wein. Das Glas hatte sich rasch geleert, obwohl sie eigentlich Rotwein nicht besonders mochte. Sie mochte lediglich die beruhigende und wärmende Wirkung.

„Luis ist mit Lukas bei seiner Mutter in Oldenburg.“

„Aber Oldenburg ist doch nicht weit weg. Du hättest doch hinfahren können.“

„Ich hatte keine Kraft. Außerdem war die ganze Geschichte schon seit Wochen ein Reizthema zwischen uns. Er hätte mich erst getröstet und mir dann am nächsten Tag Vorwürfe gemacht. Da war ich nicht scharf drauf.“

Liz schwieg. Chiara konnte erahnen, was sie dachte. Damals in der WG hatten sie viele Gespräche darüber geführt, dass Chiara sich in Beziehungen mit der Offenheit schwertat.

„Ich hole mir mal ein Glas Wasser aus der Küche. Der Wein hat mir so eingeheizt, außerdem habe ich das erste Glas viel zu schnell getrunken."

Chiara stand auf und ging in die Küche. Liz sah ihr hinterher und hörte dann Chiara „Was ist das denn?" aus der Küche rufen. Liz ging zu ihr in die Küche.

„Das sieht ganz danach aus, als wolltest du einen Kuchen backen." In der modernen großzügigen weißen Küche standen eine Rührschüssel, ein bereits gefettetes Backblech, Dosenaprikosen, die in einem Sieb abtropften, ein Handmixer, sowie eine Küchenwaage, in der sich bereits eine Portion Mehl befand.

„Ich muss für morgen noch einen Kuchen backen, eine Mitarbeiterin hat ihren letzten Tag."

Chiara musterte sie skeptisch.

„Und warum backt *sie* dann nicht einen Kuchen? So kenne ich das."

„Weil sie sich den Arm gebrochen hat. Sie war viele Jahre bei mir und hat den Laden zusammengehalten. Deswegen habe ich spontan gesagt, dass ich einen backe."

Das war wieder ganz typisch Liz. Klar, sie liebte selbstgebackenen Kuchen, sowie auch alles Süße. Aber sie verwöhnte auch gerne andere damit.

„Aber ich hatte dich am Telefon gefragt, ob du heute noch etwas vorhast, und du meintest nein. Anscheinend hatte ich mitten in deiner Backaktion angerufen."

Chiara befiel jetzt ein schlechtes Gewissen, dass sie offensichtlich die Planungen ihrer Freundin für den Abend so durcheinandergebracht hatte. Dann kam ihr eine Idee.

„Weißt du was, wir haben jetzt genug Probleme gewälzt. Wir machen den jetzt zusammen fertig. Das bringt mich sowieso am besten auf andere Gedanken. Welchen wolltest du denn machen?"

Noch während Chiara diese Frage stellte, fiel ihr Blick auf das aufgeschlagene Rezeptbuch wo „Spiegeleierkuchen" stand. Neben dem Rezept befand sich ein Bild von einem sehr ansprechenden Käseblechkuchen mit Aprikosenhälften sowie einer durchsichtigen Gelatineschicht. Man brauchte schon sehr viel Fantasie um das als Spiegeleier zu sehen.

„Eine Bedingung habe ich allerdings" kündigte Chiara mit einem gespielt strengen Blick an.

„Ich bekomme ein Stück als Kostprobe."

Epilog

Chiara und Luis saßen im Bell'Arte, einem schicken mediterranen Restaurant am Nordufer des Maschsees. Es war später Nachmittag, die Sonne schien aus wolkenlosem Himmel. Die Temperaturen waren tagsüber noch sommerlich, nur morgens und abends spürte man schon etwas vom nahenden Herbst.

Das erhöht liegende Restaurant bot einen wunderbaren Blick auf den Maschsee, dessen Oberfläche heute glitzerte.

Beide hatten sich gerade bei einem Stadtbummel mit Reiseliteratur versorgt. Sie nutzten die Wartezeit auf die Ravioli Genovese, um darin zu blättern.

„Sieh mal, hier sind einige dieser wunderbaren Toskanabilder drin. Sattgrüne grasbewachsende sanfte Hügel mit diesen typischen schmalen Bäumen und natürlich immer Sonne und blauer Himmel."

Chiara sah nur kurz auf.

„Von diesen überteuerten Bildatlanten mit wenig Text halte ich nicht viel. Neue Regionen lernt man am besten über die dortige Küche kennen."

Chiara sah in ihr Buch über die „Echte italienische Küche der unterschiedlichen Regionen".

„Anspruchsvolle Einfachheit und bäuerliche Derbheit stellen die Bandbreite der toskanischen Küche dar" zitierte sie. Hier schau mal: ligurische Ostertorte, grüne Bohnen mit Sardellen, Kichererbsensuppe und Fischtopf. Als Dessert Mandelgebäck."

Luis konnte mit dieser Art kulinarischer Reisevorbereitung wenig anfangen. Er war heute auch etwas erstaunt gewesen, als Chiara, heute bei bester Laune, bei dem Stadtbummel plötzlich auf die Idee kam, Literatur über die Toskana zu kaufen. In den Wochen zuvor hatte sie immer betont, dass das mit Italien in den Osterferien nicht klappen würde, weil sie wegen des Eklats mit der Chefin keine Gutachten mehr bekäme. Er hatte erstmal nichts dazu gesagt. Spätestens beim Essen würde sie wohl damit herausrücken, woher dieser Sinneswandel gekommen war.

Er sah sie an, wie sie in ihr Buch vertieft war. Wunderbar sah sie aus. Die korallfarbene Bluse stand ihr ausgezeichnet. Die blonde Kurzhaarfrisur betonte das Jugendliche an ihren Gesichtszügen, das ihm so gefiel.

Sie schien seinen Blick auf sich gespürt zu haben und sah auf. Er blickte in zwei hellblaue große wache Augen, die ihm heute den Verstand raubten. Er musste schmunzeln.

„Sag mal Chiara, willst du jetzt doch nach Italien?"

Ihr Mund verzog sich zu einem schelmischen Lächeln.

„Die Schömburg hat mir heute ein Gutachten aufgedrückt. Weil niemand bereit war, das zu übernehmen. Es geht um ein Prognosegutachten für einen Sexualstraftäter. Da hat sie kurzerhand wohl entschieden, die mir auferlegte Strafe zu revidieren. Statt des Verbotes Gerichtsgutachten zu machen, fragte sie mich nicht sondern sagte etwas zerknirscht ,sie müssen das übernehmen'."

In diesem Moment brachte die Kellnerin die dampfenden goldgelben Ravioli, die mit Blattspinat und wd kunstvoll angerichtet waren.

Luis spürte, dass ihm der Appetit vollkommen vergangen war.